Das chinesische Amulett

ECON Historischer Kriminalroman

Die Autorin

Marian J. A. Jackson lebt in New York City. Nach »Der Rubin des Punjat« (Tb 25052) ist dies ihr zweiter Miss Danforth-Krimi bei ECON. In Amerika sind bereits zwei weitere Folgen der Serie erschienen.

Marian J. A. Jackson

DAS CHINESISCHE AMULETT

Ein viktorianischer Kriminalroman

Aus dem
Amerikanischen
von
Stefanie Kuhn-Werner

ECON Taschenbuch Verlag

Dieses Buch ist gedruckt auf 100% Recyclingpapier.

Deutsche Erstausgabe

First published in the United States of America in 1992
Walker Publishing Comp., Inc.
Titel des amerikanischen Originals: The Cat's Eye
Aus dem Amerikanischen übersetzt von Stefanie Kuhn-Werner
Umschlaggestaltung: Molesch/Niedertubbesing, Bielefeld
Titelabbildung: Dover Publications
Lektorat: Astrid Berz
Gesetzt aus der Bodoni und der Charlemagne
Satz: HEVO GmbH, Dortmund
Druck und Bindearbeiten: Ebner Ulm
Printed in Germany
ISBN 3-612-25083-3

Für Rachel und Richard
Vielen Dank.

Mein besonderer Dank gilt Perry Chan
für seine Auskünfte über alle chinesischen Belange
und der New York Public Library.

1. Kapitel

Sein ganzes Leben lang hatte der Junge die Pracht des San Francisco Palace Hotels von außen bewundert. An diesem herrlichen Märzmorgen des Jahres 1900 hatte er endlich drinnen einen echten Auftrag auszuführen. Er hatte sich geschrubbt, so gut er konnte, und hielt, die Kappe unter den Arm geklemmt und mit vor Aufregung kribbelndem Magen, die weiße, mit Baumwollgarn verschnürte Schachtel fest in beiden Händen.

Doch die hohen Deckengewölbe und das vornehme Mobiliar in der Eingangshalle schüchterten ihn so ein, daß er es nicht wagte, sich zu forsch umzusehen. Mit weichen Knien, aber fest entschlossen, sich die fünf Cents zu verdienen, überquerte er auf Zehenspitzen einen Teppich von so ungeheuren Ausmaßen, daß er schon daran zweifelte, je an dem Empfangstisch aus Marmor anzulangen, um sein kostbares Paket abzuliefern.

Als er schließlich sein Ziel erreicht hatte, verließ ihn unter dem durchdringenden Blick des imposanten Empfangschefs der Mut. »Bitte, Sir«, sagte er mit gesenkten Augen. »Dies ist für Miss Abigail Danforth.«

Nachdem er die Schachtel auf die Theke geworfen hatte, machte er kehrt, bevor der Empfangschef ihn ausschelten konnte, weil er eine so vornehme Umgebung mit seiner schäbigen Gegenwart belästigte.

Bestrebt, die vertraute, von Menschen wimmelnde Straße zu erreichen, nahm der Junge den Mann mit der karierten Kappe nicht wahr, der ihn beobachtete, als er eilig aus dem Hotel und durch den prachtvollen, glasüberdachten Hof rannte. Er bemerkte auch das Zeichen nicht, das der Mann gab. Und auch nicht den Einspänner, der von hinten auf ihn losfuhr, als er von der Bordsteinkante trat. Er wurde in voller Fahrt erfaßt.

Der Mann mit der Kappe tauchte rasch in der Menschenmenge, die sich bildete, unter. Zeugen versicherten dem offensichtlich erregten Fahrer, es sei ein Unfall gewesen. Wieder einer dieser leichtsinnigen Straßenjungen, wenn auch etwas sauberer als die meisten.

Hoch über dem Tumult ergoß die Sonne ihre Strahlen durch das Wohnzimmerfenster von Abigail Danforth' Suite und funkelte auf der silbernen Teekanne, als sie sich eine zweite Tasse Tee einschenkte.

Maudes erste Tasse, die neben der Blumenvase auf dem mit einer Leinendecke versehenen Teetisch stand, war noch unberührt.

»Ich verstehe Ihre plötzliche Zurückhaltung nicht, Miss Cunningham«, sagte Abigail mit einem verwunderten Blick auf ihre Begleiterin, die ihr den Rücken zugekehrt hatte.

Maude stand an einem der verschwenderisch mit Stoff drapierten Fenster und betrachtete schweigend ihre polierten Nägel. Sie trug ein schwarzes Kleid, das nur durch eine Kameebrosche am Hals aufgehellt wurde, während ihr blondes Haar zu einem altmodischen festen Knoten hochgesteckt war. Sie wünschte sich zwar von ganzem Herzen, daß Abigail den Mörder ihres geliebten Charlie vor Gericht brachte, doch es gab gewisse unschöne Einzelheiten in seinem Leben, die sie nur ungern enthüllen wollte. Sie hatte Abigails Verstand und ihre Art, den Dingen auf den Grund zu gehen, schätzen gelernt, und fürchtete nun, versehentlich Dinge zu verraten, die Abigail zur Aufklärung des Verbrechens nicht erfahren mußte. Von Natur aus aufrichtig, hatte sie sich vor diesem unvermeidlichen Gespräch gefürchtet und es so lange wie möglich aufgeschoben.

Abigail rührte einen Löffel Zucker in ihren Tee. »Während unserer ganzen Reise nach Westen«, fuhr sie mit einem mißbilligenden Stirnrunzeln fort, »verging kaum ein Tag, ohne daß Sie sich darüber beschwert haben, wie lange wir brauchten, um hierher zu kommen.« Sie erhob sich und stellte ihre Tasse auf den geschnitzten Rosenholztisch neben ihrem dick gepolsterten Lehnsessel. Ihre Haut war hell und makellos, und abgesehen von ihrer zierlichen, geraden Nase, deren Spitze sich entschieden weigerte, nach unten zu weisen, hätte sie für ein Gibson Girl Porträt sitzen können. In der Ungestörtheit ihrer Privaträume trug sie zwanglos weder Hut noch Handschuhe und hatte ihre Haare einfach nach französischer Art zu einer Pompadourfrisur zusammengedreht. Ohrringe aus Mondsteinen baumelten an ihren Ohren. Ihr in verschiedenen Blautönen gestreifter Morgenmantel betonte ihre Stundenglasfigur und brachte ihre schlanke Taille vorteilhaft zur Geltung. Das Rascheln ihrer Unterröcke unterbrach die Stille, als sie zu Maude trat und leise sagte: »Jetzt sind Sie wütend, nur weil ich ein paar notwendige Fragen stelle.« Sie streckte die Hand aus, berührte Maude an der Schulter und fuhr fort: »Wie soll ich den Mörder Ihres Liebsten finden, wenn ...«

Maude wirbelte herum und sah Abigail an, wobei ihre grauen Augen in selten offenbarter Leidenschaft aufloderten. »Ich hätte mir nie träumen lassen, daß Sie derart neugierig sind!« rief sie aus. Sie verschränkte die Arme und starrte Abigail zornig an. »Es gibt Dinge, die man besser auf sich beruhen läßt!«

Mit zusammengepreßtem Mund, damit ihr keine ungehaltene Erwiderung entschlüpfte, und raschelnden Röcken wandte Abigail sich von ihrer gepeinigten Gefährtin ab. Man konnte das strenge, europäische Benimmtraining an der Anmut ihrer kerzengeraden Haltung ablesen, mit der sie den Raum durchquerte, um wieder in dem gepolsterten Armstuhl Platz zu nehmen. Sie brauchte Antworten, war sich jedoch bewußt, daß ihre Fragen wahrscheinlich Wunden aufreißen würden, die noch kaum verheilt waren, und sie beschloß, taktvoller vorzugehen. »Wollen Sie eine frische Tasse?« fragte sie, als wäre nichts Unangenehmes vorgefallen.

Maude schüttelte den Kopf, während sie Abigail folgte, um ihren kalten Tee zu trinken. Sie nahm ihren gewohnten Platz auf dem Plüschsofa ein und leerte die Tasse in einem Zug. Dann stellte sie sie mit angewidertem Gesicht und einer Geste der Entschiedenheit zurück auf den Teetisch. »Einige Dinge gehen Sie ganz einfach nichts an«, sagte sie bestimmt.

Während Abigail ihren Tee schlürfte, vertiefte sich das Braun ihrer Augen. Sie hatte bereits Gelegenheit gehabt zu beobachten, daß Menschen Barrieren errichteten, damit Tatsachen, die sie verbergen wollten, nicht aufgedeckt wurden, und dabei Schweigen, Zorn und die Drohung, sich zurückzuziehen, als Waffe benutzten, um den unvorsichtigen Eindringling zu bremsen. Es kam ihr der Gedanke, daß eine heimliche Schuld die Ursache für Maudes ungewöhnliche Gereiztheit war. Begeistert über sich selbst, weil sie auf eine mögliche Begründung für ihre Schwierigkeit, Maude Informationen zu entlocken, gestoßen war, die nichts mit deren zarten Empfindungen zu tun hatte, wandte sie ihre Aufmerksamkeit auf der Stelle der Verfeinerung ihrer geschickten Fragetechnik zu, um ihre Gefährtin nicht allzu sehr vorzuwarnen. Ohne auch nur nachzudenken, unterdrückte sie alle gekränkten Gefühle, die sie wegen Maudes zum Ausdruck gebrachtem Mißtrauen hätte empfinden können. Für verletzte Gefühle war bei der Aufklärung eines Verbrechens kein Platz. Mit rauher Stimme, die einer viel älteren Person hätte gehören können, sagte sie schließlich sanft: »Sie müssen zugeben, daß ich genau wissen muß, wo Charles umgebracht wurde, meine Liebe.« Mit zartfühlendem Lächeln fügte sie leise hinzu: »Und wie.«

Maude starrte auf ihre im Schoß gefalteten Hände.

Abigail saß bewegungslos da, entschlossen zu warten, bis Maude sprach.

Endlich sprach Maude, aber so leise, daß Abigail sich vorbeugen mußte, um sie zu verstehen: »Charles wurde auf der Straße der Chinesen erschossen.«

Sie hoffte, daß Maude von sich aus ein paar Dinge erzählte und sie ihr nicht alles einzeln aus der Nase ziehen mußte, wollte jedoch auch nicht rundheraus fragen, was Charles in einem so unmöglichen Teil der Stadt zu tun gehabt hatte;

deshalb fragte sie mit einem spöttischen Unterton: »Ein unbeteiligter Zuschauer?«

Mit wildem Blick sprang Maude auf und starrte auf Abigail herab. »Was wollen Sie damit andeuten?« fragte sie erregt.

Da sie jetzt sicher war, daß Maude etwas verheimlichte, schalt sich Abigail wegen der Unbeholfenheit ihrer Frage und überlegte, ob es ihr je gelänge, ein Gespräch geschickt zu führen. In dem Bemühen, den Schaden wiedergutzumachen, sagte sie mit einem Grinsen: »Ich deute gar nichts an.«

Wieder trat Maude ans Fenster. »Ich dulde keine ungehörigen Spekulationen, Miss Danforth!« sagte sie.

»Ich wollte Ihnen nicht zu nahe treten, Miss Cunningham.« Abigail seufzte, da sie erkannte, daß ihre Aufgabe sich als unendlich viel komplexer erwies, als sie sich anfangs vorgestellt hatte. »Aber ich muß die Einzelheiten wissen, wenn ich den Mörder aufspüren soll.« Abigail, die sich vorkam wie ein Angler, der eine Forelle lockt, nahm eine Zigarettenschachtel von dem Rosenholztisch und hielt sie Maude hin, während sie mit der anderen Hand auf die Couch wies.

Maude schluckte den Köder, kam langsam zurück und nahm ihren Platz wieder ein. Während sie die Zigarette zwischen Daumen und zwei Fingern hielt, den kleinen Finger gekrümmt, wischte sie mit der freien Hand die enorme Rauchwolke beiseite und fragte ungehalten: »Welche Einzelheiten?«

Die Fragen, die es zu beantworten galt, waren so naheliegend, daß Abigail der Ansicht war, Maude müßte sie kennen, auch ohne gefragt zu werden. Nur mit großer Anstrengung gelang es ihr zu verhindern, daß ihre Stimme einen gönnerhaften Ton annahm, als sie herunterbetete: »Die

Umstände, unter denen Sie sich kennengelernt haben. Wie lange kannten Sie ihn? Wer waren seine Freunde?« Da sie Maude nicht weiter zusetzen wollte, enthielt sie sich, danach zu fragen, wer Charles' mögliche Feinde gewesen waren. Daß er Feinde gehabt hatte, daran gab es, in Anbetracht seines vorzeitigen Ablebens, keinerlei Zweifel.

Maude starrte eine Zeitlang dem Rauch ihrer Zigarette nach, ehe sie antwortete: »Wir lernten uns im Juni sechsundneunzig kennen.« Sie unterbrach sich, um einen weiteren Zug zu inhalieren. »Es war ein Tag ähnlich wie dieser«, fuhr sie fort, während sie den Rauch ausstieß. »In Victoria Gardens.« Sie griff nach dem Aschenbecher, tat einen letzten Zug und drückte die Zigarette aus. Sie lehnte sich auf dem Sofa zurück, und ein seltenes Lächeln bildete Grübchen auf ihren Wangen, während sie in die Vergangenheit zurückblickte. »Das Gewächshaus im Golden Gate Park ist bestimmt der romantischste Schauplatz der Welt.« Sie seufzte. »Die Sonne glitzerte auf den Glasscheiben. Der Duft von Rosen ...«

Abigail stöhnte. »Ersparen Sie mir bitte das romantische Gefasel!« rief sie. Ihre Tasse klapperte auf dem Unterteller, als sie sie unsanft auf dem silbernen Tablett abstellte. »Ich brauche Fakten, um weiterzukommen!«

»Und was, bitte, wissen Sie von Liebe?« gab Maude zurück. »Ein Mädchen von noch nicht einmal zwanzig Jahren!«

»Ich bin nicht ganz ohne Erfahrung.« Abigail richtete sich kerzengerade auf. »Wie Sie wissen, folgte mir der Graf von Hunterswell von London nach New York! Und erst letzten Monat hielt Morgan Dade um meine Hand an.«

»Ich vermute, keiner von beiden war mit Ihnen im Bett ...«

»Miss Cunningham!« Abigail war völlig verwirrt, ihre Wangen flammten.

»Sehen Sie?« rief Maude, überglücklich, Abigail in die Defensive gedrängt zu haben. »Sie wissen gar nicht, was Leidenschaft ist! Wenn Sie die wahre Liebe eines Mannes erfahren hätten, würden Sie es nicht als romantisches Gefasel abtun!«

»Niemals!« Mit noch immer hochroten Wangen stand Abigail auf; während sie zum Klingelzug ging, um Kinkade zu läuten, sagte sie: »Seitdem ich beschlossen habe, mich mit der noch jungen Wissenschaft der Verbrechensaufklärung zu befassen, habe ich den verderblichen Einfluß des Gefühls unmittelbar erfahren.« Sie zog heftig an der geflochtenen Kordel. »Ich bin allem abgeneigt, was mich von sachlichem, analytischem Denken ablenken könnte.«

»Unsinn!« rief Maude. »Sie zitieren doch nur Dr. Conan Doyle, der einem eingefleischten Junggesellen Worte in den Mund legt. Was versteht er schon von Liebe?«

»Der gute Doktor hat wirklich recht!« Abigail beugte sich wieder zu Maude herab. »Ich versuche, Tatsachen von Ihnen zu erfahren, und Sie ...« Sie drohte Maude mit dem Finger. »Und Sie wollen Tennyson zitieren!«

»Wenn Sie erst einmal verliebt sind, werden Sie sich anders anhören«, sagte Maude mit einem kleinen, verschmitzten Lächeln. »Sogar Jacqueline und Kinkade ...« Maude hob vielsagend eine Augenbraue, während ihre Worte in der Luft hängenblieben und sie eine vielsagende Handbewegung machte.

»Was meinen Sie?« fragte Abigail in unheilvollem Ton, während sie Maudes hochgezogene Braue und ihre Geste imitierte. »Jacqueline und Kinkade ...«

»Sie große Beobachterin haben doch bestimmt bemerkt, wie er um sie herumscharwenzelt.«

Abigail schwieg nachdenklich. Da ihre Ankunft sich um mehrere Wochen verzögert hatte, war sie so sehr damit beschäftigt gewesen, ihren durcheinandergeratenen, gesellschaftlichen Terminkalender in Ordnung zu bringen, daß sie Jacqueline nur dann ihre Aufmerksamkeit geschenkt hatte, wenn es galt, dem Hotelpersonal Aufträge zu erteilen. »Kinkade war immer verliebt in sie«, sagte sie und beschloß, ihr Mädchen zu fragen, ob sie Kinkades Zuneigung erwidere. »Aber Jacqueline?« fuhr sie zweifelnd fort. »Verliebt?«

»Ich weiß nicht, was anstrengender ist, Dienstboten, die streiten, oder Dienstboten, die einander verliebt anschmachten.«

Abigail runzelte die Stirn. »Und warum, bitte sehr, sollte Ihnen die Liebe zustehen, meinen Dienstboten jedoch nicht?«

»Sie müssen zugeben, daß es unpassend wäre ...«

»Psst!« Abigail hob die Hand, um Maude zum Schweigen zu bringen. Das Klopfen an der Tür war so leise, daß sie es beinahe überhört hatte. »Herein«, rief sie.

Jacqueline öffnete die schwere Tür gerade weit genug, um hereinschlüpfen zu können, und wartete mit vor ihrer makellosen Schürze gefalteten Händen auf Anweisungen.

»Ich habe nach Kinkade geläutet«, sagte Abigail. »Wo ist er?«

»Er ist zum Wagen- und Pferdeverleiher, Miss, und noch nicht zurückgekehrt.«

»Er sollte sich beeilen.« Abigail warf einen Blick auf die juwelenbesetzte Uhr, die an ihrem Mieder befestigt war. »Wir haben Besuche zu machen.« Sie wies mit der Hand auf den Teetisch. »Du kannst abräumen.«

Jacqueline erblaßte, so gekränkt war sie, wagte es jedoch nicht, den Befehl zu verweigern. Sie war Zofe. Das bedeutete eine gehobene Stellung, und zu ihren Pflichten gehörte es nicht, wie ein gewöhnliches Stubenmädchen das Teegeschirr abzutragen.

Abigail bemerkte das Zögern ihrer Zofe. »Bitte, Jacqueline, beharre nicht auf der Etikette«, sagte sie lässig. »Ich möchte nur, daß du den Wagen wegfährst. Kinkade wird den Zimmerservice beauftragen, ihn zu holen, oder was auch sonst. Wenn er auf das Klingelzeichen hin erschienen wäre, hätte ich ihn gebeten, den Teewagen zu entfernen.«

Jacqueline machte noch immer keinen Schritt in Richtung des Wagens. Um Zeit zu gewinnen, sagte sie: »Hat Miss Danforth sich entschieden, ob sie für den Osterball bei den Claybornes heute abend das malvenfarbene oder das Kleid mit den Goldfäden anziehen will?«

»Daran habe ich gar nicht mehr gedacht, seit wir das letzte Mal darüber gesprochen haben.« Abigail seufzte, Mauve war eindeutig der letzte Schrei dieses Jahres, doch die schimmernden Goldfäden ihres neuesten Ballkleides schmeichelten ihrem kastanienbraunen Haar und den dunklen Augen mehr als die eher gedeckte Farbe, wie modisch sie auch sein mochte. Da der festliche Abend ihr zu Ehren stattfand und dazu dienen sollte, sie in die Gesellschaft San Franciscos einzuführen, und sie vielleicht mit etwas Glück Kontakte herstellen konnte, die ihr bei der Aufklärung von Charlies Ermordung helfen konnten, war es äußerst wichtig, daß sie besonders gut aussah. Aber das Gespräch mit Maude hatte unerwarteterweise den ganzen Vormittag in Anspruch genommen und ihr keine Zeit gelassen, eingehender über ihr Aussehen bei diesem bedeutenden Ereignis nachzudenken. »Du kannst die Amethysten und den Topasschmuck bringen lassen«, sagte Abigail, die eine so wichtige Entscheidung nicht überstürzt treffen wollte. »Und nun bitte«, setzte sie hinzu und bedeutete Jacqueline mit einer Kopfbewegung, den Wagen wegzufahren. »Wenn wir auf Reisen sind, können wir die Regeln nicht so streng einhalten.«

Den Mund mißbilligend zusammengekniffen, während selbst ihr Häubchen vor Verlangen zitterte, sich dem Befehl zu widersetzen, ging Jacqueline zum Teewagen und rollte ihn auf die Tür zur Diele zu.

»Übrigens, Jacqueline.« Abigail warf Maude einen verschwörerischen Blick zu, als Jacqueline nach der Türklinke griff. »Hat Kinkade deine Gefühle erobert?«

Über und über errötend, drehte Jacqueline sich zu ihnen um. »Oh, nein, Miss!« rief sie. Sie sah sie abwechselnd an, offensichtlich allein bei der Vorstellung vor Schreck erstarrt.

»Das ist alles. Du kannst gehen.«

Nachdem sie den Wagen durch die Tür geschoben hatte, schloß Jacqueline die Tür hinter sich mit einem Nachdruck, der einem Zuknallen gefährlich nahekam.

Abigail wandte sich an Maude. »Haben Sie es gehört?« fragte sie mit hochgezogenen Brauen.

»Ich habe den Eindruck, sie protestiert etwas zu heftig.« Maude zuckte die Achseln. »Außerdem sollten Sie sie nicht so hofieren und lange Erklärungen abgeben. Sie sollte Ihre Anordnungen ohne Einwände befolgen. Demnächst werden Sie sich noch selbst ankleiden müssen.«

»Jacqueline ist ein Schatz«, widersprach Abigail. »Und in gewissem Sinne hat sie recht. Wenn ich sie mit den Pflichten aller anderen beauftrage, wird sie keine Zeit mehr haben, sich um mich zu kümmern.«

»Das ist keine Entschuldigung für ihre Frechheit!«

Abigail war im Begriff, etwas zu erwidern, als sie plötzlich lächelnd innehielt. »Sie haben es wieder geschafft, Miss Cunningham.« Sie schüttelte verwundert den Kopf.

»Ich?« Überrascht fuhr sich Maude mit der Hand an die Brust, die Augen vor Erstaunen weit aufgerissen. »Was habe ich denn getan?«

»Sie haben wieder meine Aufmerksamkeit abgelenkt«, sagte Abigail. »Wir sprechen über die Dienstboten anstatt über Sie. Und Charles.«

»Darf ich Sie daran erinnern, daß ich von Charles gesprochen habe, als Sie mich höchst ungnädig unterbrachen?« gab Maude gekränkt zurück.

»Sie haben romantisches Zeug geschwafelt!« sagte Abigail gereizt und bemühte sich, ihre Fassung wiederzugewinnen. »Ich muß die Umstände seines Todes erfahren!«

In dem Bewußtsein, das Unvermeidliche so lange wie möglich aufgeschoben zu haben, sah Maude Abigail eine Weile prüfend an. »Nun gut«, sagte sie schließlich mit einem resignierten Seufzer. »Fragen Sie, was sie wollen.«

Erleichtert darüber, daß Maude endlich bereit schien, ihr behilflich zu sein, sagte Abigail: »Es war mir immer unangenehm, so vertraulich über einen Menschen zu sprechen, den ich nie kennengelernt habe, aber ich habe ihn immer Charles genannt, weil ich keinen anderen Namen kannte. Wie ist – war – sein Familienname?«

Maude wandte den Kopf ab, doch Abigail hatte den düsteren Ausdruck auf ihrem Gesicht erkannt.

»Miss Cunningham?« drängte Abigail.

Maudes Stimme klang dumpf. »Seine familiäre Herkunft ist – war – untadelig.« Sie verstummte.

»Der Name, Miss Cunningham«, beharrte Abigail sanft.

Maude erhob sich, ging wieder zum Fenster und starrte hinaus, als könne sie draußen eine Antwort finden.

Wieder wartete Abigail.

Als Maude sich ihr wieder zuwandte, bemühte sie sich, die Tränen zu unterdrücken. »Es ist so«, sagte sie mit zitternder Stimme, »sein Vater hatte ihn enterbt.«

Wäre Maudes Mitteilung nicht so bedrückend gewesen, hätte Abigail vor Vergnügen darüber gelächelt, daß sie zu Recht vermutet hatte, Miss Cunningham verberge etwas Anstößiges vor ihr. In der Hoffnung, ihre Qualen nicht noch übermäßig zu erhöhen, stellte Abigail in möglichst beiläufigem Ton fest: »Das ist unerheblich, Miss Cunningham.« Dann setzte sie leise hinzu: »Seinen Namen, bitte.«

Erleichtert, daß Abigail keine Einzelheiten über den Skandal benötigte, erwiderte Maude mit einem gewissen Stolz: »Charles Everet Davenport III.«

Sich gegen eine heftige Reaktion wappnend, fragte Abigail leichthin: »Darf ich fragen, warum sein Vater ihn enterbt hat?«

»Sie sagten, das sei unerheblich!« rief Maude mit der Empörung eines Menschen, den man soeben hereingelegt hat.

»Bis wir den Mörder kennen, ist alles von Bedeutung«, beharrte Abigail mit einem beiläufigen Achselzucken.

Maude seufzte tief. »Sie werden es wahrscheinlich nicht glauben, Miss Danforth«, sagte sie. »Aber die nackte Wahrheit ist: Ich weiß es nicht.«

»Er hat es Ihnen nicht erzählt, Miss Cunningham?« Abigail wollte es nicht glauben. »Seiner Geliebten?«

Maude drehte sich erneut zum Fenster. Als sie endlich sprach, klang ihre Stimme heiser. »Ich konnte ihn nicht davon überzeugen, daß ich ihn lieben würde, gleichgültig, was er getan hatte.« Eine Träne quoll hervor und rollte ihr die Wange herab. »Es war der einzige Mißklang in unserer vollkommenen Harmonie.« Sie zog ein Taschentuch aus der Tasche ihres Rockes und tupfte sich damit die Augen.

Es gelang Abigail nicht ganz, ihr Erstaunen zu verbergen, als sie fragte: »Wollen Sie damit zu verstehen geben, daß Sie seine Eltern nie kennengelernt haben?«

Maude nickte.

»Dann scheint es mir geraten, daß ich ein Treffen mit seiner Mutter arrangiere«, sagte Abigail. »Wahrscheinlich kennt sie die Antwort.«

»Oh, nein«, entfuhr es Maude, ehe sie sich zurückhalten konnte. Sie erinnerte sich nur zu gut an den einzigen Nachmittag, den sie mit Mrs. Davenport verbracht hatte, und legte keinen Wert darauf, daß Abigail diese besuchte; denn wenn sie von der guten Dame erfuhr, daß sie einander sehr wohl kannten, würde dies Charles' Mutter weiteren Kummer verursachen. Mit der Absicht, Abigail von ihrem Vorhaben abzubringen, fügte sie rasch hinzu: »Ich wollte sagen, ich glaube Creighton Mallory wird heute abend auf dem Ball sein.« Sie runzelte die Stirn. »Ich habe mir nie etwas aus ihm gemacht; er ist ein Heuchler ohnegleichen, der geschickt zwei Personen gegen eine dritte ausspielt. Aber er ist ein alter Freund der Familie und kennt zweifellos alle Einzelheiten, und wenn ich ihn richtig einschätze, wird er nur zu gern die schlimmsten Dinge enthüllen.«

Es lag Abigail auf der Zunge, Maude zu fragen, warum sie Mr. Mallory das Geheimnis nicht selbst entlockt hatte, als ihr aufging, daß Maude offenbar wieder etwas verbarg. Aber es blieb keine Zeit mehr für weitere Fragen, wenn sie nicht zu spät zum Mittagessen kommen wollten. Der Mut verließ sie. Wie sollte sie je die wahren Umstände von Charlies' Tod erfahren, wenn ihre Zeugin – nein, ihre Auftraggeberin – sich weiter so sträubte, die Wahrheit zu sagen?

Sowie sie außer Sicht- und Hörweite ihrer Herrin war, ließ Jacqueline ihrem französischen Temperament freien Lauf. Teetassen klapperten auf ihren Untertellern, Silber klirrte gegeneinander, und die Blumenvase war in Gefahr umzukippen, als sie mit dem Teewagen über die Vorleger des Flures fuhr, der zum Dienstboteneingang führte. Sie war sehr stolz auf Abigails Aussehen; aber inzwischen sah es so aus, als würden sie nie mehr an einem Ort bleiben, und das ständige Ein- und Auspacken sowie die Notwendigkeit, sich dauernd in ihrem unsicheren Englisch mit dem unfähigen Hotelpersonal auseinandersetzen zu müssen, zerrten allmählich an ihren Nerven. Immer häufiger waren die Säume von Abigails Kleidern nur nachlässig ausgebürstet, und sie mußte sie zurückbringen, damit sie nochmals behandelt wurden. Oder die Falten waren nicht genau im Bruch gebügelt. Wenn sie dann die schlampige Arbeit bemängelte und darum bat, sie noch einmal ordentlich auszuführen, reagierte das Hotelpersonal mürrisch. Es war das Gegenstück zu einem richtigen Heim mit festen Helferinnen, auf die sie sich verlassen konnte. Es war also nicht fair, daß sie neben dieser zusätzlichen Arbeit auch noch Aufgaben außerhalb ihres Bereichs erfüllen sollte, vor allem solche, die unter ihrer Würde waren.

Da es ihr gleichgültig war, ob der Wagen bis in alle Ewigkeit im Dienstboteneingang stehenblieb, lehnte sie es ab, nach dem Hotelpersonal zu klingeln. Als sie sich der Tür zuwandte, die zu ihrem Zimmer führte, läutete die Türglocke. Sie zögerte. Da sie es nicht wagte, sie einfach zu überhören, kehrte sie, wütend über jeden Schritt, zur Tür zurück und öffnete.

Draußen stand ein Page in Livree, der auf einem Silbertablett eine weiße, mit Bindfaden verschnürte Schachtel trug. Er warf nur einen Blick auf die schlechtgelaunte Zofe und streckte ihr das Tablett entgegen. »Für Miss Danforth«, sagte er mit einem niedergeschlagenen Seufzer, bevor er auf dem Absatz kehrtmachte, weil er ganz genau wußte, daß bei einem so finsteren Gesichtsausdruck kein Trinkgeld zu erwarten war.

Jacqueline ließ das Tablett verächtlich auf dem Empfangstisch fallen, wo es geräuschvoll landete. Während sie vor sich hinmurmelte, sie sei schließlich kein Lakai, der Pakete zustellte, eilte sie in ihr Zimmer, um ihre Arbeit fortzusetzen.

So kam es, daß die Schachtel, deren Auslieferung den Straßenjungen das Leben gekostet hatte, unbeachtet auf einem Tisch in den Dienstbotenräumen liegenblieb.

2. Kapitel

Abigail hatte sich für das Kleid mit den Goldfäden entschieden. Sofort nachdem sie bei den Claybornes ihren Platz in der Reihe der vorbeidefilierenden Besucher eingenommen hatte, bereute sie ihre Wahl. Ihre Gastgeberin und mindestens zwei Drittel der Damen, denen sie vorgestellt wurde, trugen Mauve – Seide, Samt, Crêpe de Chine, sogar eine exquisite Robe aus spitzenüberzogenem Satin war darunter. Und dennoch schienen alle männlichen Blicke voll Begeisterung auf Abigail zu ruhen. Als sie sich zur Rechten Mr. Claybornes an der prachtvollen Tafel niederließ, war sie mit ihrer Entscheidung längst versöhnt, da sie in der Zwischenzeit den Schluß gezogen hatte, daß das Auge genau wie der Gaumen nach einer gewissen Abwechslung verlangte. Sie war sich kaum bewußt, daß ihr Gesicht eine lebhafte Röte angenommen hatte, weil sie sich so intensiv auf die Leute konzentrierte, die sie kennenlernte. Auch nicht, daß die Diamanten, die ihre Halskette aus Rauchtopasen verzierten, im Schein der Kerzen funkelten. Dieser Kerzenschein ließ auch die Goldfäden ihres Kleides aufleuchten, und alles zusammen trug dazu bei, daß sie die bezauberndste Person der abendlichen Gesellschaft war.

Ihr Gastgeber war zwar kein so versierter Erzähler wie Mark Twain, doch er war gut unterrichtet, stolz auf seine Stadt, und seine sarkastischen Bemerkungen über die neusten Eseleien von Bürgermeister Phelan waren höchst geistreich.

Als Abigails Aufmerksamkeit sich auf ihren Nachbarn zur Rechten richtete, fiel ihr Blick zufällig auf die gegenüberliegende Seite des blumengeschmückten Tisches. Sie hätte beinahe hörbar nach Luft geschnappt und empfand Mitleid mit ihrer Gastgeberin wegen des leeren Stuhles, auf dem eigentlich ein Mann hätte sitzen sollen. Während sie im Stillen überlegte, was ihm wohl Entsetzliches widerfahren war, wenn er so gegen die unumgängliche gesellschaftliche Pflicht verstieß und einer Einladung zum Dinner, die er angenommen hatte, fernblieb, begann sie mit ihrem interessierten Nachbarn zur Rechten eine jener belanglosen Plaudereien, die sie so anödeten, die man jedoch beherrschen mußte, wollte man sich in diesen gehobenen Kreisen erfolgreich bewegen.

Sie waren bereits beim Fischgericht, als sie ihre Aufmerksamkeit wieder ihrem Gastgeber zuwandte. Und erneut streifte ihr Blick den Stuhl gegenüber. Nur kreuzte er sich diesmal mit einem Augenpaar, das so dunkel war wie das ihre. Die Intensität seines Blickes nahm ihr den Atem.

Während sie sich einzureden versuchte, der Grund für

ihre außergewöhnliche Reaktion sei darin zu suchen, daß sie auf einen leeren Stuhl gefaßt gewesen war, versuchte sie, sich auf die Unterhaltung mit ihrem Gastgeber zu konzentrieren, fragte sich jedoch die ganze Zeit über, wie es dem jungen Mann gelungen war, so unauffällig Platz zu nehmen, daß ihr der Aufruhr entgangen war, den sein verspätetes Eintreffen verursacht haben mußte. Außerdem schien er darauf gewartet zu haben, daß sie ihn bemerkte, denn in dem Moment, als ihr Blick auf ihn gefallen war, hatte er sein Weinglas leicht zum Gruß erhoben. Während ihm eine vorwitzige dunkle Haarlocke in die Stirn fiel, hatte er sie angelächelt, als wären sie einander nicht nur offiziell vorgestellt worden, sondern bereits gute Freunde.

Es war gewiß seine Unverschämtheit, die sie so verwirrt hatte, sagte sie sich. Und dann mußte sie zugeben, daß sie seinen Gruß mit einem leichten Kopfnicken und einem angedeuteten freundlichen Lächeln erwidert hatte, bis ihr bewußt geworden war, was sie da eigentlich tat. Und es ließ sich nicht leugnen, daß sie zutiefst errötete über ihre eigene Unbedachtheit und vor Besorgnis, was der hübsche junge Mann von ihrem voreiligen Verhalten denken mußte.

Danach vermied sie es entschlossen, auch nur in seine Richtung zu schauen, wenn sie sich pflichtgemäß von einem Gesprächspartner zum anderen wandte. Die ganze Zeit hatte sie das Gefühl, er starre zu ihr herüber, und wollte es auf keinen Fall riskieren, seinem beunruhigenden Blick zu begegnen. Während die kalifornischen Weine, auf die ihr Gastgeber so stolz war, sich als erstaunlich gut erwiesen, schmeckten die vielen hervorragend zubereiteten Gänge, die sich anschlossen, nach Stroh. Und war das Geplauder ihrer Tischherren schon langweilig gewesen, bevor der junge Mann gegenüber Platz genommen hatte, so wurde es jetzt zu einem sinnlosen Geschwätz. Während sich das Essen endlos in die Länge zog, war sie gegen ihren Willen beeindruckt davon, wie es ihm gelang, seine beiden Tischnachbarinnen zu unterhalten und dabei trotzdem ständig sie anzusehen. Es tat ihr von ganzem Herzen leid, daß auf ihrer Tanzkarte kein Platz mehr frei war.

Endlich gab Mrs. Clayborne das Zeichen, daß es Zeit sei für die Damen, sich zurückzuziehen, damit die Herren ihren Brandy und die Zigarren genießen konnten. Da sie wußte, daß der faszinierende junge Mann und sie unweigerlich einander vorgestellt würden, war Abigail entschlossen, bei diesem Anlaß etwas gelassener zu sein. So drehte sie ihm absichtlich den Rücken zu, als alle sich von der Tafel erhoben, damit ein sofortiges Aufeinandertreffen unmöglich war. Nur ihre guten Manieren, die man ihr in unzähligen Unterrichtsstunden anerzogen hatte, versetzten sie in die Lage, sich angemessen zu verabschieden, anstatt Hals über Kopf von der Tafel zu flüchten, um Maude zu suchen.

»Großer Gott, Jason!« rief Creighton Mallory, als er dem hübschen jungen Mann ein Zeichen gab, ihm eiligst in einen kleinen Salon im Erdgeschoß zu folgen. »Das war aber haarscharf.« Nachdem er einen Blick in den Flur geworfen hatte, um sicher zu gehen, daß ihnen niemand gefolgt war, schloß Mallory die Tür hinter ihnen. Trotz der schweren Augenlider und des herunterhängenden Schnurrbartes täuschten seine trägen Bewegungen und verhießen unvorsichtigen Personen, die ihn nicht ernst nahmen, nichts Gutes. »Warum, in Gottes Namen, bist du ausgerechnet heute abend zu spät gekommen?« Er besaß eine unangenehme Fistelstimme, die, zusammen mit seiner nasalen Aussprache, seinen Zorn in ein gereiztes Gewinsel verwandelte, während er zusah, wie Jason lässig zum Kamin spazierte.

»Ach, vergiß es, Creighton!« sagte Jason Aldrich wütender, als er eigentlich war. Mallory schüchterte ihn ein; doch selbst in seinem zarten Alter war er bereits so schlau, sich keine Spur von Schwäche anmerken zu lassen, und er hielt dem älteren Mann den Rücken zugekehrt, während er in das leise flackernde Feuer blickte. Er fuhr sich mit der Hand durchs Haar, doch die widerspenstige Locke blieb nicht an ihrem Platz. »Ich war früh genug hier, um ein Auge auf Miss Danforth zu werfen.« Er warf Mallory einen raschen Blick zu. »Obwohl ich sagen muß, daß sie recht hochmütig war.« Er zuckte die Achseln, als ob Abigails Gleichgültigkeit ihm gegenüber ihn absolut nicht berührt hätte. »Die meisten Mädchen sehen mich nicht nur einmal an.« Sein leichtes Grinsen hatte etwas Ansteckendes.

»Du eingebildeter Gauner!« Mallorys Lachen klang rauh und enthielt eine Spur Eifersucht. Der junge Mann vor ihm war mit einer ganzen Schar jüngerer Schwestern aufgewachsen, was ihn mit reichlichen Kenntnissen über das weibliche Geschlecht ausgestattet hatte, und sein Umgang mit Frauen war so selbstverständlich, daß selbst die prüdesten vor ihm kapitulierten. Voller Vitalität und in der Blüte seiner Jugend, besaß er alles, was Mallory fehlte. Außer Geld. Da er der Älteste und der einzige Sohn war, war Jason Aldrich über alle Maßen verwöhnt worden. Labil und zu sehr vom Spiel angezogen, hatte er einen Berg Schulden gemacht, von denen seine reichen Eltern nichts ahnten. Und sie würden auch nichts davon erfahren, da Mallory versprochen hatte, die Schulden als Gegenleistung für ein paar Gefälligkeiten zu bezahlen.

Obwohl ihm bisher nicht die Spur eines Skandals anhaftete, stand Jason doch im Ruf, leichtsinnig zu sein. Unwiderstehliches Objekt von Müttern, die von seiner prekären finanziellen Situation keine Ahnung hatten, galt er als einer der begehrtesten Junggesellen in San Francisco. Mallory unterdrückte seinen Ärger über Jasons völligen Mangel an Reue und ging zu einem der reichverzierten Sofas, die vor dem Kamin standen. »Aber eben weil du eine so große Wirkung auf das schöne Geschlecht hast, hat der Alte dich ausgesucht«, sagte er in einem Ton, der Jason andeuten sollte, er habe dafür dankbar zu sein. »Und du gehst hin und verpaßt die offizielle Vorstellung«, setzte er hinzu, als spräche er mit einem ungezogenen Kind, während er sich graziös auf den harten Polstern niederließ. »Inzwischen ist ihre Tanzkarte bestimmt völlig ausgebucht.«

Jason wurde böse. Kritik konnte er nicht gut vertragen, und etwas zu spät zum Abendessen eines Balles zu kommen, war wirklich die allerkleinste seiner kleinen Sünden. »Menschenskind, Creighton!« rief er. »Du bist ja schlimmer als eine alte Jungfer.« Nicht ahnend, daß seine ungerechte Beleidigung Mallory von einem unechten Freund in einen Todfeind verwandelt hatte, setzte er verächtlich hinzu: »Ich weiß, wie man an einen Platz auf einer Tanzkarte gelangt.«

»Solltest du in Schwierigkeiten geraten, Ashton Thurgood ist ihr erster Tänzer. Ihn sollte man leicht überreden können, auf das Vergnügen zu verzichten.« Mallory schwieg, die Augen unter den schweren Lidern zu Schlitzen verengt. »Aber ich muß dich wohl nicht daran erinnern, daß mit Miss Danforth zu tanzen, noch nicht als ausreichende Einführung gilt, um die Erlaubnis zu erhalten, sie aufzusuchen …«

Jason erstarrte. »Hast du mich nur hier hereingebeten, um mich auszuschelten …«

Mallory hob die Hand, um ihn zu unterbrechen. »Ich schelte dich nicht, Sohn«, sagte er mit einem verzerrten Lächeln, das hinter seinem Schnurrbart verborgen blieb. »Aber deine Unpünktlichkeit brachte mich zu der Überzeugung, ich sollte dich noch einmal daran erinnern, wie wichtig es ist, daß du einen einwandfreien Eindruck bei Miss Danforth hinterläßt.«

Jason richtete sich kerzengerade auf. »Wenn ich mich auf eine Sache perfekt verstehe, dann darauf, einen einwandfreien Eindruck beim weiblichen Geschlecht zu hinterlassen.«

»Das kann sein«, sagte Mallory mit dünner Stimme. »Aber wegen deiner Nachlässigkeit ist unser Zeitplan gefährdet.«

»Zeitplan, sagst du?« Mallorys fortgesetzte Zurechtweisungen waren mehr, als der eingebildete junge Mann ertragen konnte. Versessen darauf, es ihm irgendwie heimzuzahlen, versuchte er es aufs Geratewohl mit dem Inhalt eines Gesprächs, das er vor kurzem durch eine versehentlich nur angelehnte Tür mitangehört hatte. Während er Mallory mit einem durchdringenden Blick maß, sagte er: »Und wie sieht euer Zeitplan aus, wenn ich fragen darf? Ich habe Miss Danforth beim Abendessen gründlichst beobachtet, und wenn ich so sagen darf, sie hat auch nicht durch ein Wimpernzucken erkennen lassen, daß sie erschrocken war. Oder beunruhigt. Oder auch nur besonders nervös, um genau zu sein. Ich könnte schwören, wenn sie das – äh – Geschenk heute morgen bekommen hätte, würde sie eine Reaktion zeigen. Wenn ich mich recht erinnere, habt ihr sogar vermutet, daß sie heute abend überhaupt nicht erscheint und vielleicht sogar die Stadt verläßt.« Er machte eine theatralische Pause, bevor er mit einem triumphierenden Lächeln fortfuhr: »Und dennoch saß sie da, kühl wie ein Eisblock.«

Einen Moment lang fühlte Mallory sich überrumpelt, aber er merkte schnell, daß Jason im Grunde nicht wissen konnte, wovon er sprach. Er entschloß sich, es mit Unverfrorenheit zu versuchen, legte seine Hand aufs Herz, riß die Augen in übertriebener Unschuld auf und fragte: »Wovon sprichst du, mein Junge?«

»Ich habe euch gehört!« verteidigte sich Jason.

Mallory zog fragend eine Augenbraue hoch. »Was genau hast du gehört?«

»Eure Pläne.« Jason zuckte vielsagend die Achseln.

»Welche Pläne?« Mallorys Stimme nahm plötzlich einen gefährlichen Klang an. »Ich kann mich nicht erinnern, daß du je zu einer Planungssitzung eingeladen warst, Junge.« Sein Blick durchbohrte Jason. »Wo hast du von diesen – äh – Plänen gehört?«

Da ihm plötzlich aufging, daß es ganz und gar nicht klug wäre zuzugeben, daß er an der Tür gelauscht hatte, schwieg Jason.

»Also?« beharrte Mallory.

Jason errötete. Nun, da er gezwungen war, Farbe zu bekennen, kam ihm zum erstenmal der Gedanke, er könnte sich auf etwas eingelassen haben, das eine Nummer zu groß für ihn war. Sich mit einem hübschen Mädchen aus dem Osten anzufreunden, war ihm als Spaß vorgekommen, ein geringer Einsatz, wenn er dafür seine enormen Spielschulden los wurde. Wenn jedoch ein so einflußreicher Mann wie Creighton Mallory beteiligt war, mußten mächtige Leute die Hand im Spiel haben. Er wollte erst gar nicht darüber nachdenken, welcherart ihre Verbindung zu Miss Danforth war, ehrlich gesagt, interessierte es ihn auch nicht besonders. Was ihn jedoch sehr interessierte, war, daß seine Schulden beglichen wurden, bevor seine Eltern davon erfuhren. Sein

Vater war ein nachsichtiger Mann; aber er hatte seine Grenzen, und Jason wußte, daß er sie zu weit überschritten hatte, als daß sein Vater ihm verzeihen würde. Obwohl er schließlich einsah, daß Mallory seine einzige Chance war, um ihn von seinen Schulden zu befreien, konnte er es nicht über sich bringen, sich direkt bei ihm zu entschuldigen. Doch es war ein sehr gemäßigter Jason, der jetzt das Thema wechselte, in der Hoffnung, daß Mallory nicht weiter in ihn drang. »Und wo soll dieser erste Besuch stattfinden?« fragte er mit einem Respekt, den er bisher nicht gezeigt hatte.

Mallory entschied sich schon nach einem kurzen Augenblick, den Themenwechsel zu akzeptieren. Zufrieden über Jasons Benehmen, erhob er sich. »Wahrscheinlich bei den Bradshaws«, antwortete er achselzuckend. »Ich glaube, Mrs. Bradshaw hat sich irgendwann mit Miss Cunningham angefreundet.« Er selbst hatte Miss Danforth' selbstbewußtes Auftreten sehr wohl bemerkt und war bestürzt, daß Jason seine Beobachtungen bestätigte, aber er konnte es sich nicht leisten, dies den jungen Mann wissen zu lassen. Während er eine freundliche Haltung annahm, so wie man in eine Hausjacke schlüpft, sagte er: »Diese gute Dame hat pflichtgemäß ihre Besuche gemacht und beabsichtigt, noch heute abend Miss Danforth und ihr Gefolge einzuladen, bei ihr zu wohnen, so daß die Einladung – so aufrichtig sie gemeint ist – keine besondere Bedeutung erhält.«

»Könnten wir Miss Danforth' Schritte nicht besser überwachen, wenn sie sich an einem öffentlichen Ort, wie dem Palace, aufhält?« fragte Jason mit einem verwunderten Stirnrunzeln.

Lächelnd hakte Mallory Jason unter, aber dieses Lächeln setzte sich nicht bis zu den Augen fort. »Du weißt, was der Alte sagt.« Er drückte freundschaftlich Jasons Arm, während er den jungen Mann zur Tür geleitete. »Freunde soll man in der Nähe haben.« Er machte eine Pause. »Und Feinde erst recht.«

Abigail und Maude brauchten einige Zeit, um sich durch die Gruppen kichernder, schwatzender Frauen ihren Weg zu bahnen, die sich um den Toilettentisch im Damenumkleideraum drängten. Der Raum sah aus, als sei ein Sturmwind hindurchgefegt und habe überall Bürsten, Kämme, Pomadentöpfe und Haarnadeln verstreut. Mädchen in schwarzen Alpakauniformen und makellosen weißen Schürzen, mit Dreispitzen aus echtem Batist und grimmigem Lächeln, hatten zu viel damit zu tun, die Waschschüsseln mit frischem Wasser zu füllen und saubere Handtücher zu verteilen, während sie dem plötzlichen Ansturm der Damen und ihren unterschiedlichen Wünschen, teils freundlich, teils in mürrischem Ton geäußert, gerecht zu werden versuchten, um das Durcheinander in Ordnung zu bringen. Das Gedränge und zeitweilige Chaos kam bei derlei Gelegenheiten regelmäßig vor, und niemandem wäre es in den Sinn gekommen, die Gastfreundschaft Mrs. Claybornes deshalb geringer einzuschätzen. Tatsächlich drehte sich ein großer Teil der Gespräche darum, wie perfekt bisher alles gewesen war, von dem Augenblick, als sie draußen den roten Teppich betreten hatten, bis hin zu dem hinreißend angerichteten, üppigen Mahl. Natürlich ganz zu schweigen, obwohl es das vorrangige Thema war, von der befriedigenden Auswahl an galanten männlichen Wesen. Einige der verwegeneren Damen hatten, am Arm einer Begleiterin, bereits einen Blick in den Ballsaal geworfen und berichteten voller Begeisterung von den Girlanden aus bändergeschmückten Treibhausblumen. Sie überspannten einen

Raum, der überreich mit einer verschwenderischen Fülle frischer Blüten in Zierkörben, einer ungeheuren Menge immergrüner Pflanzen und Palmen geschmückt war, die groß genug waren, um das Orchester völlig zu verbergen.

Mit Maudes Hilfe hatte Abigail gerade den mühseligen Prozeß hinter sich gebracht, ihre mit zwanzig Knöpfen versehenen Abendhandschuhe aus Ziegenleder anzuziehen und ihre topasbesetzten goldenen Armreifen, ihre Tanzkarte und ihren Fächer wieder an ihren Handgelenken zu befestigen, als sich mit raschelnden Röcken und klapperndem Fächer Mrs. Nathaniel Bradshaw, von ihren Schwestern zärtlich »Gracie, das dumme Gänschen« genannt, auf sie stürzte.

»Ach, meine liebe Miss Cunningham!« Ihre Stimme übertönte spielend die anderen Gespräche im Raum. Sie breitete die Arme aus und setzte, während sie auf sie zurauschte, hinzu: »Hier sind Sie endlich!«

Erstaunt beobachtete Abigail, daß Maude sich nicht nur bereitwillig von Mrs. Bradshaw umarmen ließ, sondern die beiden auch förmliche Küsse tauschten, die sie kurz vor der Wange ihres Gegenübers in die Luft hauchten.

Als Maude zurücktrat, fragte Mrs. Bradshaw mit einem Ausdruck des Mitgefühls: »Sie tragen doch keine Trauer mehr, Sie Ärmste?« Kopfschüttelnd äußerte sie Laute des Bedauerns, ehe sie hinzusetzte: »Wie tragisch.«

Maude blickte düster. Offensichtlich war sie zu bewegt, um etwas zu sagen.

Abigail begnügte sich mit einem höflichen Nicken und einem Lächeln zur Begrüßung.

Aus Mrs. Bradshaws Stimme klang Bedauern, als sie sagte: »Ich habe Sie am letzten Dienstag nicht angetroffen, als ich Miss Danforth besucht habe.«

»Sie waren zu Besuch?« Maude starrte Abigail wütend an, als habe man sie hintergangen. »Sieh an, davon habe ich nichts erfahren.«

Einen Augenblick lang schaute Abigail Maude überrascht an. Maude hatte an ihrem Terminkalender sehr geringes Interesse gezeigt und ihr bereitwillig die Aufgabe überlassen, die unzähligen Besuchskarten, Einladungen und Grüße durchzusehen, die sich aufgrund ihres verspäteten Eintreffens angesammelt hatten. Noch hatte sie immer Wert darauf gelegt, anwesend zu sein, wenn diese freundlichen Menschen ihre Besuche abgestattet hatten. Tatsächlich war Maudes merkwürdiger Mangel an Begeisterung, sie durch das Labyrinth der unbekannten Namen zu führen und ihr dabei zu sagen, wer ein möglicher Freund oder Feind war, Abigail ebenso rätselhaft wie ihre Abneigung, offen über die wahren Umstände von Charlies Tod zu sprechen. Aus Maudes Antwort zu schließen, war diese perlenbehangene Matrone im malvenfarbenen Kleid offensichtlich eine Freundin. Obwohl ihr die gekünstelte Art der Dame nicht gefiel, beschloß Abigail, ihrerseits besonders freundlich zu sein. Sie enthielt sich einer heftigen Antwort auf Maudes Andeutung, sie habe versäumt, sie zu unterrichten, und sagte: »Ich bitte um Verzeihung, Miss Cunningham.« Sie gewann ihre Selbstsicherheit vollends wieder und brachte sogar ein Lächeln zustande. »Ich wollte Sie nicht beleidigen.«

»Natürlich nicht, liebe Miss Danforth.« Während sie Maude einen mißbilligenden Blick zuwarf, der jedoch durch ein versöhnliches Lächeln gemildert wurde, streckte Mrs. Bradshaw ihre Hand aus, die wie ein scheuer Vogel auf einem Zweig auf Abigails Arm landete. »Man sieht sofort, wie freundlich Sie sind.« Ihre Hand flatterte wieder weg, als sie fortfuhr: »Aber ich darf nicht endlos so weiterplaudern, sondern muß zu dem Grund kommen, aus dem ich euch Mädchen gesucht habe ...« Sie brach mitten im Satz ab und wandte sich mit besorgtem Gesicht an Abigail. »Ich hoffe, Sie haben unsere Einladung, bei uns zu wohnen, unter den Bergen von Briefen entdeckt, die Sie vermutlich vorgefunden haben.«

In der Tat hatte es mehrere solcher Einladungen gegeben, die Abigail höflich abgelehnt hatte, in dem Bewußtsein, sie brauche die Ungestörtheit und Bewegungsfreiheit, die ihr der Aufenthalt in einem Hotel gewährte. Sie war sicher, daß keine Einladung der Bradshaws dabeigewesen war und wollte die gute Dame gerade über ihren Irrtum aufklären, doch Mrs. Bradshaw fuhr fort, als sei ihre Frage nur rhetorisch gewesen.

»Sie wissen, wie viel Mr. Bradshaw daran liegt, daß alles nach seinem Kopf geht.« Sie zwinkerte Maude, die neben Abigail getreten war, vielsagend zu. »Meine Lieben, ich kann einfach keine ablehnende Antwort akzeptieren, ohne mit meinem Mann ernsthafte Schwierigkeiten zu bekommen. Und egal, wie lange Sie sich in unserer schönen Stadt aufhalten – je länger, um so besser – er will nichts davon hören, daß Sie auch nur einen Tag länger im Palace bleiben. Deswegen müssen Sie morgen früh als allererstes packen, meine Lieben – nach den Strapazen dieses Abends meine ich das natürlich nicht wörtlich – zuerst brauchen Sie Ihren Schönheitsschlaf.« Sie warf beim Sprechen Abigail mit hochgezogener Braue einen Blick zu. »Obwohl ich sagen muß, Miss Danforth, Ihre Schönheit ist nicht nur oberflächlich; und vielleicht benötigen Sie nicht so viel Schlaf wie wir anderen.«

Da sie wußte, was sie antworten würde, war Abigail beinahe eingeschlafen, während sie darauf wartete, daß Mrs. Bradshaw Atem holte und sie ablehnen konnte, ohne diese unhöflich zu unterbrechen.

Maude, die Abigails Reaktion aus dem Augenwinkel beobachtete und ihre Verachtung für weitschweifige Redner kannte, ergriff belustigt deren Hand. Ehe Abigail antworten konnte, sagte sie: »Wie reizend von Ihnen, meine liebe Mrs. Bradshaw.« Fest Abigails Arm drückend, setzte sie hinzu: »Wir nehmen Ihr Angebot sehr gern an.«

Zutiefst verärgert, aber unfähig, es offen zu zeigen, entzog Abigail ihr mit einem Ruck ihre Hand.

Was Abigail unbekannt war, Maude aber sehr wohl wußte, war, daß Mrs. Bradshaw zwei riesige Haushalte bewältigte, einen in der Stadt und einen auf dem Land, die beide die Beschäftigung und Beaufsichtigung unzähliger Dienstboten erforderten. Sie hatte in dreizehn Jahren acht Kinder zur Welt gebracht und war nun tatkräftig damit befaßt, die fünf, die am Leben geblieben waren, aufzuziehen; gleichzeitig hatte sie stets so viele Gäste – sie führte über die geringfügigsten Kleinigkeiten Buch, so daß diejenigen, die wiederkamen, nicht nur ihre Launen befriedigt fanden, sondern auch nie dasselbe Essen oder dieselbe Tischdekoration ein zweites Mal vorgesetzt bekamen – daß selbst ein Hotel von der Anzahl hätte leben können. Sie veranstaltete auch zahlreiche Reisen ins Ausland für die ganze Familie und die Freunde, die Lust hatten, sich anzuschließen, während sie nach außen hin stets als die typische, oberflächliche Frau erschien, die ihr Ehemann erwartete.

Da die Etikette untersagte, private Meinungsverschiedenheiten in der Öffentlichkeit zu zeigen, blieb Abigail nichts anderes übrig, als ihren Zorn zu unterdrücken und sich zu fügen. In der Hoffnung, am nächsten Tag einen Weg zu finden, die Zusage rückgängig zu machen, lächelte sie munter und antwortete: »Wie freundlich von Ihnen.«

»Hervorragend!« rief Mrs. Bradshaw und schob sie auf die Tür zu. Als sie den oberen Treppenabsatz erreicht hatten, der in den Ballsaal führte, blieb sie stehen und sagte: »Ach, meine Lieben, da ist noch eine winzige Kleinigkeit. Mrs. Blaine – sie ist heute abend auch hier – ist eine geborene McCormick, wissen Sie – und sehr überzeugend. Sie müssen unbedingt mit ihr sprechen, Miss Danforth; sie wird es Ihnen viel besser als ich erklären, aber sie hat uns alle dazu gebracht, ein kühnes Experiment zu wagen – einen Achtstundentag für die Dienstboten.« Sie wedelte hilflos mit den Händen. »Also, ohne Halston würde ich bestimmt den Überblick verlieren. Wieviele Dienstboten haben Sie dabei?«

»Zwei«, antwortete Maude, bevor Abigail etwas sagen konnte. »Miss Danforth' Jacqueline und Kinkade, unser Majordomus, sozusagen. Ich lege keinen Wert auf eine Zofe.«

Abigail stöhnte, als sie die Treppe hinuntergingen. Die Einschränkungen, die ihr ein so festgelegter Zeitplan, vor allem während der Aufklärung eines Falles, auferlegen würde, waren verheerend, und sie dachte nicht daran, dies hinzunehmen.

»Gut, dann brauchen wir nur noch abzuwarten, wie alles klappt, nicht wahr, meine Lieben?« sagte Mrs. Bradshaw, als sie am Fuß der Treppe angekommen waren und in der Menge der Damen untertauchten, die umherirrten und darauf warteten, von den ebenfalls auf und ab spazierenden, untadelig gekleideten Herren entdeckt zu werden, die, auf der Suche nach ihren Partnerinnen, stolz ihre eleganten

Abendanzüge zur Schau stellten. »Und mit wem tanzen Sie die erste Folge, Miss Danforth?« fragte sie.

Abigail warf einen Blick auf ihre Tanzkarte. »Mit Mr. Thurgood«, antwortete sie. Beim Lesen des Namens verspürte sie keine Begeisterung, denn es brachte ihr einen Herrn mittleren Alters in Erinnerung, der wegen seiner gestiegenen Pfunde schon längst seinen Schneider hätte aufsuchen müssen. Sicher war er eine führende Persönlichkeit in der Gesellschaft und möglicherweise eine Kontaktperson für ihre Nachforschungen, aber im Gegensatz zu den wohlbeleibten Herren, die sich mit ihrem Gewicht wohlfühlten und beweglich waren, drohte er ein schwerfälliger Tänzer zu sein. Ehe Abigail antworten konnte, nahm Mrs. Bradshaw das Gespräch wieder auf.

»Ach ja, der Neffe von Mrs. Thomas Ashton. Er wird bestimmt gleich auftauchen, meine Liebe«, sagte sie. Während sie Maudes Arm ergriff, warf sie ihr einen bohrenden Blick zu und schenkte ihr ein reizendes Lächeln. »Sie tanzen doch gewiß nicht, da Sie so gekleidet sind, oder?« Ohne eine Antwort abzuwarten, steuerte sie, Maude im Schlepptau, auf die Stühle der Begleitpersonen zu.

Anstatt sich über das anerkennende Kopfnicken und die freundlichen Begrüßungen, die ihr zuteil wurden, zu freuen, fühlte Abigail sich zu ihrer eigenen Verwunderung mattgesetzt, bestürzt über Maudes Umschwung; irgendwie war sie nicht Herr der Lage. Trotzdem suchte sie pflichtschuldigst unter den entgegenkommenden Gesichtern nach ihrem Partner. Doch selbst als sie wünschte, sie wäre so geistesgegenwärtig gewesen, ihn abzulehnen, wurde sie zusehends wütender, weil er sie noch nicht gefunden hatte; plötzlich spürte sie, daß jemand dicht hinter ihr stand.

»Miss Danforth?« fragte eine Männerstimme.

Abigail wußte instinktiv, wem die Stimme gehörte. Seine Kühnheit, sie anzusprechen, ohne daß sie einander offiziell vorgestellt worden waren, brachten die letzten Überreste ihrer Haltung ins Wanken. Mit weichen Knien fuhr sie herum und sah ihn an.

»Verzeihen Sie bitte, daß ich mir erlaube, mich selbst vorzustellen.« Der junge Mann mit der widerspenstigen Stirnlocke verneigte sich leicht. »Meine Name ist Jason Aldrich.« Ein schelmisches Lächeln umspielte seine wohlgeformten Lippen, und der belustigte Ausdruck seiner unergründlichen dunklen Augen verrieten eine Kenntnis von ihr, die man bei einem älteren Mann als unverschämt bezeichnet hätte. Als er ihr den Arm reichte, um sie auf die Tanzfläche führen zu können, setzte er hinzu: »Darf ich um die Ehre bitten, diese Folge mit Ihnen zu tanzen?«

3. Kapitel

Völlig aus der Fassung gebracht, nahm Abigail eine kerzengerade Haltung an, die der ihres Vaters nicht nachstand. »Das glaube ich kaum!« rief sie. »Ich bin schon an Mr. Thurgood vergeben.«

»Oh, das glaube ich nicht.« Mit einem Grinsen äffte er sie nach, während sein Blick andeutete, daß, würde sie Zöpfe tragen, er an einem davon ziehen würde.

Da seine Ausgelassenheit sie zu sehr an die derben Scherze ihres Bruders Rodney erinnerte, fragte sie kühl: »Wie meinen Sie das, Mr. ... äh ...?« Sie hielt betont inne und hob mißbilligend eine Augenbraue.

»Aldrich«, ergänzte er sofort, nicht im geringsten beeindruckt von ihrer Abfuhr. »Jemand hat Thurgood mitgeteilt, seine liebe – reiche – Tante fühle sich einer Ohnmacht nahe und habe sich in eines der Wohnzimmer im oberen

Stockwerk zurückgezogen.« Mit fröhlichem Blick sah er die Treppe hinauf, bevor er fortfuhr: »Als braver – mittelloser – Neffe, ist er natürlich nach oben gegangen, um sich nach ihrem Wohlbefinden zu erkundigen. Deshalb hat er mich beauftragt, ihn bei Ihnen zu entschuldigen und Sie um Verzeihung zu bitten, daß er so plötzlich weggerufen wurde.« Er verzog den Mund, damit sein Grinsen sich nicht zu einem Lachen ausweitete, und fügte hinzu: »Und er bittet Sie, mich freundlicherweise als unzureichenden Ersatz für ihn zu akzeptieren.«

Abigail war nicht froh. Sie spürte, daß er sich über sie lustig machte und sagte mit emporgerecktem Kinn: »Noch einmal, Mr. ... äh ... Aldrich, nicht wahr?« Ihr Lächeln war eisig. »Ich glaube kaum.« Sie sah zu einer Gruppe von Leuten hinüber, die sich offenbar um eine Berühmtheit geschart hatten, und fuhr fort: »Ich ziehe es vor, meine Bekanntschaft mit Mr. Ambrose Bierce zu erneuern, da ich schon einmal einen Moment Zeit habe.« Sie wandte sich zum Gehen.

Jason wurde von Panik erfaßt. Für gewöhnlich brachten sein Grinsen und sein lächelnder Blick den stärksten Widerstand zum Schmelzen, und er wußte nicht genau, wie er jetzt vorgehen sollte. Als Abigail sich entfernen wollte, ergriff er ihr Handgelenk.

Als sie den Druck auf ihrem Arm spürte, blieb Abigail stehen und funkelte ihn wütend an. »Geben Sie meine Hand frei, Sir!« rief sie.

Mehrere Leute drehten sich um und starrten sie an.

Jason ließ auf der Stelle ihre Hand los. »Bitte, Miss Danforth«, sagte er hastig, da er sie unbedingt überreden wollte, mit ihm zu tanzen, ehe sie davonging. »Ich wollte Sie nicht beleidigen.« Er verstellte ihr den Weg, sein Lächeln war verschwunden, sein Gesichtsausdruck ernst. »Nur, ich bin noch nie zuvor einer Frau begegnet, die so schön ist wie Sie. Als ich Sie am Tisch gegenüber entdeckte, konnte ich den Blick einfach nicht mehr abwenden, so hingerissen war ich von Ihrer Schönheit ...«

»Mit Schmeicheleien erreichen Sie gar nichts, Sir!« unterbrach Abigail ihn. Obwohl sie Jacqueline ermahnt hatte, so gut sie konnte, die neueste Frisurenmode zu kopieren, sich bei der Auswahl von Kleid und Juwelen große Mühe gegeben hatte, und die vielen bewundernden Blicke, die sie eingeheimst hatte, ihr verrieten, daß sie blendend aussah, gingen ihr Jasons unverblümte Komplimente auf die Nerven. Sie sah ihn mit einem einhaltgebietenden Blick an und vernahm mit einiger Erleichterung die einleitenden Klänge des ersten Marsches im Ballsaal, eindeutiges Signal dafür, daß der Tanz eröffnet war und es bald zu spät sein würde, seinen stürmischen Bitten zu erliegen.

»Ach, liebe Miss Danforth«, fuhr er fort und trat einen Schritt zurück, um zwar sichtbar vorhanden, aber nicht im Weg zu sein, »ich liefere mich Ihnen auf Gedeih und Verderb aus.« Er faltete seine behandschuhten Hände und streckte sie flehend nach ihr aus. »Ich habe ein abscheuliches Verbrechen begangen!«

Da ihre Neugier nun doch geweckt war, blieb Abigail stehen. »Was soll das heißen?«

»Ich muß gestehen, daß ich eine unerhörte Lüge erzählt habe«, sagte er mit ernstem Gesicht. Sie wirkte so sauer wie ein Senftopf, und er hoffte, sie mit der Wahrheit zu überzeugen, wo der Humor versagt hatte.

»Sie halten mich also nicht für das hübscheste Mädchen, das Sie je in Ihrem Leben getroffen haben?« fragte Abigail mit ironischem Lächeln.

»Oh, Sie haben mich absichtlich mißverstanden, Miss Danforth«, sagte er ernst. Daß sie immerhin bereit war, mit ihm zu scherzen, war ermutigend, und er setzte rasch hinzu: »Sie sind wahrhaftig das hübscheste Mädchen ...«

Abigail errötete und wandte sich ab.

»Bitte gehen Sie nicht, Miss Danforth«, rief er. »Hören Sie mich zu Ende an.«

Sie ging ein paar Schritte weiter, blieb dann jedoch stehen und hörte ihm mit einem spöttischen Ausdruck auf dem Gesicht zu.

»Um die Wahrheit zu sagen, Miss Danforth« – sein freundliches Lächeln kehrte zurück, während er dicht an sie herantrat – »Mr. Thurgoods Tante ist bei bester Gesundheit. Ich selbst habe ihn mit der Lüge, ihr Hinscheiden stehe unmittelbar bevor, weit weg in ein Wohnzimmer im ersten Stock fortgelockt, damit er mich nicht dabei erwischen würde, wenn ich seinen Platz auf Ihrer Tanzkarte einnehme.«

Abigail sah ihn argwöhnisch an. »Woher wußten Sie, daß Mr. Thurgood mein Tanzpartner war?« fragte sie scharf.

»Er war so töricht, damit zu prahlen«, log Jason mühelos und zuckte lässig die Achseln. »Was mich Heinrich III. ziemlich ähnlich macht.«

»Was in aller Welt meinen Sie damit?« fragte Abigail, der die Anspielung ein Rätsel war.

»Wegen eines fehlenden Nagels wurde der Krieg verloren.« Jason verbeugte sich mit einer schwungvollen Armbewegung.

»Wie bitte?« Abigail wich zurück.

»Heute abend auf dem Weg hierher verlor mein Pferd ein Hufeisen. Weil ein Nagel fehlte, kam ich zu spät, versäumte die offizielle Vorstellung und einen angemessenen Platz auf Ihrer Tanzkarte. In der Liebe und im Krieg ist alles erlaubt, sagt man – ich hatte also keine andere Wahl, als mich des Verrats und der Täuschung zu bedienen, wenn ich die Hand einer hübschen jungen Dame gewinnen wollte …«, er machte eine vielsagende Pause, bevor er hinzusetzte, »… für einen Tanz.«

Abigail mußte gegen ihren Willen lachen. »Ihre Anspielung paßt besser zu Richard III.«, sagte sie, nachdem sie Luft geholt hatte.

Aufs neue ermutigt, nutzte Jason seinen Vorteil. »Thurgood wird, und das zu Recht, schrecklich wütend auf mich sein, wenn er meinen Verrat entdeckt. Wir verpassen bereits die Quadrille, der Musik nach zu urteilen, aber könnten Sie mir nicht wenigstens das Vergnügen machen, den Walzer mit mir zu tanzen, bevor mich mein Schicksal ereilt?« Sein Lächeln war gewinnend. »Es wäre es wert, sich seiner Wut zu stellen, wenn Sie mir nur die Ehre erwiesen, den Walzer mit mir zu tanzen.«

Abigail musterte ihn eingehend. Vor ihr stand ein tadellos gekleideter, ungewöhnlich anziehender, tatkräftiger junger Mann, der keineswegs unbeholfen, sondern weitaus selbstsicherer war, als man es seinem Alter nach hätte vermuten können. Er hatte offensichtlich große Anstrengungen unternommen, sie ausfindig zu machen, nur weil er sie so attraktiv fand, und um so zu wirken, mußte sie einräumen, hatte sie sich schließlich alle Mühe gegeben. Da sie sich eines gewissen Widerspruchs in ihrem Verhalten bewußt wurde, errötete sie, konnte die Gefühle, die plötzlich auf sie einstürmten, jedoch nicht richtig deuten. Sie neigte zum Zeichen der Zustimmung kaum merklich den Kopf und lächelte kokett.

Jason verbarg sein Gefühl des Triumphes wohlbedacht

hinter einem schüchternen Lächeln, während er ihr den Arm reichte.

Zu ihrem Leidwesen bekam Abigail erneut weiche Knie, und nur zu gern verließ sie sich auf seine Kraft, als sie seinen Arm nahm, um an seiner Seite den Ballsaal zu betreten.

Es waren nicht wenige, die den Kopf drehten, um das hübsche junge Paar zu bewundern.

Als sie zu den romantischen Klängen von Strauß' »Kußwalzer« über das Parkett wirbelten, führte Jason sie mit dem verführerischen Geschick eines vollendeten Tänzers. Und zum ersten Mal in ihrem ernsten, jungen Leben entspannte sich Abigail und fühlte sich, unbelastet von Gedanken an irgendwelche Intrigen, rundum wohl.

Während seine Herrin die Nacht durchtanzte, kämpfte Kinkade mit dem Wind um den Besitz seines Hutes, als er die Straße zum Palace Hotel hinaufstapfte. Dies war sein dritter freier Abend in der Woche, aber statt sich aufgrund der vielen freien Zeit erholt zu fühlen, hatte ihm allein der Umstand, daß er so viel Muße hatte, zugesetzt. Außerdem beschränkte er sich sonst immer auf zwei Drinks, und heute abend hatte er sich einen dritten genehmigt. Ein Mann, mit dem er an seinem ersten freien Abend ein paar Witze ausgetauscht hatte, hatte das Lokal betreten, und er konnte nicht widerstehen, in dieser fremden Stadt, noch ein wenig mit einem vertrauten Menschen zu verweilen, wie täuschend dies Gefühl der Vertrautheit auch sein mochte. Doch nun bereute er den zusätzlichen Alkohol, der seinen gewöhnlich forschen Schritt verlangsamte und das Wiedereinfangen seines Hutes schwieriger machte, was sein Unbehagen noch verstärkte.

Zwei Jahrzehnte lang war er Abigails Vaters Kammerdiener gewesen und folglich ein Experte auf dem Gebiet der Herrenmode und aller dazugehörigen Artikel. Er versah seine Pflichten so gut, daß Mr. Danforth nur selten das Bedürfnis verspürt hatte, einen Wunsch zu äußern. Doch wenn es vorgekommen war, dann hatte er einen Befehl erteilt, der knapp und leicht auszuführen war, anders als die Wünsche, die Abigail ihm jetzt vortrug.

Nur aus Sorge um die Kleidung seines Herrn hatte er Kontakt mit den Danforthschen Ställen gehabt. Um seine persönlichen Vorrechte auch für die Zukunft zu sichern, hatte er sich ab und zu mit den weniger erfahrenen Stalljungen gezankt, die er mit der Aufgabe betraut hatte, Mr. Danforth' Reitkleidung und Stiefel zu reinigen. Dies war wohl kaum die notwendige Erfahrung, die man brauchte, um die Güte eines Stalles zu beurteilen. Seiner Ansicht nach waren sie ausschließlich von unwissenden Tölpeln bevölkert und stanken nach Pferdeäpfeln, Urin und abgestandenem Schweiß. Er konnte das Geschick eines Schneiders in einem einzigen Gespräch über Stoff und den Sitz eines Ärmels beurteilen und wußte auf den Pfennig genau, was ein bestimmtes Hemd oder eine Krawatte kosten durfte, ob sie nun in New York oder in Savile Row gekauft wurde. Doch wenn es darum ging, einen Pferde- und Wagenverleiher auszusuchen, der kein Dieb und auch kein Trunkenbold sein sollte, war er mit seinem Latein am Ende.

Wie sollte er also Abigails überspannte Anweisungen korrekt ausführen, für ihr Reitpferd Crosspatches zu sorgen und einen Wagen mit einem Kutscher zu mieten, der ihr, wann immer sie es wünschte, zur Verfügung stand?

Sicher, während ihrer langen Reise durch das Land in einem privaten Eisenbahnwagen hatte sich seine Rolle auf die eines Gastgebers und Beschützers ausgeweitet, und seine Zeit war mit den verschiedensten interessanten – um nicht zu sagen abenteuerlichen – Pflichten ausgefüllt gewesen, die alle im Bereich seiner Fähigkeiten gelegen hatten. Doch nun wohnten sie in einem Hotel, in dem es wenig für ihn zu tun gab, und zusätzlich zu dem Eindruck, daß er sich den Aufgaben, die man ihm auftrug, nicht gewachsen fühlte, kam er sich wie das sprichwörtliche fünfte Rad am Wagen vor, stets in der Befürchtung, Abigail könnte seine Weiterbeschäftigung demnächst als sinnlose Ausgabe ansehen. Das Wissen, daß er nicht in Mr. Danforth' New Yorker Haushalt zurückkehren konnte, da der widerliche Samuel sich auf seiner Stelle breitgemacht hatte, vergrößerte seinen Kummer noch.

Als er den Schlüssel in das Schloß des Dienstboteneingangs von Abigails Suite steckte, runzelte er besorgt die Stirn, was den boxerartigen Ausdruck noch verstärkte, den seine schlecht gerichtete Nase seinem Gesicht verlieh. Er knipste das elektrische Licht an, widerstand der Versuchung, es allein des wunderbaren Effekts wegen nochmals an- und wieder auszuschalten, schloß leise die Tür, um Jacqueline nicht aufzuwecken, die behauptet hatte, zu müde zu sein, um ihn auf seinem Ausgang zu begleiten – wäre sie dabeigewesen, wären bestimmt keine harten Drinks getrunken worden – und näherte sich auf Zehenspitzen seinem Zimmer, als er plötzlich einen entsetzlichen Gestank wahrnahm. Schnüffelnd ging er zurück bis zu dem Serviertisch und zuckte zusammen, als der faulige Geruch immer stärker wurde. Dort stand die mit weißem Bindfaden umwickelte Schachtel. Sie stank, als verwese etwas darin.

Offensichtlich war ein teures Geschenk, eine köstliche Delikatesse, seiner Herrin nicht sofort ausgehändigt worden und nun verdorben. Was würde Abigail tun, wenn sie es erfuhr? Kinkades bereits erwähnte Bangigkeit, verbunden mit dem Alkoholgenuß, gewann die Oberhand über sein im allgemeinen sanftes Naturell und brachte ihn in Wut. Er stürmte zu Jacquelines Tür und hämmerte dagegen. »Miss Bordeaux!« rief er. »Wachen Sie sofort auf!«

Es dauerte nur einen Moment, bis Jacqueline ihre Tür einen Spalt öffnete. »Mon Dieu, Monsieur!« rief sie mit vor Angst weit aufgerissenen Augen, während sie den Gürtel um ihren Morgenmantel fester zog.

»Wie lange liegt diese Schachtel schon hier?« fragte Kinkade.

»Monsieur?«

»Tun Sie nicht so, als verstünden Sie kein Englisch!«

»Welche Schachtel?« fragte sie. Aus tiefem Schlaf erwacht, war sie viel zu überwältigt von seinem ungewohnt wütenden Verhalten, um zu begreifen, wovon er überhaupt sprach.

»Folgen Sie mir!« befahl er. Er machte auf dem Absatz kehrt und ging zum Dienstboteneingang.

Jacqueline tappte hinter ihm her.

Während er theatralisch auf das Silbertablett wies, rief Kinkade: »Diese Schachtel hier!« Er funkelte sie mit wildem Gesichtsausdruck an. »Wie lange liegt die bereits dort?«

Obwohl sie sehr genau wußte, wann das Päckchen gekommen war, verließ Jacqueline angesichts seines Zorns der Mut. »Ich … ich … ich weiß nicht«, stammelte sie.

»Wie ist es hierhergekommen?« fragte er. »Jemand muß doch den Jungen, der es abgeliefert hat, hereingelassen haben.« Er stemmte beide Hände in die Hüften. »Miss Danforth dürfte die Tür wohl kaum selbst geöffnet haben!«

Den Tränen nahe, starrte Jacqueline stumm auf ihre Pantoffeln.

»Sie hatten hier zu sein«, sagte er vorwurfsvoll. »Niemand sonst hätte die Tür geöffnet. Wie konnten Sie es wagen, es nicht auf der Stelle abzuliefern?«

Jacqueline hatte genug gehört. Überarbeitet und erschöpft, war sie nicht bereit, sich dafür ausschelten zu lassen, daß sie die Arbeit eines anderen nicht getan hatte. Den Blick zwar immer noch gesenkt, räusperte sie sich und sagte kühl: »Ich hatte zu tun.«

Da er zu sehr mit seinen eigenen Gefühlen befaßt war, entging Kinkade die Veränderung in ihrem Verhalten. »Wenn ein Päckchen, das eindeutig nicht bei einem Einkaufsbummel erworben wurde, eigenhändig zu dieser Suite gebracht wird, dann sollten Sie es Ihrer ...«

»Ich bin nicht der Lakai!« fiel ihm Jacqueline ins Wort und sah ihn offen an. »Ich bin das Stubenmädchen, das Mädchen für die obere und das Mädchen für die untere Etage«, sagte sie, wobei sie ihre Worte beredt mit Gesten unterstrich. »Ich kleide Miss Danforth an. Ich fahre die Teewagen umher.« Sie machte eine Pause und holte tief Atem, bevor sie mit Nachdruck hinzufügte: »Ich liefere keine Pakete aus!« Sie stampfte mit dem Fuß auf.

Die Arme noch immer in die Seiten gestemmt, starrte er wütend auf sie herab. »Wenn ich nicht da bin, um es zu erledigen, dann werden Sie das sehr wohl tun!«

»Nun. Jetzt sind Sie ja hier.« Die Hände in die Hüften gestemmt, ahmte sie ganz bewußt seine Haltung nach und starrte ebenso wütend zu ihm hinauf. »Sie liefern es ab!«

Jacquelines Mut beeindruckte ihn. Sie sprach die Wahrheit, denn sie sah tatsächlich abgearbeitet aus. Das Schuldbewußtsein über seine eigene geringe Arbeitsbelastung ließ seinen Zorn ebenso rasch abflauen, wie er aufgeflammt war, und obwohl er immer noch schalt, ließen die Sanftheit seines Tones und ein leichtes Kopfschütteln auf bessere Laune schließen, als er sagte: »Sie wissen sehr wohl, daß Miss Danforth ausgegangen ist.« Er ließ die Hände sinken; die Mißbilligung machte nun Besorgnis Platz, denn er fuhr fort: »Ich fürchte, es ist etwas verdorben.«

Jacqueline, die Kinkades verändertes Verhalten bemerkte, lächelte: »Vielleicht ist es der Käse, der aus der blauen Schafsmilch hergestellt wird?« Sie hielt sich die Nase zu.

»So einen Käse gibt es?« Ein Lächeln verwandelte Kinkades Gesicht.

Jacqueline nickte und legte ihre Hand auf das Päckchen. »Falls eine Karte dabei ist, könnten wir es an den Besitzer zurückschicken.« Sie warf ihm einen verstohlenen Blick zu. »Wir könnten das Hotel dafür verantwortlich machen, daß die Schachtel nicht rechtzeitig abgeliefert wurde, oder?«

Überglücklich über diesen Vorschlag, bedeutete Kinkade ihr, das Paket zu öffnen.

Der Knoten ließ sich jedoch trotz aller Anstrengung nicht lösen, und sie lief davon, um ihre Schere zu holen. Nachdem sie zurückgekehrt war, schnitt sie den Faden durch und hob den Deckel der Schachtel hoch. Der Inhalt, was immer es auch sein mochte, war in Seidenpapier eingehüllt. Da keine Karte obenauf lag, zog sie das raschelnde Papier vorsichtig zur Seite. Als ihr Blick auf den Inhalt der Schachtel fiel, sog sie die Luft ein. Aus ihrem Gesicht wich alle Farbe. Ohne einen Laut sank sie zu Boden und verlor das Bewußtsein, noch bevor Kinkade sich rühren und ihren Sturz verhindern konnte.

Eilends kniete er neben ihr nieder und tätschelte ihr sanft das Gesicht.

Jacqueline stöhnte, erwachte jedoch nicht.

Er hob ihre zierliche Gestalt hoch, richtete sich auf und

trug sie in ihr Zimmer. Nachdem er sie auf das schmale Bett gelegt und ihren Kopf auf ein Kissen gebettet hatte, sah er sich suchend nach dem Riechsalz um. Als er das Fläschchen endlich in einem Durcheinander von Knöpfen und Garn auf dem winzigen Toilettentisch entdeckte, schraubte er die Kappe ab, setzte sich neben Jacqueline auf das Bett und hielt ihr das Salz unter die Nase.

Jacqueline erschauerte und stieß seine Hand beiseite. Stöhnend öffnete sie die Augen. Als sie ihn ansah, kehrte die Erinnerung an das soeben Gesehene zurück, und sie kniff die Augen wieder zusammen. »Oh, Monsieur Kinkade, wer kann nur etwas so Schreckliches tun ...?« Aufs neue schauderte sie.

»Was ist es?« fragte er. »Was ist in der Schachtel?«

Während sie die Augen fest geschlossen hielt, als könne sie dadurch die Erinnerung fernhalten, sagte sie. »Sie dürfen es Miss Danforth nicht zeigen.« Sie schüttelte heftig den Kopf. »Werfen Sie es auf der Stelle weg!«

Kinkade tätschelte ihr beruhigend die Hand. Als er merkte, daß er keine Antwort von ihr erhalten würde, machte er Anstalten, sich zu erheben, um es selbst herauszufinden.

»Nein«, schrie sie und griff nach seinen Händen. »Bitte lassen Sie mich noch nicht allein.« Sie öffnete die Augen und sah ihn flehentlich an. »Ich habe Angst.«

Kinkade, dem plötzlich das Ungeheuerliche der Situation aufging, blieb stehen, obwohl es dazu all seiner Selbstbeherrschung bedurfte. »Ich kann nicht bleiben, Miss Bordeaux.« Voll Bedauern blickte er auf sie herab. »Ich habe Sie schon genügend kompromittiert. Nur weil es ein Notfall war, habe ich mir die Freiheit erlaubt, Ihr Schlafzimmer zu betreten.« Heftig errötend verließ er den Raum und schloß die Tür hinter sich.

Er fragte sich, was wohl so Entsetzliches in der Schachtel sein könne, und ging in der festen Überzeugung auf den Dienstboteneingang zu, es werde ihn schon nicht sonderlich beeinträchtigen. Es war ja bekannt, daß Frauen schwach waren und unfähig, unerwartete Schrecken zu ertragen, ohne in Ohnmacht zu fallen. Darum mußten Männer eben so viel auf sich nehmen, um sie zu beschützen. Wenn er den Inhalt der Schachtel gesehen hatte, würde er entscheiden, ob es möglicherweise Abigails Zartgefühl verletzen würde, ihr die Schachtel zu zeigen.

Er beugte sich über das Päckchen, hielt den Atem an, um den Gestank nicht zu riechen und schob das Seidenpapier vorsichtig auseinander. Beim Anblick des Inhalts begannen die Drinks und das Essen, das ihnen vorausgegangen war, in seinem Magen zu revoltieren und in seine Kehle aufzusteigen. Während er in seine Schlafkammer rannte, zog er ein Taschentuch hervor und hielt es sich vor den Mund, falls er den Nachttopf unter seinem Bett nicht mehr rechtzeitig erreichte.

Schweigend und mit grimmigem Gesicht steckte Abigail den Schlüssel ins Schloß; alle angenehmen Erinnerungen an das Tanzen mit Jason waren getrübt. Sie stieß die Tür weit auf und wartete, bis Maude eingetreten war, bevor sie sie schloß und verriegelte. Sie warf ihren zobelbesetzten Umhang auf einen Sessel im Vestibül, ohne darauf zu achten, wo er landete, und ging ins Wohnzimmer, direkt zum Klingelzug, um nach Jacqueline zu läuten. Nachdem sie mit einem heftigen Ruck daran gezogen hatte, wandte sie sich in königlicher Haltung um und sah Maude an, die ihren

Mantel abgelegt und ihren angestammten Platz auf der Couch eingenommen hatte. »Wir ziehen nicht zu den Bradshaws, das ist mein letztes Wort«, sagte sie in einem Ton, der an ihren Vater erinnerte.

»Aber warum nicht?« fragte Maude und begann, ihre Handschuhe aufzuknöpfen.

Abigail ging langsam zu ihr hinüber. »Ich habe schon genug zu tun, ohne auch noch jeden meiner Schritte fremden Leuten zu erklären ...«

»Aber für mich sind es keine Fremden, Miss Danforth«, unterbrach Maude sie mit einem Achselzucken.

Abigail setzte sich auf die Kante des Polstersessels. »Das mag ja sein, Miss Cunningham«, sagte sie ernst. »Aber ich muß völlige Bewegungsfreiheit haben, wenn ich Charlies Mörder aufspüren will.«

»Ich verstehe Ihren Widerstand nicht«, sagte Maude, während sie sich auf ihren Handschuh konzentrierte. »Das Haus der Bradshaws ist kein Gefängnis«, fuhr sie fort und zog an den Spitzen des weichen Glacéleders, bis es sich von ihren Fingern löste. Sie zog den Handschuh ungeduldig aus und setzte hinzu: »Sie werden sich absolut frei bewegen können!«

»Da sind Sie im Irrtum!« Abigail erhob sich und ging mit raschelnden Röcken bis zur Mitte des Zimmers, bevor sie stehenblieb und sich zu Maude umdrehte. »Die gute Dame wird mich bis zum Überdruß ausfragen, natürlich aufs Liebenswürdigste.« Indem sie ihr Gesicht zu einem überbreiten Lächeln verzog, fuhr sie mit einer honigsüßen, und doch durchdringenden Stimme fort, die erstaunlich an Mrs. Bradshaw erinnerte: »Sind Sie rechtzeitig zum Tee wieder da, Miss Danforth?« Ihre Handgelenke wurden schlaff. »Soll ich mit dem Mittagessen warten, meine Liebe?« Sie wedelte hilflos mit den Händen. »Mein Empfangstag ist dienstags, Liebste, sind Sie dann zu Hause?« Sie hielt inne und sah Maude an. »Man wird mich als junges Mädchen betrachten, das beaufsichtigt werden muß, und die Bradshaws werden es für ihre Pflicht halten, dafür zu sorgen, daß ich zu jeder Zeit und überallhin begleitet werde.«

Ohne auf Abigails Vorführung zu achten und mit ihrem zweiten Handschuh beschäftigt, fragte Maude sanft: »Aber sind Freunde nicht eben dafür da?«

»Bei ihnen zu wohnen, würde ein ernstliches Hindernis für eine Ermittlung darstellen.« Abigail runzelte vor Ärger die Stirn und setzte sich wieder auf die Sesselkante. »Wenn Sie aufrichtig wollen, daß ich diesen Mord aufkläre, müssen wir im Palace bleiben.«

Maude legte beide Handschuhe auf ihren Schoß und begann, ohne aufzusehen, die Falten glattzustreichen.

»Sind wir uns einig?« beharrte Abigail.

»Wenn Sie es so sehen, Miss Danforth.« Maude seufzte tief. »Abgemacht.«

Zufrieden – denn wenn Maude einmal ihr Wort gegeben hatte, würde sie es auch halten, wie sehr es ihr auch mißfiel – wandte Abigail den Kopf und sah auf die Tür, die zu den Schlafräumen führte. »Wo Jacqueline nur bleibt?« fragte sie.

Im selben Moment klopfte es an die Tür.

»Na, das wird aber auch Zeit!« rief Abigail. »Komm herein!«

Kinkade öffnete die Tür.

»Wo ist Jacqueline?« fragte Abigail.

»Sie ist unpäßlich, Miss Danforth.«

»Ach, zum Teufel!« rief Abigail, der das gerade noch gefehlt hatte. Sie war im Begriff, auf einer Erklärung für

Jacquelines Unwohlsein zu bestehen, entschloß sich dann jedoch anders, weil sie Kinkade nicht in Verlegenheit bringen wollte, indem sie ihn zwang, sich über Dinge zu äußern, die naturgemäß ausschließlich den Bereich des Weiblichen betrafen. »Und wie soll ich ohne sie jemals aus diesen Kleidern kommen?«

»Ich werde Ihnen helfen«, bot Maude an und stieß einen wenig begeisterten Seufzer aus.

»Ah, sehr gut.« Abigail entließ Kinkade mit einem lässigen Wink. »Sie können den Topasschmuck morgen in den Tresor zurückbringen.«

Kinkade blieb in der Tür stehen. »Verzeihen Sie, Miss«, sagte er.

»Was gibt es denn noch?« fragte Abigail ungehalten.

»Es ist ein Päckchen für Sie gekommen, Miss.«

»Es ist viel zu spät, um sich jetzt noch mit Päckchen zu befassen, Kinkade.« Sie bedeutete ihm zu gehen. »Erinnern Sie mich morgen daran.«

»Bitte, Miss«, beharrte er. »Ich glaube, Sie sollten es sich jetzt ansehen.«

Abigail starrte ihn mit jenem herrischen Blick an, der dazu angetan war, ihn davonzujagen, falls sein Entschluß nicht unumstößlich war.

Kinkade rührte sich nicht von der Stelle.

»Also gut«, antwortete sie nicht allzu freundlich. Sie gab ihm einen Wink und sagte: »Dann wollen wir mal sehen, was es so Dringendes gibt.«

Während er das Silbertablett mit der übelriechenden Schachtel vorsichtig mit den Fingerspitzen so weit wie möglich von sich entfernt hielt, ging Kinkade auf Abigail zu.

4. Kapitel

Puh!« rief Abigail und verzog vor Abscheu die Nase, als Kinkade näherkam. »Was ist das für ein grauenhafter Gestank?« Sie hob die Hand und gebot ihm stehenzubleiben.

Kinkade blieb abrupt stehen. »Aber Miss Danforth, Sie müssen …«

»Sind Sie wahnsinnig?« fragte Abigail. Während sie sich mit der einen Hand die Nase zuhielt, winkte sie ihm mit der anderen, sich zu entfernen. »Kommen Sie nicht einen Schritt näher!«

»Phh!« sagte Maude und bewegte heftig ihren Fächer. »Es riecht nach etwas Verwesendem.«

»Aber Miss …«

»Gehen Sie sofort hinaus und werfen Sie das Ganze weg, was immer es auch ist!« wiederholte Abigail hartnäckig.

»Noch besser, Sie wickeln es fest ein und bringen es nach unten, damit es beseitigt wird. Wir wollen ja nicht, daß die ganze Suite stinkt …«

Ehe Abigail weiter protestieren konnte, trat Kinkade rasch vor, die Lippen in grimmiger Entschlossenheit zusammengepreßt, und stellte das Silbertablett auf den Rosenholztisch neben dem gepolsterten Lehnstuhl. Er kannte Abigail seit ihrer Geburt, und obwohl er mit ihrer Erziehung nichts zu tun gehabt hatte, wußte er natürlich noch sehr genau, wie man sie als kleines Kind im Danforthschen Haushalt angebetet hatte, und mehr als einmal hatte er ihr geholfen, wenn ihre Streiche sie in die Klemme gebracht hatten. Die Jahre des Heranwachsens hatte sie jedoch in Europa verbracht, von wo sie als Fremde, erwachsen und voller Selbstbeherrschung, zurückgekehrt war. Und als Arbeitgeberin.

Er hatte eine Weile mit sich gerungen, bevor er entschied, daß sie die Schachtel sehen sollte. Und daß er sich dazu entschlossen hatte, lag nicht zuletzt an ihrer langjährigen Zusammenarbeit, in der er jeden Auftrag ausgeführt hatte. Mit einem forschen Schritt rückwärts wies er mit der Hand auf das Paket. »Sie sollten es eigentlich schon heute morgen erhalten, Miss Danforth. Es ist allein meine Schuld, daß der Gestank so entsetzlich ist. Wenn es rechtzeitig abgeliefert worden wäre, wäre es nicht ganz so unangenehm. Aber, wenn Sie verzeihen, es ist meine wohlüberlegte Ansicht, daß Sie das sehen, was Sie sehen sollten.« Obwohl er ihre Abneigung gegen Riechsalz kannte, zog er verstohlen ein Fläschchen aus seiner Hosentasche und dann noch ein großes, sauberes Taschentuch, um alles bereit zu haben, falls sie eines von beidem brauchte.

Abigail sah Kinkade prüfend an. Es war ein ungewöhnlicher Vorgang, daß er trotz der Einwände seiner Vorgesetzten auf etwas bestand. Die Angelegenheit mußte in der Tat äußerst dringlich sein, wenn er sich selbst in eine solch heikle Situation begab. Widerwillig beschloß sie, seiner Bitte nachzukommen; sollte sie seiner Einschätzung der Situation nicht zustimmen, nachdem sie den Inhalt der Schachtel inspiziert hatte, würde ihm eine gehörige Schelte gewiß sein. Sie bewegte ihren Fächer heftig unter ihrer Nase hin und her, um den Geruch etwas zu mildern, blieb auf der Kante des Sessels sitzen, beugte sich jedoch vor, um in die Schachtel zu sehen. Vorsichtig zog sie mit ihren behandschuhten Fingerspitzen das Seidenpapier auseinander und starrte in das Paket.

Was ihr entgegenstarrte, war das glasige, tote Auge eines Hahnes, das leuchtende Rot seines Kammes und Kehllappens war einer tödlichen Blässe gewichen. Sein Kopf war abgehackt worden, und die Federn an seinem blutgetränkten Hals wimmelten von Maden.

Abigail schnappte nach Luft und fuhr zurück. »Ein Hühnerkopf!« Sie schauderte. »Wer kommt auf die Idee, mir etwas so Abscheuliches zu schicken?« Sie sah Kinkade fragend an. »Ist eine Karte dabei?«

»Nein, Miss«, erwiderte er. Ungeheuer beeindruckt von Abigails Kaltblütigkeit ließ er seine für den Notfall bereitgehaltenen Utensilien heimlich in der Tasche verschwinden und setzte hinzu: »Ich habe mir erlaubt, die Schachtel gründlich zu untersuchen.«

Maude, die aufgestanden und hinter Abigail getreten war, während diese den Inhalt des Pakets untersuchte, schaute nun ihrerseits hinein, als Abigail zurückgewichen war. »Puh!« rief sie aus. Sich heftig Luft zufächelnd, nahm sie wieder ihren Platz auf der Couch ein. »Das ist nicht nur ein Huhn, Miss Danforth«, sagte sie. »Das ist ein Hahn.«

»Und was ändert das?« fragte Abigail. »Henne oder Hahn, jedenfalls ist es ein Huhn.« Sie war entrüstet. »Warum kommt jemand auf die Idee, einem Huhn den Kopf abzuhacken und ihn mir zu schicken?«

Maude war erschreckend blaß geworden, und zwar nicht infolge des abstoßenden Anblicks oder des Gestanks, dem sie kurz zuvor ausgesetzt war. »Das ist ein ganz erheblicher Unterschied, Miss Danforth«, sagte Maude, und in ihrer Stimme schwang so etwas wie Furcht mit. »Die Tongs in China haben die Gewohnheit, ihren Feinden einen Hahnenkopf zu schicken ...« Die Stimme versagte ihr.

Abigail fand Maudes Verhalten beunruhigend und versuchte, dies zu verbergen, indem sie brüsk fragte: »Und wozu?«

Maude hüstelte leise hinter vorgehaltener Hand, um sich zu räuspern. »Es bedeutet eine offene Kriegserklärung.«

Kinkade war so entsetzt, daß er sprach, ohne angeredet worden zu sein. »Aber, Miss Cunningham!« rief er mit weit aufgerissenen Augen. »Warum sollte jemand den Wunsch haben, unserer Miss Danforth den Krieg zu erklären?«

In der Überzeugung, daß Charles' Mörder, wer immer es auch war, nur zu gern eine Art Krieg erklären würde, jedoch ziemlich sicher, daß Abigail nicht die Absicht hatte, ihre Angelegenheiten mit den Dienstboten zu besprechen, warf Maude ihr einen vielsagenden Blick zu.

Mit einem unauffälligen Nicken, das Kinkade nicht bemerkte, bedeutete Abigail Maude, daß sie verstanden hatte. »Das Warum ist zweitrangig, mein lieber Kinkade ... zweitrangig«, antwortete sie nachdenklich. »Die wichtigste Frage – und zwar diejenige, die so schnell wie möglich beantwortet werden muß – ist, wer diesen Wunsch hatte.« Abigail seufzte tief. »Und ganz San Francisco weiß aufgrund der Lektüre des *Chronicle*, der über das Kommen und Gehen der Gäste des Palace berichtet, daß wir hier sind.«

Maude zog unschuldig die Augenbrauen hoch. »Ist das nicht erst recht ein Grund, in einem Privathaus zu wohnen?«

Ohne auf ihre Bemerkung zu achten, wandte sich Abigail an Kinkade. »Wann genau ist das Paket gekommen?«

»Ich weiß es nicht, Miss.« Fasziniert von den wundersamen Vorgängen, die sich vor seinen Augen abspielten, antwortete Kinkade, ohne nachzudenken: »Ich war beim Wagenverleiher ...«

»Soll das heißen, es hat seit heute morgen in den Dienstbotenräumen gelegen?« Abigail erhob sich mit finsterem Gesichtsausdruck.

Er hatte vorgehabt, Jacqueline in Schutz zu nehmen, war jedoch überrumpelt worden, und da er es nicht gewöhnt war, sich zu verstellen, antwortete er nun: »Jacqueline hat die Tür geöffnet, Miss.«

»Aber Sie sagten doch, es wäre Ihre Schuld«, sagte Maude.

»Ha!« entfuhr es Abigail, während sie ihren Fächer betätigte. »Das war zweifellos nur wieder ein mißlungener Versuch, ritterlich zu sein.« Sie wandte sich an Kinkade und fragte: »Warum hat sie es nicht sofort abgeliefert?«

Jacquelines Ausbruch klang Kinkade noch in den Ohren. Beim Gedanken an ihre Worte und an seine Flunkerei errötete er und sagte achselzuckend: »Ich weiß es nicht, Miss.«

»Läuten Sie ihr sofort!« befahl Abigail.

Kinkade zögerte. »Aber Miss ...«

»Und wenn Sie sie hertragen müssen!« Es kam Abigail

einfach nicht in den Sinn, selbst in das Zimmer ihrer Zofe zu gehen: »Bringen Sie sie her!«

Kinkade wandte sich gehorsam um.

»Warten Sie!« befahl Abigail. »Nehmen Sie dieses gräßliche Ding mit hinaus!« Als Kinkade umkehrte, um ihrem Wunsch nachzukommen, fügte sie hinzu: »Wickeln Sie es fest ein, damit es nicht so stinkt, aber werfen Sie es noch nicht weg.«

»Sehr wohl, Miss.« Kinkade ergriff das Tablett und stürzte aus dem Zimmer.

»Pfui Teufel!« rief Abigail, als er die Tür hinter sich geschlossen hatte. Erregt schritt sie im Raum auf und ab und fächelte sich Luft zu; die Goldfäden ihres Kleides leuchteten auf. »Wir haben einen ganzen Tag verloren«, murrte sie. »Das Gedächtnis ist kurz, wenn es sich um ein alltägliches Ereignis an einem geschäftigen Tag handelt. Niemand wird sich mehr an etwas erinnern, bis ich Zeit habe, ihn zu befragen.« Sie hielt inne. Zu Maude gewandt, fragte sie laut: »Woher wußte er, daß die Schachtel für mich war, wenn keine Karte dabei war?«

Maude zuckte die Achseln und wollte gerade antworten, als es leise an der Tür klopfte.

Abigail drehte sich rasch zur Tür. »Herein!« sagte sie scharf.

Eine bleiche, abgespannte Jacqueline stand im Türrahmen; sie schien noch weiter geschrumpft zu sein. Kinkade hatte ihr nur allzu deutlich gemacht, daß höchste Eile angebracht war. Sie war seinem Rat gefolgt und hatte nur rasch ihren Morgenmantel übergeworfen; nun hatte sie das alptraumhafte Gefühl, nackt zu sein, so unpassend kam sie sich vor, als sie im Négligé im Salon vor ihren Vorgesetzten stand, die noch ihre eleganten Abendkleider trugen.

Da er der unerfreulichen Szene, die sich ankündigte, nicht beiwohnen wollte, blieb Kinkade im Flur zurück, schloß die Tür hinter Jacqueline und flüchtete.

Da sie zu begierig darauf war, Antworten auf die Fragen zu bekommen, die sie quälten, übersah Abigail Jacquelines jämmerlichen Zustand und fragte sie ohne ein Wort des Grußes in dem donnernden Ton, den sie von ihrem Vater gelernt hatte: »Wann ist dieses Paket gekommen?«

Nie zuvor hatte Jacqueline Abigail so zornig gesehen. Und auch noch auf sie. Denn trotz all ihrer Klagen, überarbeitet zu sein, betete sie ihre Herrin an. Die Nachwirkungen der Ohnmacht machten sich noch immer bemerkbar, und sie erstarrte plötzlich in Gedanken vor Schreck, sie könnte ihre Stellung verlieren. So konnte sie nur mit Mühe stammeln: »Je ne sais pas, Mademoiselle ...«

»Auf Englisch!« sagte Abigail schroff.

»Ich ...« Jacqueline schluckte, völlig demoralisiert. »Ich weiß nicht, Miss.«

»Du warst hier!« Abigail sah sie grimmig und unversöhnlich an. »Du hast ihn eingelassen!«

»Ich schiebe den Teewagen ...«

»Meine Güte, du dummes Ding!« unterbrach Abigail sie wütend. »Das war am Vormittag!« Sie ging um die unglückliche Jacqueline herum und durchbohrte sie mit mißbilligenden Blicken. »Wie kannst du es wagen, es den ganzen Tag dort liegen zu lassen!«

Zutiefst beschämt darüber, daß sie aus Selbstsucht ihrer geliebten Herrin Ungelegenheiten gemacht hatte, senkte Jacqueline stumm den Kopf.

»Heraus mit der Sprache!« befahl Abigail.

»Es tut mir leid, Miss ...«

»Für Entschuldigungen ist es jetzt zu spät, Jacqueline«,

sagte Abigail, immer noch ungehalten. »Das zeugt von einem sehr schlechten Urteilsvermögen.« Während sie verwundert darüber den Kopf schüttelte, daß jemand so unzuverlässig sein konnte, fuhr sie fort: »Wer hat es gebracht?«

»Bitte, Miss, ich kenne ihn nicht …«

»Ich erwarte nicht, daß du seinen Namen kennst«, sagte Abigail, verärgert über Jacquelines Unfähigkeit zu begreifen, was sie wissen wollte. »War es ein Angestellter des Hotels?«

Jacquelines Gesicht hellte sich auf. »Ja, Miss.«

»Woher weißt du das?«

»Er hat die Livree getragen, Miss.«

»Was hat er gesagt?«

Da sie sich nur noch daran erinnerte, daß sie aufgebracht gewesen war, weil sie an die Tür gemußt hatte, sagte Jacqueline: »Nichts, Miss.«

»Du hast die Tür geöffnet, und er hat dir das Päckchen ausgehändigt, ohne ein Wort zu sagen?«

»Ja, Miss.« Jacqueline schloß fest die Augen und rief sich die Szene zurück. Die Hand so haltend, als drehe sie einen Türknauf, öffnete sie im Geist eine Tür und streckte die Hände aus, um etwas in Empfang zu nehmen. »Er gibt mir die Schachtel«, sagte sie. Sie riß die Augen auf und strahlte Abigail an. »Und er sagt, es ist für Miss Danforth!«

»Du bist ganz sicher?« Abigails dunkle Augen durchbohrten ihre winzige Zofe. »Das Päckchen war für mich und nicht für Miss Cunningham.«

»Oh, ja, Miss«, sagte Jacqueline eifrig, erleichtert, daß sie doch zu etwas nütze war.

»Das wird ja immer merkwürdiger.« Abigail runzelte mißbilligend die Stirn. Wieder ging sie schweigend auf und ab.

»Bitte, Miss«, sagte Jacqueline. In der Hoffnung, ihre

Herrin wieder für sich einzunehmen, fuhr sie ungefragt fort: »Jetzt, wo ich auf bin, fühle ich mich besser. Darf ich Ihnen helfen …«

Immer noch über Jacqueline erzürnt und im Zweifel darüber, ob sie je lernen würde, Fragen so zu stellen, daß sie Antworten erhielt, ohne um jede Einzelheit betteln zu müssen, gewann Abigails Enttäuschung die Oberhand. »Nein, danke!« rief sie betont grob.

»Könnte ich nicht …«

»Nein, Jacqueline. Für heute hast du schon genug Schaden angerichtet. Ich möchte, daß du aus meinem Blickfeld verschwindest!«

Jacqueline biß sich auf die Lippen, um die aufsteigenden Tränen zu unterdrücken, und wandte sich zum Gehen.

»Und fang schon mal an zu packen!« rief Abigail hinter ihr her. »Wir wohnen ab morgen bei den Bradshaws.« Sie wartete, bis Jacqueline den Raum verlassen hatte, und wandte sich dann an Maude. Sie zuckte die Achseln und fügte mit einem sarkastischen Lächeln hinzu: »Wenn wir uns im Krieg befinden, brauchen wir alle Freunde, über die wir verfügen.«

Kaum hatte Abigail sich in ihr Zimmer zurückgezogen, als sich Gedanken an Jason einstellten. Vor sich hinsummend, tänzelte sie durch den Raum, während sie ihre Juwelen ablegte und ihr Kleid aufknöpfte. Sie setzte sich an den Frisiertisch und löste ihr Haar, und ein Lächeln umspielte ihre Lippen, während sie nochmals das wundervolle Gefühl der Hingabe durchlebte, das sie empfunden hatte, als sie sich in seinen Armen über die Tanzfläche bewegt hatte; dann ging ihr auf, daß sie am Morgen in aller Frühe handeln mußte, wenn sie etwas erreichen wollte, ohne von ihren Gastgebern beobachtet zu werden. Sie dachte nicht daran, daß es schon sehr spät war und sie ihn im Schlaf stören würde, und läutete nach Kinkade.

Er erschien im Handumdrehen. Er hatte die verzweifelte Jacqueline getröstet und sich noch nicht aufs Zubettgehen vorbereitet.

Verlegen, daß sie es sich erlaubt hatte, sich mitten in ihren ernsthaften Betrachtungen Gedanken an Jason hinzugeben, war Abigail jetzt zu sehr darauf bedacht, ihr Ziel zu verfolgen, um es mit der Etikette besonders genau zu nehmen. Sobald Kinkade die Tür öffnete, winkte sie ihm einzutreten und die Tür hinter sich zu schließen. Noch ehe er das Zimmer ganz durchquert hatte, begann sie: »Als erstes morgen früh müssen Sie dafür sorgen, daß ein Brougham bereitsteht.«

»Ja, Miss …«

»Da mir daran gelegen ist, das Gespräch so bald wie möglich zu beenden, damit wir beide etwas Schlaf bekommen, möchte ich Sie bitten, mich künftig nicht mehr zu unterbrechen, Kinkade.«

Kinkade gelang es gerade noch rechtzeitig zu verhindern, daß ihm die üblichen Worte wie von selbst entschlüpften. Mit einem stummen Kopfnicken faltete er die Hände auf dem Rücken und blieb abwartend vor ihr stehen.

»Denken Sie daran, ich brauche den Wagen abfahrbereit, pünktlich um neun Uhr vormittags vor dem Hotel, nicht daß er dann erst bei dem Wagenverleiher hinter ein Pferd gespannt wird. Sie müssen sich als mein Begleiter verkleiden. Sie könnten einen Spazierstock dabeihaben und diese hübsche Kappe von Vater tragen« – sie warf ihm einen schnellen Blick zu – »Sie wissen, welche ich meine?«

Kinkade nickte bejahend.

»Danach, wenn ich beschäftigt bin, müssen Sie einen guten Stadtplan auftreiben und sich damit vertraut machen. Ich möchte nicht in der Situation sein, daß mich ein Droschkenkutscher durch die Stadt fährt, der sich nicht auskennt. Ich will es nicht riskieren, Crosspatches zu ruinieren, indem ich ihn diese scheußlichen, steilen Hügel hinauf- und hinunterhetze; deshalb erwarte ich von Ihnen, wenn ich irgendwohin fahren möchte, solange wir bei den Bradshaws wohnen, dafür zu sorgen, daß der Brougham immer mit Pferd und einem nüchternen Kutscher zur Verfügung steht und Sie stets bereit sind, mich zu begleiten.«

Kinkade war von ihrem gebieterischen Benehmen so beeindruckt, daß er gar nicht richtig wahrnahm, daß seine Sorge darüber, unterbeschäftigt zu sein, mit einemmal unbegründet war.

»Das Wichtigste jedoch ist, daß niemand erfährt, wohin wir fahren.« Um die Bedeutung zu unterstreichen, machte Abigail eine kurze Pause. »Niemand. Ist das klar?«

»Nicht einmal Miss Cunningham?« fragte er erstaunt.

»Vor allem Miss Cunningham nicht.«

Die Hand auf dem Herzen, schwor Kinkade: »Niemand wird erfahren, wohin wir fahren oder wo wir gewesen sind, Miss.«

»Gut!« rief sie. »Gehen Sie jetzt. Morgen verspricht ein anstrengender Tag zu werden.«

Kinkade hatte die Hand bereits auf der Türklinke, als ihm einfiel zu fragen: »Und wo, bitte, fahren wir morgen früh hin, Miss?«

Abigails Lächeln war ein wenig boshaft, als sie antwortete: »Ins Leichenschauhaus.«

Nathaniel Bradshaw war sehr zufrieden mit seiner Frau und hatte ihr dies auch wortreich bestätigt, bevor er sie zu Bett geschickt und Halston, den Butler des Hauses, in sein Arbeitszimmer befohlen hatte. Er machte es sich in dem großen, ledernen Schaukelstuhl hinter seinem Mahagonischreibtisch bequem und strich nachdenklich über seinen ergrauenden Backenbart, bis Halston nach kurzer Zeit vor ihm stand.

»Meine Frau hat ein paar Freunde eingeladen, die ab morgen für einige Zeit bei uns wohnen werden«, sagte er und betrachtete den spindeldürren Mann auf der anderen Seite seines Schreibtisches. »Die Damen Cunningham und Danforth, glaube ich. Sie werden die goldenen Suiten im Nordflügel bewohnen. Sie haben außerdem zwei Dienstboten bei sich. Miss Danforth' persönliche Zofe und einen Mann, der ...«, er hielt inne und fuhr mit einem Achselzucken fort, »anscheinend weiß niemand so recht, was seine Aufgabe ist.«

»Ich verstehe, Sir«, erwiderte Halston mit hochgezogener Augenbraue.

»Ja, ich denke schon«, sagte Mr. Bradshaw mit einem verschmitzten Zwinkern. »Ich brauche Sie sicher nicht daran zu erinnern, daß unausgelastete Dienstboten eine wahre Goldgrube an Informationen darstellen können ...?«

»Sie brauchen nichts weiter zu sagen, Sir«, erwiderte Halston wissend.

»Wahrscheinlich ist der Mann, Kinkade heißt er, glaube ich, deine beste Quelle. Einen Menschen, dessen Pflichten nicht genau festgelegt sind, sollte man leicht ausnutzen können.«

»Jawohl, Sir«, erwiderte Halston. »Sie können sich auf mich verlassen.«

Mit gefurchter Stirn und schwerfälligem Schritt kehrte Kinkade in die Dienstbotenräume zurück. Während seine schlimmsten Befürchtungen, daß ihn Miss Danforth nicht mehr benötigte, beseitigt waren, wuchs nun sein Eindruck, inkompetent zu sein. Er tröstete sich damit, daß er beim Portier die besten Ratschläge eingeholt hatte, und obwohl er genauso stank wie jeder andere, hatte der Stall, den er ausgewählt hatte, den erwartet guten Ruf und war mit Sicherheit teuer genug gewesen. Wenn er um fünf Uhr früh aufwachte, konnte er bestimmt rechtzeitig dort sein, um dafür zu sorgen, daß der Wagen zur gewünschten Stunde bereit stand. Wenn er nur Mr. Danforth' Kappe finden könnte!

Er war so in Gedanken versunken, daß er beim Klang von Jacquelines Stimme zusammenfuhr.

»Ach, Mon Dieu, Monsieur!« rief sie. »Wo waren Sie denn?«

»Unsere Herrin hat mich gerufen.«

»Ich bin so froh, daß Sie wieder da sind. Ich brauche Ihre Hilfe. Heute morgen müssen Sie …«

Mit dem Ausdruck ehrlichen Bedauerns unterbrach Kinkade sie höflich. »Ich fürchte, ich werde Ihnen heute vormittag nicht helfen können. Ich habe eine ganze Menge für Miss Danforth zu erledigen …«

»Was?« Jacqueline war entsetzt. »Warum soll ich alles allein machen? Das können Sie nicht ernst meinen …«

»Oh doch, das tue ich.«

Aus seinem Ton und Verhalten schloß Jacqueline, daß es keinen Sinn hatte, mit ihm zu streiten oder zu betteln. Sie brach in Tränen aus.

Kinkade ging auf sie zu, um sie zu trösten.

»Rühren Sie mich nicht an!« Sie schluchzte in ihr Taschentuch. Nach einiger Zeit gewann sie ihre Beherrschung wieder, und während sie sich die Nase putzte, fragte sie schluckend: »Was gibt es denn so Wichtiges zu tun, daß Sie mir nicht helfen können?«

»Als erstes muß ich ihr eine Kutsche besorgen, für neun Uhr vormittags.«

»Eine Kutsche?« Sie sah ihn fragend an. »Sie hat kaum geschlafen. Wohin will sie denn so früh am Morgen?«

Es kam ihm nicht in den Sinn, daß ihre persönliche Zofe, die sie für jeden Anlaß ankleidete und, um dieser Aufgabe gerecht zu werden, auch wissen mußte, wohin sie ging, nicht in ihr Vorhaben eingeweiht war. Deshalb gab er ihr mit völlig reinem Gewissen zur Antwort: »Ins Leichenschauhaus.«

5. Kapitel

Maude konnte nicht schlafen.

Allein die Zeit, die seit dem entsetzlichen Verlust ihres Geliebten und ihres Kindes verstrichen war, hatte den quälenden Kummer in eine erträglichere Erstarrung verwandelt. Sie hatte bereits seit langem die Hoffnung aufgegeben, seinen Mörder zu entdecken oder seinen guten Ruf wiederherzustellen, und daraufhin hatte sie ein Gefühl tiefer Resignation erfaßt, das sie irrtümlich für eine Art Zufriedenheit gehalten hatte. Das heißt, bis Abigail in ihr Leben getreten war, mit ihrer wilden Entschlossenheit, die erste Detektivin der Welt zu werden.

Diese Erstarrung hatte auch alle Erinnerungen an die Intrigen und Schrecknisse gelöscht, die Charlies Tod so geheimnisvoll gemacht hatten, und an die zarten Winke, daß ihr der Tod drohe, falls sie San Francisco nicht verließe. Da sie ihre ganze Leidenschaft dem Lebenden zugewandt hatte und die Fehlgeburt ihr jede Kraft genommen hatte, war sie widerstrebend zu den Danforth nach New York gezogen; nicht aus Feigheit, sondern aus dem verzweifelten Verlangen nach Ruhe, um ihre aufgewühlten Nerven zu beruhigen. Was sie keinem Menschen erzählt hatte und sich selbst nicht verzeihen konnte, war, daß sie an dem Morgen, an dem Charles erschossen wurde, einen furchtbaren Streit mit ihm gehabt hatte, bei dem sie wie ein Fischweib gekreischt hatte, weil er ihr nicht sagen wollte, warum man ihn enterbt hatte. Bis zum heutigen Tage klang ihr noch ihre grelle Stimme im Ohr und erfüllte sie mit Reue darüber, daß die letzten Worte, die sie an ihn gerichtet hatte, Zorn ausgedrückt hatten statt der großen Liebe, die sie für ihn empfand. Diese schwere Last auf ihrem Gewissen hatte zusammen mit dem Entsetzen über seinen Verlust die Wirkung der Nachricht, die ihr nahelegte zu verschwinden, fast bedeutungslos gemacht. Sie hatte kaum auf die Handschrift geachtet, geschweige denn sich gefragt, woher sie wohl komme und sie ins Feuer geworfen. Erst sehr viel später, in der Behaglichkeit ihres Arbeitszimmers bei den Danforth, hatte sie sich wieder an das Schreiben erinnert und ein wenig über seine Bedeutung gerätselt.

Doch der abgehackte Hahnenkopf war etwas anderes, denn er machte deutlich, daß ihre derzeitige Anwesenheit in San Francisco irgend jemanden so beunruhigte, daß er sie zu vertreiben suchte, mit einer unmißverständlichen Warnung, daß Gefahr in der Luft lag. Man würde keine Nachsicht üben, weil Abigail dem schwachen Geschlecht angehörte.

Und, um die Wahrheit zu sagen, Maude hatte Angst. Es

gab Schicksale, die schlimmer waren als der Tod. Es war nicht sicher, ob die Chinesen mit dem Mord an Charlie zu tun hatten, doch die Wahl dieses besonderen Symbols zeigte, daß der Mörder nicht zögern würde, auch einige der schrecklicheren Bestrafungsmethoden des Tong anzuwenden. Verstümmelung mit dem Hackmesser war noch nicht einmal die schlimmste davon. Mädchenhandel war in Chinatown an der Tagesordnung, wobei die Richter mit Schmiergeldern bestochen wurden. Sollte es einer widerspenstigen Prostituierten gelingen zu entkommen, schickten die amerikanischen Richter und Behörden sie für eine ansehnliche Vergütung wieder an ihre Sklavenarbeit zurück. Es war nichts Ungewöhnliches, daß selbst Mädchen, die nicht älter als acht Jahre waren, verkauft wurden und ein elendes Leben der Erniedrigung führten. Ein tugendhaftes Mädchen wie Abigail, das über ein so gutes Aussehen und eine solche Erziehung verfügte, würde in Asien eine Riesensumme erzielen. Sie würde einfach verschwinden und kein Mensch würde je wieder von ihr hören. Maude schauderte. Konnte sie von Abigail verlangen, ihr Leben aufs Spiel zu setzen – oder Schlimmeres – wenn solche dunklen Mächte am Werk waren? Das Wissen, wer Charlie umgebracht hatte, würde ihn nicht wieder zurückbringen. Außerdem bestand die Gefahr, daß diese unschönen Einzelheiten, die besser unbekannt blieben, ans Licht gezerrt würden, so daß jedermann sie erfuhr und sich darüber amüsieren konnte.

Maude schob die Bettdecke ungeduldig beiseite, setzte sich auf die Bettkante und starrte in die Dunkelheit. Sie besaß großen Respekt vor Abigails Fähigkeiten und ihrem logischen Denkvermögen und zweifelte nicht daran, daß sie das Rätsel von Charlies Ermordung lösen würde, wenn man ihr genügend Zeit ließ und sie nicht behinderte. Aber da sich gleich zu Beginn ein derart starker Widerstand ankündigte, würden sie beide vielleicht besser abreisen und so tun, als sei ihr Besuch in San Francisco eben nichts weiter als ein Besuch gewesen.

Zudem befand sich der Mörder auf vertrautem Terrain, mit Freunden und Verbündeten, die auf seinen leisesten Wink gehorchten, während Abigail eine Fremde war, die sich in der Stadt so gut wie gar nicht auskannte. Tatsächlich hatte Maude selbst wenige echte Freunde hier, mit Ausnahme von Mrs. Bradshaw, jener freundlichen Dame, die sie nach ihrer Fehlgeburt aufgenommen und die wahre Ursache ihres Unwohlseins so lange geheimgehalten hatte, bis sie kräftig genug für die Reise gewesen war. Vielleicht würden sie wirklich am besten eine Woche bei ihr wohnen und selbst ein paar Gesellschaften geben, um sich für einige Einladungen zu revanchieren, und dann weiterreisen, als sei das die ganze Zeit ihre harmlose Absicht gewesen. Was Abigails Mitspracherecht betraf, so würde die angehende Detektivin keine andere Wahl haben, als von der Sache Abstand zu nehmen, wenn ihre Klientin es so wünschte.

Schweren Herzens, aber überzeugt, daß ihr Entschluß angesichts der unheilvollen Drohung der einzig vernünftige war, erhob sie sich, um Abigail aufzusuchen und ihr ihre Entscheidung mitzuteilen. Als sie jedoch ihre Nachttischlampe anknipste, erkannte sie überrascht, daß es bereits nach drei Uhr nachts war. Abigail würde tief schlafen und nicht begeistert sein, aufgeweckt zu werden, vor allem, um unwillkommene Neuigkeiten zu erfahren.

Aber Maude war immer noch hellwach, und so öffnete sie die Nachttischschublade und holte das Fläschchen mit dem Laudanum heraus. Sie wußte aus Erfahrung, wie viel sie brauchte, um den Schlaf herbeizuführen, der sich nicht einstellen wollte, und da sie keinen Löffel holen wollte, nahm sie einen Schluck direkt aus der Flasche. Nachdem sie es wieder verkorkt hatte, legte sie das Fläschchen in die Schublade zurück und nutzte die paar Minuten, bevor das Mittel wirkte, um die zerwühlten Bettdecken glattzuziehen. Mit dem Entschluß, als erstes morgen früh Abigail aufzusuchen und ihren Auftrag zurückzuziehen, schlüpfte sie zwischen die geglätteten Laken, bettete ihren Kopf auf das Kissen und wartete darauf, daß die Betäubung die Gedanken, die sich in ihrem Kopf überschlugen, gnädig in Träume verwandelten.

Abigail erwachte gegen Morgen.

Da sie es nicht erwarten konnte, daß der Tag begann, hatte sie bereits ein Bad genommen und saß, tief in Gedanken versunken, in Unterkleidern an ihrem Frisiertisch, als ihre Zofe mit geschwollenen Augenlidern erschien.

»Ach, Jacqueline, da bist du ja!« Da sie aus ihrer Träumerei gerissen worden war, klang Abigails Ton scharf. Sie hatte versucht, die Gespräche, die sie mit verschiedenen Leuten auf dem Ball geführt hatte, unter dem Aspekt der Kriegserklärung zu rekonstruieren und zu interpretieren, aber ihre Gedanken waren zu Jason abgeschweift und dort haftengeblieben. Verärgert über ihre mangelnde Disziplin, murrte sie: »Es wird aber auch Zeit!«

Da sie glaubte, Abigails Mißfallen richte sich gegen sie, machte Jacqueline sich schnurstracks daran, Abigails Badewasser einzulassen, wobei sie murmelte: »Es tut mir leid, Miss ...«

»Oh, hör bitte auf zu winseln«, sagte Abigail ungehalten. »Wenn ich etwas nicht ausstehen kann, dann Wehleidigkeit.

Und gebadet habe ich schon«, fuhr sie in einem Ton fort, der andeutete, ihre Zofe müsse wohl blind sein, wenn sie nicht sah, daß ihre Herrin dasaß, bereit, in ihr Korsett geschnürt zu werden. »Ist der toskanische Strohhut von Gumps schon gekommen?«

»Ja, Miss«, antwortete Jacqueline, während sie sich beeilte, die Bänder das letzte, entscheidende Stück straffzuziehen, bevor sie sie festband. »Die Schachtel ist im Schrank.«

»Dein Gefühl für Prioritäten läßt stark zu wünschen übrig.« Abigail hielt inne, um Luft zu holen, so daß Jacqueline ihre ohnehin schlanke Taille noch enger schnüren konnte. Als sie wieder atmen konnte, fragte sie: »Ist es noch zu früh für das pfirsichfarbene Leinenkleid?« Mit einem prüfenden Blick in den Spiegel, in dem sie Jacquelines Bewegungen verfolgte, fuhr sie fort: »Es ist wichtig, daß ich heute morgen den richtigen Eindruck mache.«

»Nein, Miss«, erwiderte Jacqueline ernst. »Ostern ist ja vorbei.«

Nachdem sie wußte, was ihre Herrin tragen wollte, brauchte Jacqueline keine weiteren Anweisungen, und der Rest von Abigails Toilette vollzog sich, bis auf das Rascheln von Unterkleidern und das Übereinandergleiten von Stoff, in Schweigen, während Abigails Gedanken zum vergangenen Abend zurückkehrten. Weit davon entfernt, ihr Furcht einzujagen, hatte der gräßliche Inhalt der Schachtel sie noch mehr davon überzeugt, daß bei Charles' Tod etwas Böses geschehen war.

In Anbetracht von Maudes Vorliebe für Tennyson und Keats hatte Abigail durchaus den Eindruck, daß ihre Begleiterin eine Neigung zum Melodrama verspürte, und mehr als einmal hatte sie sich gefragt, ob Charles nicht in Wirklichkeit durch einen Unfall ums Leben gekommen war. Vielleicht war er nur zur falschen Zeit am falschen Ort gewesen. Oder man hatte ihn mit jemand anderem verwechselt. Und er war das Opfer eines tragischen, tödlichen Irrtums geworden und nicht absichtlich ermordet worden.

Doch die Warnung war der Beweis. Es bestand kein Zweifel, daß sie ein echtes Verbrechen aufzuklären hatte, und sie lebte sichtlich auf. Dies war genau die Art Abenteuer, von der sie immer geträumt hatte, die Art Fall, auf die sie sich so beharrlich vorbereitet hatte. Es gab viel zu tun. Abgesehen von den Erledigungen, die sie für heute geplant hatte, was heimlich vor ihrem Umzug zu den Bradshaws geschehen sollte, mußte sie auch noch einen Weg finden, sich bei Charles' Mutter einzuführen, das heißt, diese dazu zu bringen, sie zu empfangen. Aber vor diesem Gespräch mußte sie sich noch ein wenig in der Kunst des Ausfragens üben. Es war schwierig genug, unwilligen Leuten Antworten zu entlocken, wenn sie wußte, was sie erfahren wollte. Im Fall von Mrs. Davenport wußte sie nur, daß die Dame, wahrscheinlich ohne es selbst zu wissen, entscheidende Teile des Puzzles in der Hand hielt, aber sie hatte keine Vorstellung, welche und wie sie sich ineinanderfügten. Wie sollte sie jemandem Informationen entlocken, wenn sie nicht einmal wußte, wonach sie suchte? Ihr größtes Problem bestand jedoch darin, herauszufinden, wer Freund und wer Feind war, und sie bedauerte es, ihren neutralen Standort im Palace aufgeben zu müssen.

Als Jacqueline zum letzten Mal den Saum ihres morgendlichen Ausgehkleides glattgezupft hatte, damit jede Falte des schweren Leinenstoffes gut genug fiel, um das gewagte, breitgestreifte Muster am besten zur Geltung zu bringen, war Abigail zu der Überzeugung gelangt, der Umzug zu den Bradshaws sei letztlich doch ein Segen. Sie mußte nur diskret vorgehen, wenn sie ihre privaten Nachforschungen anstellte. Sie würde sich Maudes Buch leihen, Kopfschmerzen vorschützen und sich in ihre Räume zurückziehen. Bestimmt war das Haus groß genug, so daß sie unbemerkt hinausschlüpfen und Kinkade bei der in der Nähe wartenden Kutsche treffen konnte, um alles Notwendige zu erledigen, ohne vermißt zu werden. Solange sie sich, wenn auch heimlich, ungehindert bewegen konnte, war es vielleicht sogar eine Hilfe, unter Freunden zu weilen, die bereit waren, sie, falls nötig, zu beschützen, und nicht ohne Freunde in einem öffentlichen Hotel zu wohnen. Während sie vor dem Frisiertisch saß, um auf Jacquelines Rückkehr mit ihrem neuen Hut zu warten, kam ihr der Gedanke, daß Mrs. Bradshaw sicher auch Empfangstage hatte, an denen Jason Gelegenheit zu einem Besuch haben würde.

Ärgerlich, daß er erneut ihre Konzentration gestört hatte, runzelte Abigail die Stirn, als Jacqueline der Hutschachtel vorsichtig ein turmhohes Gebilde aus toskanischem Stroh, Tüll und Spitze entnahm, mit aus Stroh geformten Vögeln in Tüllwolken, deren aufgespannte Flügel den Hut davonzutragen schienen.

»Oh, Miss!« rief Jacqueline unfreiwillig aus, als sie Abigails Gesichtsausdruck sah. »Gefällt Ihnen der Hut nicht?«

»Doch, natürlich!« erwiderte Abigail scharf. »Wie kommst du darauf?«

Jacqueline biß sich auf die Lippe, um eine rasche Antwort zu vermeiden. An jedem anderen Tag hätte sie vielleicht gelächelt und mit einer Neckerei Abigails schlechte Laune vertrieben. Doch heute morgen war sie dafür selbst zu betrübt. Es mußte noch vieles gepackt werden, und Kinkade würde ihr dabei nicht helfen können. Bemüht, Abigail nicht in die Kopfhaut zu stechen, befestigte sie den Hut an mehreren Stellen mit Hutnadeln.

»Hoffentlich hält er bei dem Wind, der in dieser Stadt so launisch weht.« Abigail drehte den Kopf nach allen Seiten, um zu prüfen, ob er auch wirklich fest saß, während Jacqueline einen Schritt zurücktrat, um ihr Werk zu bewundern. »Du mußt heute noch nach längeren Hutnadeln suchen und ein Dutzend davon kaufen, egal, was es sonst noch zu tun gibt.«

Jacqueline stöhnte innerlich. Kaum brachte sie es fertig, das obligatorische »Ja, Miss« in respektvollem Ton zu äußern.

Nachdem sie die hautengen Handschuhe angezogen hatte, die genau auf das Leder ihrer Stiefel abgestimmt waren, ergriff Abigail Retikül, Fächer und Muff, bevor sie die Hand nach dem pfirsichfarbenen Sonnenschirm aus Seide ausstreckte, den Jacqueline soeben herbeiholte. Zufrieden mit ihrem blendenden Aussehen, verabschiedete sie sich.

Sie wartete kurz auf den Aufzug, der sie gleich darauf nach unten in die Hotelhalle entführte. Da sie nicht daran gewöhnt war, sich allein in der Öffentlichkeit zu bewegen, wappnete sie sich, indem sie das herrische Verhalten ihres Vaters annahm, als sie die imposante Halle durchquerte und zur Rezeption ging.

Der junge Empfangschef, der den ersten Tag Dienst tat, sah sie näherkommen und stand, tief beeindruckt von ihrem Hut, der bestimmt einen ganzen Monatslohn kostete, sofort bereit. »Wie kann ich Ihnen helfen, Madam?« fragte er salbungsvoll, als sie den Tisch erreicht hatte.

»Man hat mir gestern ein Paket gesandt«, erwiderte sie, »und ich möchte wissen, von wem es kam.«

Seine Augenbrauen schossen fragend in die Höhe. »War keine Karte dabei, Madam?«

»Natürlich nicht!« rief Abigail gereizt aus. »Wenn eine dabeigewesen wäre, wüßte ich, wer es mir geschickt hat.«

»Natürlich, Madam«, antwortete er einfältig. »Und dürfte ich um Madams Namen bitten?«

Abigail errötete und tadelte sich, weil sie ihre Befragung begonnen hatte, ohne sich vorher angemessen vorzustellen. »Miss Danforth«, antwortete sie hochmütig, um so zu verbergen, wie sie sich über ihr Versehen aufregte. »Miss Abigail Patience Danforth.«

»Und zu welcher Tageszeit haben Sie das Paket erhalten, Miss Danforth?«

»Ich glaube, es wurde irgendwann gestern vormittag – vor dem Mittagessen – in meiner Suite abgegeben, aber ich habe es erst gestern am späten Abend bekommen.«

»Ich fürchte, ich kann Ihnen nicht helfen, Miss«, sagte er. Der Anweisung gehorchend, keinesfalls zuzugeben, daß er noch neu im Amt war, setzte er hinzu: »Ich hatte gestern keinen Dienst.«

Bevor Abigail ihn fragen konnte, wer Dienst gehabt hatte, hatte der junge Mann auf dem Absatz kehrt gemacht und war hinter den Bögen verschwunden, die die Postfächer verbargen. Er war so lange verschwunden, daß Abigail gerade im Begriff war, die Klingel zu drücken, als ein wesentlich älterer Mann mit säuberlich gestutztem Schnurrbart und ebensolchen Koteletten erschien.

Mit aufgerissenen Augen und neugierig lauschend, blieb der neue Angestellte ein paar Schritte hinter ihm stehen.

Der ältere Beamte wußte nur zu gut, wonach Abigail fragte. Carlisle, der Portier, hatte ihm von dem Unfall am Vortag erzählt, und es war nicht schwer gewesen herauszubekommen, daß der Straßenjunge geradewegs aus dem Hotel gekommen war. Doch von höchster Stelle war der Befehl gekommen zu leugnen, daß der Junge im Hotel gewesen war – bei Nichtbefolgung wurde man entlassen. Jeder Tod, auch wenn er nur entfernt mit dem Hotel in Verbindung gebracht wurde, war unheilvoll. Schließlich wollte man die Gäste nicht vergraulen.

Da er unglückseligerweise zum Schwitzen neigte, wenn er unter Druck stand, spürte der Angestellte, wie ihm ein Rinnsal aus der Achselhöhle rann, während er lächelnd sagte: »Ich höre, es war keine Karte in dem Päckchen, das Sie gestern erhalten haben, Miss Danforth.« Er wies auf die Bögen. »Ich habe in Ihrem Brieffach nachgesehen, es war nichts darin.«

»Können Sie mir sagen, wer es abgegeben hat?«

»Ach, das war nur ein Straßenjunge, Miss«, sagte er mit dem Verlangen, sich die Stirn abzuwischen, doch er wollte die Aufmerksamkeit nicht darauf lenken, wie feucht sie war. »Da sieht einer wie der andere aus.«

»Es ist für mich äußerst wichtig, diesen Jungen zu finden«, sagte Abigail ernst. »Können Sie ihn beschreiben?«

Er schüttelte den Kopf. »Sie sehen alle gleich aus«, sagte er mit einer wegwerfenden Handbewegung.

»Können Sie mir nicht wenigstens sagen, wie groß er war?« fragte Abigail ungläubig, weil sie einfach nicht fassen konnte, daß Menschen so unaufmerksam sein konnten. »War es ein weißer oder ...«

»Sie können davon ausgehen, daß er weiß war, Miss«, unterbrach sie der Empfangschef. »Wir lassen keine Nigger oder Chinesen in die Hotelhalle.« Er richtete sich steil auf. »Dafür hätte Carlisle gesorgt!«

Abigail vergewisserte sich mit einem schnellen Blick, daß

niemand sie beobachtete, und steckte ihm eine Goldmünze zu. »Es ist mir eine ganze Menge wert, ihn zu finden.«

»Es ist ganz unmöglich, Miss«, sagte der Angestellte und sah das Geldstück sehnsüchtig an.

Abigail taxierte ihn mit einem Blick. »Behalten Sie das Geld«, sagte sie mit einem ironischen Lächeln. »Ich komme wieder; vielleicht hat sich Ihr Gedächtnis bis dahin ja verbessert.«

Sie wandte sich um, um nach Kinkade Ausschau zu halten, und sah, wie er eilig durch die weitläufige Halle auf sie zukam. Mit der Kappe ihres Vaters, einem guten Anzug und dem Spazierstock sah er richtig elegant aus.

Mehr als ein Kopf drehte sich bewundernd nach der modisch gekleideten jungen Dame und ihrem Begleiter um, und nicht ohne Stolz geleitete Kinkade sie zu dem wartenden Brougham. Er riß die Tür auf und reichte ihr die Hand.

In der Hoffnung, daß der Sitz ihres Hutes den Strapazen gewachsen war, stellte Abigail ihren Fuß auf den Tritt und vollbrachte mit Kinkades Unterstützung auf anmutige Weise den akrobatischen Akt, in die Kutsche zu steigen und sich dabei zu ducken, um die Strohschwingen auf ihrem Hut ungeschoren zu lassen. Sie nahm auf dem nach vorn gerichteten Sitz Platz, während Kinkade sich mit dem Rükken zum Pferd setzte, nachdem er die Tür mit energischem Schwung geschlossen hatte.

»Der Fahrer weiß, daß wir zum *Chronicle* wollen?« fragte Abigail, während sie ihre Röcke ordnete.

»Nein, Miss«, erwiderte Kinkade und zog erstaunt die Augenbrauen hoch. »Ich habe ihm die Anweisung gegeben, uns zum Gerichtsgebäude zu fahren.«

»Und wozu das?« rief Abigail.

»Das ist der Ort, wo die Leichen aufbewahrt werden«,

sagte Kinkade so ärgerlich, wie er sich traute, denn er war sich sicher, ihren Wunsch richtig verstanden zu haben.

»Wie kommen Sie darauf, daß ich mir Leichen ansehen will?« fragte Abigail schaudernd.

»Sie sagten, zur Leichenhalle, Miss.« Kinkade sah sie von der Seite an.

»Du liebe Zeit, Kinkade!« rief sie mit einem ironischen Lächeln aus. »Zeitungen bewahren ihre alten Ausgaben in Leichenhallen auf. Ich muß nachlesen, was sich zur Zeit von Mr. Davenports …« Da sie merkte, daß sie zuviel verriet, brach Abigail mitten im Satz ab und zeigte in Richtung des Kutschers. »Am besten sagen Sie ihm sofort, daß er zum *San Francisco Chronicle* fahren soll« sagte sie.

Als der Brougham den Hof des Hotels verließ, löste sich ein Einspänner vom Bordstein und folgte ihnen in diskretem Abstand; gut verborgen und bequem in die Polster gedrückt, saß darin ein Mann mit einer karierten Mütze.

Endlich entdeckte Jason den Blumenladen. Aus unerfindlichen Gründen hatte Mallory ihm untersagt, zu seinem üblichen Blumenhändler zu gehen, was aber wahrscheinlich gar nicht ungünstig war, denn er schuldete dem Mann bereits eine beträchtliche Summe.

Obwohl die Blumen für Miss Danforth bei den Bradshaws abgegeben werden sollten, war der Laden zufällig nicht allzu weit vom Hotel Palace entfernt, doch auch wieder nicht so nah, daß ihn die Gäste des Hotels aufsuchen würden. Noch befand er sich in der Nähe seiner bevorzugten Aufenthaltsorte. Es war auch genug zu tun, so daß man sich nicht unbedingt an seinen Besuch erinnern würde. Außerdem schien er über eine große Auswahl an Blumen zu verfügen, so daß er Miss Danforth eine Fülle von Botschaften übermitteln konnte. Da er das Theater kannte, das seine Schwestern jedesmal machten, wenn sie den Blumenstrauß eines Herrn erhielten, wie sie die Bedeutung jeder Blüte untersuchten und die Art, auf welche die Bänder, falls vorhanden, befestigt waren, hoffte er auf einen Blumenhändler, der sich auf diese Kunst verstand. Er war zwar, wie jeder junge Mann seines Ranges, mit der Blumensprache vertraut, doch alles andere als ein Experte, was die Feinheiten anging. Dank Mallory konnte er ausnahmsweise einmal bar bezahlen. Den Spazierstock unter den Arm geklemmt, zog er seinen Zylinder und trat ein.

Der Blumenhändler, ein unauffälliger Mann mit dem Anflug eines Schnurrbarts und einer Gesichtsfarbe, die so bleich war wie eine seiner Lilien, eilte auf den hübschen jungen Herrn zu. »Wie kann ich Ihnen helfen, Sir?« fragte er mit geschäftsmäßiger Freundlichkeit.

»Tja, guter Mann«, sagte Jason mit breitem Lächeln, »ich möchte einen besonderen Strauß für eine besondere Dame.«

Der Blumenhändler zog fragend eine dünne Augenbraue hoch. »Ich nehme an, Sie suchen etwas, das Gefühle des Herzens ausdrückt, Sir?«

Jason überlegte einen Augenblick. »Während meine Gefühle für sie mich berechtigen, ihr Blumen zu schicken, möchte ich nicht so verstanden werden, als hätte ich ernsthaft die Absicht, ihre Zuneigung zu erringen«, sagte er vorsichtig. Er machte eine kurze Pause und setzte hinzu: »Zu diesem Zeitpunkt jedenfalls.«

»Ich verstehe«, sagte der Blumenhändler, als verstände er sein Dilemma ganz genau. »Darf ich fragen, ob dies das erste Mal ist, daß Sie dieser besonderen jungen Dame Blumen schicken?«

»Das ist in der Tat der Fall«, erwiderte Jason.

»Dann würde ich vorschlagen – obwohl ich wunderbare Exemplare da habe –, daß wir keine Rosen nehmen, Sir, damit man es nicht als Liebesbotschaft mißverstehen kann.«

»Ja, da stimme ich Ihnen zu!« rief Jason, aufrichtig begeistert, daß er einen Blumenhändler mit so viel Einfühlungsvermögen gefunden hatte.

»Flieder vielleicht?« Der Händler wies auf einen Kübel, der mit den purpurfarbenen Blüten gefüllt war. »Um anzudeuten, daß die Liebe angefangen hat?«

Jason schüttelte den Kopf. »Zu stark.«

»Vielleicht gingen Sie lieber langsamer vor, mit ein paar Narzissen, die Ihre Hochachtung ausdrücken und andeuten, daß Ihre Absichten ritterlicher Natur sind?«

»Hervorragend!« rief Jason und beschloß, wenn diese Sache mit Mallory erst einmal erledigt war, wiederherzukommen, falls sein gewohnter Blumenhändler ihm wegen seiner unbezahlten Rechnungen zu lästig würde. »Und vielleicht ein paar Orchideen?« fügte er hinzu, da er sich daran erinnerte, wie angetan seine Schwestern immer waren, wenn man mit dieser Blume ihrer Schönheit Tribut zollte. Abigails Blick war zwar für seinen Geschmack zu direkt, doch sie war alles andere als unattraktiv. Das Kompliment würde ihr zweifellos gefallen und sie vielleicht geneigter machen, ihn zu empfangen, was der eigentliche Grund dieser ganzen Aktion war. Er holte sein Geld und eine Visitenkarte hervor, die mit den Blumen an Abigail geschickt werden sollte. »Äh, es gibt da noch eine Kleinigkeit, wenn es recht ist«, sagte er lächelnd mit einem verschwörerischen Augenzwinkern. »Ich möchte Sie bitten, noch einer anderen jungen Dame einen Strauß zu schicken, mit einer Karte aus dem Laden, auf der steht, daß er von einem heimlichen Bewunderer ist.«

Nicht ohne einen Anflug von Neid auf das Geschick des jungen Mannes im Umgang mit den Damen nahm der Blumenhändler eine Karte, tauchte seinen Federkiel in die Tinte und schrieb die gewünschte Nachricht.

Und so schickte Jason doch noch eine Rose – und zwar an Miss Henrietta Abernathy mit dem zarten, blassen, von goldenen Locken umrahmten Gesicht, den kornblumenblauen Augen, die unterschiedslos alles bewunderten, was sie erblickten, mit dem süßen rosigen, zum Küssen so geeigneten Mund, wenn man erst ihre Zuneigung gewonnen hatte, die sein Herz durch ihre unkritische, bewundernde und daher bewundernswerte Haltung so entzückte.

6. Kapitel

Oh, Miss Bordeaux«, rief Tina ausgelassen und schlug mit strahlendem Gesicht die Hände zusammen. »Sie sind also wirklich Französin! Cecil wird aus dem Häuschen sein.«

»Und warum, bitte schön?« Jacqueline blieb einen Moment neben einem von Abigails Koffern stehen, den man neben dem Eingang zum Ankleidezimmer abgestellt hatte, um leichter an die Kommoden gelangen zu können. »Wer ist Cecil?« fragte sie unwillkürlich. Es lohnte sich nicht, wenn man zu freundlich zu den Leuten war, die man als erste in einem neuen Haushalt kennenlernte. Man wußte nicht, wer mit wem Streit hatte, und in einem so großen Haus wie diesem waren ganz bestimmt irgendwelche Zankereien im Gange. Es war nicht nötig, daß aus Rache für eine harmlose Bemerkung von einer unbekannten Verbündeten in der Wäscherei Abigails Unterwäsche versengt wurde. Außerdem wollte sie nicht mit jemandem zu vertraut werden, dessen Position sie noch gar nicht kannte. Es ging nicht an, sich mit jemandem anzufreunden, der im Rang unter einem stand.

Während sie Jacqueline half, die Riemen des Koffers zu lösen, erwiderte Tina: »Er ist Lakai, und die wetten ständig um Baseball und Gott weiß was. Sie haben behauptet, Ihr Name sei Bluff – so wie bei einer Bühnenschauspielerin, wissen Sie? Cecil hat gewettet, er sei echt.« Mit einem Stirnrunzeln setzte sie hinzu: »Nur so zum Spaß, ja? Ärgern Sie sich bitte nicht darüber. Sie haben es nicht böse gemeint.«

Jacqueline ließ sich zu keiner Antwort herab, aber stets stilbewußt, verglich sie verstohlen ihre Uniform mit der des Mädchens. Sie hatte sich für die kurze Fahrt im Wagen der Bradshaws nicht extra umgezogen und in ihrer Unterkunft unter dem Dach gerade lange genug verweilt, um ihren Mantel abzulegen, der ihre Tracht verbarg, und ihre Kappe gegen eine Haube zu vertauschen. Bestürzt, ihr spärliches Gepäck vor einem Fünf-Bett-Schlafraum gestapelt zu finden, in dem sie vermutlich zusammen mit dem gewöhnlichen Hauspersonal schlafen sollte – erst recht ein Grund, sich abseits zu halten –, hatte sie eine frische Schürze vorgebunden, während sie hinter ihrer Begleitung her zu Abigails Räumen eilte. Obwohl die schwarzen Kleider und weißen Schürzen einander so glichen, daß ein ungeübtes Auge kaum einen Unterschied erkannt hätte, stellte Jacqueline zufrieden fest, daß die handgearbeitete Spitze ihres Häubchens und die ägyptische Baumwolle ihrer Schürze die Kleidung Tinas übertrafen. Während ihre Hände sich weiter mit der routinemäßigen Arbeit des Koferöffnens befaßten, nahm ihr kritischer Blick die luxuriöse Ausstattung des weißgoldenen Raumes auf.

Feine Muscheln schmückten den geschwungenen Kopf- und Fußteil eines weißen, von Nachttischen flankierten Bettes. Mit einer geblümten Bettdecke überzogen, wurde es von einem Baldachin gekrönt, der mit Engeln, Rosen und Straußenfedern geschmückt war. Ein reichverzierter Wandschirm verbarg teilweise eine ähnlich geschwungene, mit üppigen Schnitzereien versehene Chaiselongue, auf deren Fußende eine Decke mit Blumenmuster lag; dicht daneben stand ein kunstvoll gearbeiteter Sessel. Dazwischen stand ein Tisch mit einer üppig bestickten Decke, auf dem sich eine Lampe und Nippsachen befanden. Verschiedene geschnitzte Kommoden, einige davon mit Spiegeln, warteten darauf, die Habe eines Gastes aufzunehmen. Mannshohe Spiegel in kunstvollen, goldenen Rahmen spiegelten den Kamin. Schildblumen und Farnkraut in Töpfen wuchsen in verschwenderischer Fülle. Es war nicht so groß wie Abigails Suite zu Hause, die ihr eigenes Wohnzimmer hatte, aber es würde reichen.

»Lillian – das ist Mrs. Bradshaws Zofe – läßt mich manchmal zuschauen, wenn sie Madams Haare kämmt«, fuhr Tina fort, nicht im geringsten über Jacquelines Schweigen gekränkt. »Geben Sie sie her.« Sie streckte die Hände aus und nahm von Jacqueline die Taschentuchbehälter aus Satin entgegen. »Ich wollte eigentlich Telefonistin werden, aber mein Englisch ist nicht gut genug.« Sie trug ihre zarte Last mit einer Energie davon, die der Jacquelines in nichts nachstand, und legte sie vorsichtig in eine passende Kommodenschublade im Ankleidezimmer. Mit lauterer Stimme, um auch verstanden zu werden, sprach sie weiter. »Aber Lillian sagt, wenn ich hart genug daran arbeite, kann ich vielleicht selbst eines Tages Zofe werden.« Während sie so unaufhörlich plapperte, informierte Tina Jacqueline, wie es mit dem neuen Achtstundentag klappte – oder auch nicht, seit die Haushälterin wegen der ständigen Streitereien gekündigt hatte. Sie ersparte Jacqueline einiges Treppenlaufen, bewunderte überschwenglich jedes einzelne von Abigails Kleidern, als es ausgepackt wurde, staunte über das Geschick, mit dem es verpackt worden war, bekundete Ehrfurcht vor Jacquelines Talent, ihre Herrin stets tadellos zu kleiden, und erbot sich freiwillig, ihr zwei von Mrs. Bradshaws Dreizehn-Zoll-Hutnadeln zu leihen, bis ihre eigenen von Gumps gekommen waren.

Dankbar über Tinas freundliche Hilfe, genoß Jacqueline deren endloses Geplapper, auf das sie nicht zu antworten brauchte, und entspannte sich, bis sie schließlich in einer der seltenen Pausen fragte: »Wie kann ich Mrs. Bradshaw über das Eintreffen von Miss Cunningham und Miss Danforth informieren?«

»Sie können es Halston sagen.« Tina hielt inne, jedoch nur kurz. »Oder ich kann es ihm an Ihrer Stelle sagen.« Zuvorkommend fügte sie hinzu: »Wann werden sie erwartet?«

Mit einem ärgerlichen Seufzer räumte Jacqueline ein, daß es ihr nicht gelungen war, Miss Cunningham aufzuwecken, sie jedoch einen Weckauftrag hinterlassen hatte, der ihr reichlich Zeit lassen würde, sich anzukleiden und pünktlich zum Lunch zu erscheinen. »Auch Miss Danforth beabsichtigt, hier zu Mittag zu essen.«

In beiläufigem Ton fragte Tina: »Und wohin ist Miss Danforth heute morgen so früh gegangen? Sie müssen ja beim ersten Morgengrauen aufgestanden sein«, fügte sie mitfühlend hinzu.

Jacqueline hatte ihre Zurückhaltung ob so viel hilfsbereiter Kameradschaft völlig aufgegeben. Sie lächelte kläglich, um die Bemerkung über das frühe Aufstehen zu bestätigen, und sagte: »Miss Danforth ist zur Leichenhalle gefahren.«

Tina unterdrückte ihre angeborene Neugier, da man ihr eingeschärft hatte, keine der Antworten, die sie bekam, zu kommentieren und dadurch Jacquelines Verdacht zu wekken, und fragte nicht, weshalb eine wohlerzogene junge Dame sich an einen solch merkwürdigen Ort begab. Nachdem sie Jacqueline erklärt hatte, wo sie die Küche finden und etwas zu essen bekommen würde, verließ sie so schnell wie möglich den Raum, um die erstaunliche Information an Halston weiterzugeben.

Darauf bedacht, daß ihr Hut nicht verrutschte, drehte Abigail den Kopf vor und zurück und zuckte leicht die Schultern. Ihr Kopf brummte, und Druckerschwärze hatte ihre Handschuhe beschmutzt. Zeitungen waren stapelweise vor ihr ausgebreitet, und allmählich gab sie die Hoffnung auf, etwas vom Ableben Charles Davenports III zu lesen. Was ihr die Situation noch merkwürdiger erscheinen ließ als am Anfang. Charles' Vater war offensichtlich ein prominenter Bürger. Jedenfalls war er so angesehen, daß er seiner Ansichten wegen von Zeit zu Zeit als Mitglied des Stadtrats fungierte, und das Kommen und Gehen in seinem Haushalt und die Gesellschaften, die er gab, wurden oft in den Gesellschaftsnachrichten und den Meldungen aus der Stadt erwähnt. Seltsam, daß der Tod seines Sohnes keine dicke Schlagzeile wert gewesen war; fast hätte sie die Meldung übersehen, die auf einer der letzten Seiten unter einem Artikel stand, der sich mit einem Antrag vor dem Kongreß befaßte, einen Abschnitt des Yellowstone Nationalparks als Leprakolonie abzuteilen.

Nachdem sie den abgehackten Hahnenkopf erhalten hatte, war sie besonders an Geschichten von den Kriegen des Tong interessiert, von Spekulationen darüber, ob die Pest in Chinatown grassierte, und an dem Skandal, wie schmutzig und rattenverseucht der ganze Bereich geworden war. Es war genügend Geld bereitgestellt worden, um das Viertel zu säubern, doch anscheinend geschah nichts.

Abigail fragte sich, in wessen Taschen die Gelder wohl verschwunden waren, und las alles, was sie zu dem Thema finden konnte; was sie jedoch immer neugieriger machte, war das, was die Zeitungen nicht schrieben. Jedenfalls war sie viel länger geblieben als beabsichtigt und war entsetzt, als Kinkade ihre Aufmerksamkeit auf die Uhrzeit lenkte. Sie würde kaum noch Zeit haben, sich zum Essen umzukleiden. Dennoch entschied sie in Anbetracht ihrer gescheiterten Bemühungen unverzüglich, den *Chronicle* erst zu verlassen, wenn sie die Zeitung für ihre Zwecke genutzt hatte.

Daher ging sie, mit Kinkade im Schlepptau, zur Anzeigenabteilung und gab eine verschlüsselte, nur mit ihren Initialen unterzeichnete Anzeige auf, in der sie jeden, der Informationen über Charles' Tod besaß, aufforderte, streng vertraulich unter einer Chiffrenummer zu antworten. Da sie mit ihrer vormittäglichen Arbeit nicht ganz zufrieden war und wußte, daß es Tage dauern würde, bis jemand auf die Anzeige antwortete, wollte Abigail nun bei den Davenports vorbeifahren und ihre Karte abgeben, auch wenn es nicht die angemessene Zeit dafür war und sie keine entsprechende Empfehlung hatte. Doch der ausgehungerte Kinkade setzte sich durch. Mit Rücksicht auf seinen nagenden

Hunger willigte sie ein, mit dem Brougham direkt zu den Bradshaws zu fahren.

Der Mann mit der karierten Mütze war nicht weit hinter ihnen.

»Wo waren Sie?« Maude folgte Abigail ins Zimmer und hätte beinahe die Tür zu ihrer Suite zugeschlagen, so aufgeregt war sie. Der Tag hatte nicht gut angefangen. Maude hatte den Wecker nicht gehört. Als sie vom Zimmerservice geweckt worden war, war Abigail bereits verschwunden gewesen, und Jacqueline hatte sie verlassen, um sich um ihre Aufgaben zu kümmern. Bei den Bradshaws angekommen, hatte sie nicht einmal mehr Zeit gehabt, vor dem Essen ihre Kappe abzunehmen, und das Essen hatte sich als äußerst unangenehm erwiesen, einmal, weil sie peinlicherweise noch immer halb schlief, zum anderen, weil Abigail sich hartnäckig weigerte, genau die Frage zu beantworten, die sie jetzt stellte.

Die Arme vor dem Mieder ihres blauen Voilekleides verschränkt, so daß ihre Hände die Ellbogen umklammerten, ging Abigail quer durch den Raum zum Kamin, wo sie stehenblieb und sich zu Maude umdrehte. »Warum wollen alle Leute unbedingt wissen, wo ich heute morgen war?« fragte sie erregt. Sie war gerade noch rechtzeitig zurückgekommen, um zum Essen ein anderes Kleid anzuziehen, und erst als alle am Tisch versammelt waren, hatte die Befragung begonnen. Zuerst hatte sie so getan, als betrachte sie es als Spiel, nicht zu antworten, um herauszufinden, ob sie ihren Aufenthaltsort geheimhalten konnte, ohne unhöflich zu sein. Obwohl es keinen Grund gab, warum irgend jemand am Tisch, an dem doch nur Freunde saßen, es nicht erfahren sollte, spürte sie, daß es ihr an Übung fehlte, sich geziemend zu verstellen, denn es entsprach nicht ihrem Wesen. Als die Anspielungen und hintergründigen Bemerkungen sich jedoch fortsetzten, wurde sie immer wütender. Und störrisch. Die Notwendigkeit, sich wie ein törichtes Ding in der Öffentlichkeit von einer Anstandsdame begleiten zu lassen, damit ihr guter Name nicht in den Schmutz gezogen würde, wurmte sie. Außerdem hatte sie Kinkade bei sich gehabt, und ihr Benehmen war untadelig gewesen. Nichts war geschehen, was ihre Chancen auf eine vorteilhafte Heirat gefährdet hätte. Da sie also gerade eine, wenn auch gutgemeinte Befragung hinter sich hatte, war Abigail absolut nicht in Stimmung, nun von Maude ausgefragt zu werden, auch wenn ihre Gefährtin vielleicht das Recht hatte, zu erfahren, wo sie gewesen war, denn schließlich hatte sich Abigail um ihretwillen davongeschlichen. »Wo ich war, geht nur mich etwas an!«

»Ich erlaube mir, anderer Ansicht zu sein!« rief Maude. »Nur meinetwegen sind wir hier.«

»Das stimmt allerdings.« Abigail ließ die Arme sinken und reckte das Kinn. »Aber ausgerechnet Sie sollten doch wissen, wie ich es hasse, beaufsichtigt zu werden.«

Maude nickte verständnisvoll und bedeutete Abigail, auf dem bequemeren Sofa Platz zu nehmen, während sie sich in den Sessel neben dem Wandschirm setzte. »Ich muß etwas mit Ihnen besprechen.«

»Was könnte das sein?« fragte Abigail und ordnete ihre Röcke so, daß sie ihre Knöchel bedeckten, während sie sich auf dem Sofa zurücklehnte und die gestiefelten Beine seitlich baumeln ließ, um nichts zu beschmutzen.

»Es hat mich eine schlaflose Nacht gekostet, Miss Danforth, aber ich habe meinen Entschluß geändert«, sagte

Maude ernst. »Ich will nicht mehr, daß Sie Charles' Mörder verfolgen.«

»Das meinen Sie doch nicht im Ernst!« Abigail setzte sich auf. Hätte Maude ihr eine Ohrfeige versetzt, hätte sie nicht überraschter sein können.

»Doch, das tu ich!« sagte Maude fest. »Sie müssen sofort aufhören und von Ihren Bemühungen Abstand nehmen.«

Abigail runzelte die Stirn. »Seit ich Sie kennengelernt habe, haben Sie mir erzählt, wie wichtig es für Sie ist, Charles' Mörder vor den Richter zu bringen«, sagte sie. »Was ist passiert, das Ihre Wünsche so rigoros geändert hat?«

Maude blickte zur Seite. »Ich hatte die Gefahr nicht vorausgesehen, bis gestern abend ...«

»Ein totes Huhn ...?«

»Ich habe bereits erklärt ...«

»Gut, gut, ja, es war ein Hahn!« Abigail wischte Maudes Protest mit einer Handbewegung beiseite. »Und eine Kriegserklärung«, fuhr sie eingedenk der Zeitungsartikel fort. »Aber jetzt davonzulaufen, würde mich für immer zum Feigling abstempeln!«

»Sie haben keine Ahnung, wie weit sie gehen würden, um Ihre Pläne zu vereiteln!« sagte Maude leidenschaftlich. »Es ist nicht mutig, angesichts der Gefahr weiterzumachen, wenn man sich über die Gefahr nicht im klaren ist. Es ist leichtsinnig!«

»Unsinn!« rief Abigail. »Wie kann man seine Kräfte erproben, wenn nicht wirklich Gefahr besteht? Außerdem ist es jetzt unmöglich aufzugeben. Ich habe bereits Dinge in Gang gesetzt, die zu stoppen nicht in meiner Macht steht.«

»Was meinen Sie damit?«

Es lag Abigail auf der Zunge, Maude von der Anzeige zu erzählen, doch angesichts ihrer veränderten Einstellung hielt sie nachdenklich inne. »Für mich«, sagte sie statt dessen, »ist die Drohung nur eine Bestätigung dafür, daß Charles ermordet wurde. Ich möchte, daß die Gerechtigkeit siegt. Wollen Sie nicht dasselbe?«

Maude erhob sich. »Ich verbiete Ihnen weiterzumachen.« Mit grimmigem Blick starrte sie auf Abigail herab.

»Sie tun was?« Sich auf die Armlehnen der Chaiselongue stützend, schwang Abigail die Füße auf den Boden. »Und wie, bitte, haben Sie vor, mich aufzuhalten?« fragte sie, stand auf und sah Maude an.

»Wie können Sie einen Fall weiterverfolgen, wenn Ihre Klientin wünscht, daß Sie aufhören?«

»Und was werden Sie tun, bitte schön? Mir die Bezahlung verweigern? Oder muß ich Sie daran erinnern, daß ich keine Entlohnung erwarte?«

Maudes Antwort wurde durch ein Klopfen an der Tür unterbrochen, die Abigail eilends öffnete. Ein Diener in Livree überreichte ihr eine längliche Blumenschachtel.

»Oh, Blumen!« rief Maude, als Abigail die Tür schloß, und für den Augenblick war ihr Streit vergessen, als sie zu Abigail ans Fußende des Sofas trat.

Abigail war im Begriff, die Schachtel zu öffnen, als ihr der Gedanke kam, es könnte sich vielleicht etwas Unangenehmeres als Blumen darin befinden. Sie warf Maude einen Blick zu und hob fragend die Augenbrauen.

Maude zuckte die Achseln.

Abigail löste vorsichtig den Bindfaden, hob eine Ecke des Deckels und spähte in die Schachtel. Da sie nur Blumen sah, warf sie den Deckel auf den Sitz des Sessels und zog Jasons Karte hervor. Sie lächelte, während ein ungewohntes Zittern der Erregung sie durchlief. Noch nie zuvor hatte jemand ihr Blumen geschickt.

»Oh, Narzissen!« rief Maude, während sie einen Blick in die Schachtel warf. »Das bedeutet, daß er Sie verehrt.«

Abigail errötete vor Freude. »Und die Orchideen?« fragte sie lächelnd, ausnahmsweise dankbar über Maudes Interesse an romantischen Schwärmereien. »Was drücken sie aus?«

In Maudes grauen Augen spiegelte sich seltenes Entzücken. »Er will Ihnen sagen, daß er Sie für eine Schönheit hält.«

»Bin ich das?« Abigail drehte sich zum Spiegel um und betrachtete ihr Spiegelbild. Zwar hatte sie sich immer bemüht, beeindruckend schön auszusehen, doch gleichzeitig hatte sie etwas dagegen, allein nach ihrem Aussehen beurteilt zu werden. Es war ihr Wunsch gewesen, wegen ihres Verstandes, ihres Esprits und ihres Humors bewundert zu werden. Doch als sie jetzt in den Spiegel sah, wünschte sie sich zum erstenmal in ihrem Leben, als schön betrachtet zu werden. »Halten Sie mich wirklich für hübsch?«

»Sie sind ganz reizend, Miss Danforth«, antwortete Maude. In der Hoffnung, sie von ihrem gefährlichen Vorhaben abzubringen, fügte sie mit einem schlauen Lächeln hinzu: »Aber für wie schön er Sie auch hält, ich bezweifle, daß Mr. Aldrich Ihren Wunsch, Detektivin zu werden, respektieren würde.«

Hingerissen von den Blumen und gebannt von den rätselhaften Gefühlen, die in ihr keimten, gab Abigail keine Antwort. Statt dessen entspann sich eine wichtige Diskussion darüber, was Abigail am nächsten Abend beim Essen, an dem auch Mr. Aldrich teilnehmen würde, tragen sollte.

Statt sich nach dem Mittagessen zu einem kurzen Schläfchen zurückzuziehen, wie es seine Gewohnheit war, begab sich Nathaniel Bradshaw in sein Arbeitszimmer, um auf

Halstons Bericht zu warten. Er setzte sich in den großen ledernen Schaukelstuhl hinter seinem Mahagonischreibtisch und strich sich über die ergrauenden Koteletten. Abigail hatte sich beim Mittagessen höchst listig gezeigt. Sie hatte sich geweigert zu sagen, wo sie gewesen war, wie geschickt die Fragen auch formuliert waren oder wer sie gestellt hatte. Freundlich und offen hatte sie – ohne sich den Anschein zu geben – alle Fragen so geschickt pariert, wie Cy Young Schlagbälle zurückschleuderte. Er konnte sich beim besten Willen nicht vorstellen, warum sie in die Leichenhalle gegangen war, und erwog, Tina als Informantin zu ersetzen, weil er dachte, sie müsse Abigails Anweisung falsch verstanden haben.

Er runzelte bereits verdrießlich die Stirn, als er durch ein leises Klopfen aus seinen Gedanken gerissen wurde. Da er an dem Geräusch erkannte, daß es seine Frau war, erhob er sich und bat sie einzutreten.

»Laß dich nicht stören, Mr. Bradshaw.« Sie bedeutete ihm sitzenzubleiben, während sie auf seinen Schreibtisch zueilte. »Ich bleibe nur eine Minute. Ich hätte nur gern deinen Rat, wo ich beim Dinner morgen abend diesen lärmenden Mr. Bierce hinsetzen soll.«

Bradshaw blieb stehen. Seine Frau wußte ganz genau, daß er eher auf den Teppich in seinem Salon spucken würde, als ihr die Unhöflichkeit zu erweisen, sitzenzubleiben, während sie stand, aber ihre Bereitschaft, in der Privatsphäre ihres Heims auf Formalitäten zu verzichten, machte sie ihm um so liebenswerter. Immer noch verärgert über Abigails Verhalten, zögerte er keinen Moment mit der Antwort. »Warum setzt du ihn nicht an Miss Danforth' linke Seite?« Sein Lächeln war ironisch. »Und Creighton Mallory zu ihrer Rechten?«

»Aber was ist mit Mr. Aldrich?« fragte sie mit einem besorgten Stirnrunzeln. »Er hat ihr anscheinend einen wunderschönen Blumenstrauß geschickt. Er ist gerade gekommen –«

»Dann wollen wir seine Leidenschaft ein wenig abkühlen und ihn ans andere Tischende setzen, ja? Miss Danforth wird noch anziehender wirken, wenn sie unerreichbar erscheint, oder?« Wenn Mallory Abigail ausfragen konnte, mußte nicht auch noch Jason in ihrer Nähe sein. »Setz ihn doch neben Miss Abernathy.«

Da es ihr nur darum ging, ihre Tischordnung abzuschließen, sagte sie: »Du wirst es am besten wissen, Mr. Bradshaw.« Sie hauchte einen flüchtigen Kuß in seine Richtung und war so schnell verschwunden, wie sie gekommen war.

Kaum hatte er wieder Platz genommen, da erschien Halston und lieferte, in strammer Haltung auf der anderen Seite des Schreibtisches stehend, seinen zweiten Bericht ab.

»Zum *Chronicle*!« rief Bradshaw stirnrunzelnd und sah den spindeldürren Mann an. »Übrigens, ich hoffe, inzwischen hat jemand mit Peter über seine entsetzliche Kappe gesprochen. Miss Danforth ist höchst aufmerksam. Wenn sie sie erst einmal entdeckt hat, wird sie sie nicht mehr vergessen, und da er ihr folgen soll –!« Er hielt vielsagend inne und wartete, Halston noch immer wütend anstarrend, auf eine Antwort.

»Ich werde dafür sorgen, daß er die Kappe wechselt, Sir«, erwiderte Halston auf der Stelle.

»Tun Sie das, und wenn Sie sie persönlich verbrennen müssen!« Bradshaw war es nicht gewohnt, hereingelegt zu werden, und daß es einem Mädchen gelungen war, ihn darüber zu täuschen, wo sie sich ein paar Stunden lang aufgehalten hatte, und das in einer Stadt, die er so genau kannte, bereitete ihm Verdruß. »Hat Peter überhaupt nichts davon gesagt, daß sie zum Gerichtsgebäude gefahren sind?«

»Kein Wort, Sir«, erwiderte Halston schnell. Bradshaw geriet nicht oft in Wut, und wenn es geschah, fühlte der Butler sich unbehaglich. Mehr als ein glückloser Diener, der seinen Zorn auf sich gezogen hatte, hatte sich samt seiner Siebensachen auf der Straße wiedergefunden, ohne Referenzen und nur einen Wochenlohn von der Armut entfernt. »Er hat gesagt, sie seien schnurstracks zum *Chronicle* gefahren und dort geblieben, bis sie zum Mittagessen hierher zurückgefahren seien.«

»Hat er dem Pferdeverleiher ein genügend hohes Trinkgeld gegeben, damit dieser ihm sagt, wenn Miss Danforth den Wagen wieder bestellt?«

»Ja, Sir«, erwiderte Halston. »Ich selbst habe Peter den Vorschuß gegeben.« Er hatte die Hälfte des für den erwähnten Zweck bestimmten Geldes in seine eigene Tasche gesteckt und vermutete, daß auch Peter etwas für sich abgezweigt hatte.

»Muß ich Sie daran erinnern, daß Geld in dieser Angelegenheit keine Rolle spielt?« fragte Bradshaw mit einem verschmitzten Blick auf seinen Butler. Er wußte ganz genau, daß Halston und Peter etwas von dem Geld für sich behalten hatten. Er hatte seinem Butler einen Betrag gegeben, der ausreichte, um die erwartete Gaunerei mit abzudecken, doch er wollte sicher sein, daß sie genug übriggelassen hatten, um die Loyalität des Pferdeverleihers zu kaufen, und wollte deutlich machen, daß er bereitwillig mehr ausgeben würde, falls Halston dies für notwendig halten sollte.

»Wenn ich etwas sagen dürfte, Sir.« Halston zögerte, bis Bradshaw ihm mit einem kaum wahrnehmbaren Nicken die Erlaubnis erteilte fortzufahren. »Sind wirklich zwei Informanten nötig?«

»Allerdings, das sind sie«, erwiderte Bradshaw ernst. »Wenn ich etwas nicht mit eigenen Ohren höre – und manchmal sogar dann – möchte ich für jeden Bericht eine Bestätigung. In dieser trügerischen Welt ist eine Quelle nie genug.«

»Aber Tinas Information ist völlig wertlos –«

»Aha!« rief Bradshaw und schlug so heftig mit der Hand auf seinen Schreibtisch, daß Halston zusammenzuckte. »Miss Danforth fuhr in die Leichenhalle des *Chronicle*!«

»Sir?« fragte Halston. »Ich –«

»Jede Zeitung bewahrt ihre alten Ausgaben in einer Leichenhalle auf«, erklärte Bradshaw ungeduldig. »Sehen Sie jetzt, daß es sich lohnt, Ihre Fakten bestätigen zu lassen?« fragte er mit einem selbstzufriedenen Lächeln über seine Schläue. »Hätte ich nur erfahren, daß sie zum Büro der Zeitung gefahren ist, hätte ich darüber gerätselt, wozu.« Er drohte Halston mit dem Zeigefinger, als wäre er ein Schuljunge. »Aber durch die Information dieses Hausmädchens weiß ich genau, weshalb.« Er hielt inne. »Kluges Mädchen, diese Miss Danforth«, sagte er nachdenklich und strich wieder über seinen Backenbart. »Vielleicht zu klug, zu ihrem Nachteil.« Wieder machte er eine Pause, ehe er hinzusetzte: »Ich glaube, es ist meine Pflicht, alles dem Alten zu erzählen und zu hören, was er darüber denkt.«

7. KAPITEL

Mit schwingenden Röcken und federndem Schritt, den »Kußwalzer« leise vor sich hinsummend, stieg Abigail die Haupttreppe hinab. Obwohl sie noch nicht damit vertraut war, wie der Haushalt der Bradshaws ablief, hatte sie angenommen, daß er sich nicht allzu sehr von dem ihren zu Hause unterschied; deshalb war sie, auch wenn der Frühstücksgong noch nicht erklungen war, ziemlich sicher, fertigen Tee und etwas kalten, wenn auch in eine Serviette gehüllten, trockenen Toast auf einer Anrichte im Eßzimmer vorzufinden. Wenn nicht, gab es bestimmt eine Klingel, um einen Bediensteten aus der Küche herbeizurufen.

Sie war aufgewacht und hatte es vor Tatendrang nicht mehr ausgehalten. Den vorhergehenden Tag hatte sie mit jenen gefürchteten Einkäufen und Pflichtbesuchen verbracht – vergeudet –, die das Los einer müßigen Dame waren, was sie daran gehindert hatte, sich um ein Treffen mit Mrs. Davenport zu kümmern. Und wie reizend die Bradshaw-Kinder auch waren, ihr unaufhörliches, geistloses Geschwätz hatte sie zu Tode gelangweilt. Da es noch zu früh war, um mit einer Antwort auf ihre Anzeige zu rechnen, sie jedoch nicht noch einen Tag verbringen wollte, der keinerlei Abenteuer versprach, hatte sie Jacqueline beauftragt, den Koffer hervorzuholen, der ihre Männerkleidung enthielt; sie war dankbar dafür, daß die Herrenmode nicht genauso schnell wechselte wie die der Damen, obwohl die Schultern der Herren dieses Jahr zu Ostern etwas breiter gewesen waren. Zum Glück erkannte man am klassischen Schnitt des Jacketts eindeutig die Savile Row; er würde wohl nie unmodern werden, und das war auch gut so, da ihre gesamte männliche Garderobe aus diesem einen Morgenanzug bestand, was vermutlich auch so bleiben würde. Kinkade ließ inzwischen Crosspatches satteln und würde, während die anderen in aller Ruhe beim Frühstück saßen, hinter der nächsten Ecke warten. Die bloße Aussicht, eine Stunde zu entfliehen, ihr Pferd zu bewegen und dabei allein die Stadt zu erkunden, hatte sie in gehobene Stimmung versetzt. Sie hatte keine Lust, mit leerem Magen zu reiten, wollte jedoch auch nicht warten, bis das Haus erwachte, oder die Aufmerksamkeit auf sich lenken, indem sie sich Tee aufs Zimmer bringen ließ.

Man hatte die schweren Samtvorhänge im Eßzimmer beiseitegezogen, und die Sonnenstrahlen zeichneten Muster auf den üppig gedeckten Tisch und spiegelten sich in dem reichlich vorhandenen Silber. Als sie sich umschaute, um zu sehen, auf welcher Anrichte das Essen stand, fiel ihr Blick auf Mr. Bradshaws Platz am Kopfende des Tisches und ein Tablett, auf dem sich die Post für das Haus stapelte. Angesichts der straffen Zügel, mit denen er sein Haus führte, vermutete sie, er inspiziere die ganze Korrespondenz, ehe er sie dem Empfänger zukommen ließ. Sie erwartete nicht ernstlich, daß etwas für sie dabei war, doch in der stillen Hoffnung, daß Jason ihr geschrieben hatte, blieb Abigail stehen und sah den Stapel auf dem Tablett durch. Zu ihrem großen Erstaunen lag zuoberst ein Umschlag aus dem Hotel Palace, auf dem in ungelenker Schrift ihr Name stand. Sie hatte ihn an sich genommen und war im Begriff, nach weiteren Briefen zu forschen, als, ohne daß sie es merkte, denn sie stand mit dem Rücken zur Tür, Mr. Bradshaw das Eßzimmer betrat.

»Miss Danforth!« rief er ärgerlich, während er auf sie zuging. »Ich schätze es gar nicht, wenn meine Gäste die Post durchwühlen!«

Bestürzt ließ Abigail die Nachricht an sie unauffällig in ihrer Tasche verschwinden, während sie herumfuhr und ihn ansah. Um der unumschränkten Herrschsucht ihres Vaters ein wenig zu entgehen, wenn sie bei ihm im Haus lebte, hatte sie großes Talent entwickelt, fügsam zu erscheinen, und verstand sich auf die Kunst der Schmeichelei, die sie jetzt anwandte. »Mein Vater ist genauso, Sir«, erwiderte sie, ein entsprechendes Lächeln auf dem Gesicht, während er sich auf sie stürzte. »Mir scheint, Sie achten wie er auf jene Feinheiten, die von einem gutgeführten Haus zeugen.«

Durch ihr unschuldiges Verhalten überzeugt, daß sie nichts weggenommen hatte, und besänftigt durch das angedeutete Kompliment, klang sein Ton schon wesentlich freundlicher, als er antwortete: »Ein Mann sollte wissen, was unter seinem Dach vorgeht.«

»Genau das sagt mein Vater auch, Sir. Er ist der klügste

Mann, den ich kenne«, sagte sie mit einem Blick, dem man entnehmen konnte, daß sie bereit war, auch Bradshaw dieser gehobenen Kategorie zuzuordnen.

Obwohl er auf ihren bewundernden Blick nicht direkt reagierte, entging er ihm nicht. Er zog den Stuhl zu seiner Rechten hervor, bedeutete ihr, Platz zu nehmen, und sagte: »Sie sind heute morgen früh aufgestanden, mein Fräulein.«

Sie hatte nicht vorgehabt, ein richtiges Frühstück zu sich zu nehmen; aber es gab keine elegante Möglichkeit, dem zu entgehen, und obwohl er einen Aussagesatz artikuliert hatte, war das Fragezeichen am Ende deutlich zu hören gewesen. Abigail wußte, daß sie die Geduld dieses Mannes bereits zur Genüge strapaziert hatte. Da sie ihn nicht noch mehr gegen sich aufbringen wollte, nahm sie wie befohlen Platz und sagte: »Ich fürchte, ich habe gestern den ganzen Tag über Ihre Gastfreundschaft so sehr in Anspruch genommen, daß ich meine Pflichten völlig vernachlässigt habe. Ich schulde meinem Vater einen Brief und hatte die Absicht, ihn heute vormittag zu schreiben, aber ich wollte zuvor gern noch eine Tasse Tee trinken.«

»Das höre ich gern«, sagte er mit anerkennendem Lächeln, während er eine Porzellanglocke läutete, um der Dienerschaft ihre Anwesenheit kundzutun. »Eine gewissenhafte Tochter.«

Da sie sich damit abgefunden hatte, eine Weile mit ihm zu verbringen, beschloß Abigail, die Zeit zu nutzen. »Ich hoffe, Sie hatten neulich beim Mittagessen nicht den Eindruck, ich wollte Ausflüchte machen, Mr. Bradshaw«, sagte sie, als sie ihre Serviette auf den Schoß legte. »Aber ich war zur Zeitung gefahren, um für Vater ein paar Nachforschungen anzustellen. Falls es Sie nicht stört, mit einem Geheimnis belastet zu werden- ich glaube, er hätte nichts dagegen, wenn

Sie davon wüßten. Also, er würde nicht wollen, daß über die Art meines Auftrags geredet wird.« Sie berührte leicht seinen Arm. »Ich vertraue darauf, daß Sie deshalb meine Verschwiegenheit verstehen.«

»Ja, natürlich, liebes Kind«, erwiderte Bradshaw. Er wünschte, seine eigene Tochter oder auch seine Söhne würden eines Tages seinetwegen genauso gewandt handeln, und betört von ihrer Offenheit, kam ihm der Gedanke, der Alte hätte sich vielleicht doch in ihr getäuscht.

Ein Lakai erschien mit seinen geschmorten Pflaumen in dicker Sahne, und Abigail ergriff die Gelegenheit, ein weichgekochtes Ei zu bestellen. Sie nahmen ein gemütliches Frühstück ein, wobei Mr. Bradshaw abwechselnd die Post durchsah und sie mit Geschichten von den Großtaten seiner Kinder unterhielt.

Als ausgezeichnete Zuhörerin lachte Abigail immer an der richtigen Stelle und bewunderte ihn überschwenglich. Und sowie sie ihren letzten Marmeladentoast verspeist und ihre Mundwinkel mit der Serviette abgetupft hatte, fragte sie: »Erlauben Sie mir, mich zu entschuldigen, Sir?«

Er erhob sich auf der Stelle und schob ihren Stuhl zurück. Als er ihr einen Guten Morgen wünschte, entschied er, daß es doch nicht so dringend war, den Alten aufzusuchen, wie er einen Augenblick gedacht hatte.

Als sie in der Ungestörtheit ihrer Räume angelangt war, winkte Abigail der wartenden Jacqueline, ihr zu folgen, und lief zum Schreibtisch, um den Umschlag mit einem silbernen Brieföffner aufzuschlitzen. Während ihre Zofe die Rückseite ihres Kleides aufknöpfte, entzifferte sie das Geschriebene; es stammte von dem jungen Angestellten, einem gewissen Mr. Randolph Finch, der sie bat, anzurufen und einen Zeitpunkt mit ihm zu vereinbaren, an dem sie sich möglichst bald sehen könnten. Er habe eine wichtige Information für sie in bezug auf die Ablieferung ihres Paketes.

Wenn man aus der Aufmerksamkeit, mit der Bradshaw jede eingehende Korrespondenz überwachte, etwas schließen konnte, dann, daß auch alle Telefongespräche abgehört wurden; da war Abigail sich sicher. Obwohl sie das Gefühl hatte, sich unter Freunden zu befinden, wollte sie Bradshaws Neugier nicht unnötig wecken, nachdem sie sie gerade erst besänftigt hatte, und mußte sich mit der Hoffnung begnügen, ein Telefon zu finden, das nicht von Mr. Bradshaw überwacht werden konnte. Erst recht ein Grund, sich zu beeilen, um die mit ihm verbrachte Zeit wieder herauszuholen, und so wandte sie ihre ungeteilte Aufmerksamkeit dem Problem zu, ihren Bart und Schnurrbart geschickt zu befestigen.

Tina war so entsetzt, daß es ihr beinahe den Atem verschlug. Sie kniff sich, um nicht in Ohnmacht zu fallen und lehnte sich haltsuchend mit zitternden Knien gegen die Flurtür, dankbar für die riesigen Fächerpalmen, die sie verbargen. Sie war so verblüfft, daß sie keinen klaren Gedanken fassen konnte, was als nächstes zu tun war.

Ihre Mutter war so stolz auf sie gewesen, weil sie einen so ruhigen Job in einem solch imposanten Haushalt ergattert hatte. Und dankbar. Und Tina selbst wußte auch, was für ein Glück sie gehabt hatte. Es war nicht nur der Lohn. Sie hatte jetzt jede Nacht ein Dach über dem Kopf. Sicher, der Schlafraum war überfüllt, aber sie wurde nicht mehr naß, wenn es regnete, wie damals, als ihre Mutter die Miete nicht mehr bezahlen konnte und ihre ganze Familie an die Luft gesetzt worden war. Und sie hatte genug zu essen. Sie hatte sogar Gelegenheit, etwas dazuzuverdienen. Wenn sie einen halben Tag frei hatte, lief sie nach Hause und brachte der Mutter ihren geringen Verdienst, der garantierte, daß ihre fünf jüngeren Brüder etwas zu essen hatten. Nun war dies alles in Gefahr. Sie stöhnte. Ihr Job war es wert, Halston zu erzählen, was sie soeben beobachtet hatte. Ohne daß ihr jemand den Rücken stärkte, würde er ihr niemals glauben. *Seine* Stellung stand auf dem Spiel, wenn das, was sie gesehen hatte, stimmte, denn es war seine Pflicht, stets zu wissen, wer sich im Haus aufhielt. Aber sie hatte es mit eigenen Augen gesehen. Miss Danforth hatte ihre Räume betreten, und keine halbe Stunde später war ein seltsamer Mann herausgekommen, der auf höchst zufriedene Weise seinen Schnurrbart geklopft hatte.

Nicht aus Zufriedenheit hatte Abigail ihren Schnurrbart geklopft, sondern um ihn sicherer zu befestigen. Das Gelingen ihres Planes, das Haus unbemerkt zu verlassen, hing davon ab, daß alle Familienmitglieder und Gäste beim Frühstück saßen. Sie mußte nur den dritten Stock verlassen ohne erwischt zu werden, danach würde sie sich schon gegenüber jedem Dienstboten, dem sie möglicherweise begegnete, behaupten, mit Ausnahme von Halston vielleicht.

Ahnungslos, daß man sie beobachtet hatte, empfand sie mit Genugtuung, wie leicht sich ihr Körper fühlte, wenn nicht Unmengen von Stoff von ihrer Taille herabfielen und ihren Schritt behinderten, als sie, den Spazierstock unter dem Arm, die Hand am Zylinder, um ihn festzuhalten, die Treppe hinunterrannte. Obwohl sie sich ohne den Halt ihres Korsetts irgendwie ungeschützt vorkam, genoß sie die Bewegungsfreiheit, die die Hosen ihr erlaubten. Sie hielt kurz inne, um das widerspenstige Schloß der Vordertür zu öffnen, vor dem Kinkade sie gewarnt hatte, dann befand sie sich auf der Straße.

Mit ihrem veränderten, weitausgreifenden Schritt war sie bald um die Ecke gebogen und so froh, wieder mit ihrem Pferd vereint zu sein, daß sie sich kaum Zeit ließ, Kinkade zu begrüßen.

Er hatte Abigail nie zuvor in ihrer Verkleidung gesehen und war kaum in der Lage, seine professionelle Miene zu bewahren, als er schließlich entdeckte, daß der gutgekleidete, schnurrbärtige junge Mann, der so selbstbewußt auf ihn zukam, seine Herrin war. Tief beeindruckt von ihrer Eleganz, reichte er ihr die Hand, um sie im Gleichgewicht zu halten, während sie den Klotz neben dem Pfosten bestieg, um aufzusitzen.

Nachdem sie übereingekommen waren, sich in etwa einer Stunde wieder zu treffen, damit er sie durch den Dienstboteneingang einlassen und sie in ihre Räume gelangen konnte, legte sie ihren Spazierstock über den Sattel und nahm die Zügel entgegen. Es war ein so wundervolles Gefühl, wieder einmal im Herrensitz zu reiten, daß sie sich nur mit Mühe enthalten konnte, im Galopp davonzujagen.

Jacqueline war erschöpft. Sie hatte in dem Schlafsaal nicht gut geschlafen; und nachdem sie schon bei Tagesanbruch gerufen worden war, um im Keller nach dem Koffer zu suchen, und einen Lakaien gefunden hatte, der bereit war, ihn zu dieser Tageszeit nach oben zu befördern, war sie nun zu müde, um die Schachteln wegzuräumen, in denen sich die Männerkleider befunden hatten. Ihre Herrin würde für mehr als eine Stunde fort sein. Niemand würde sie belästigen, da ihre Herrin die Nachricht hinterlassen hatte, sie wolle nicht gestört werden. Deshalb nutzte Jacqueline die geringe Wahrscheinlichkeit, erwischt zu werden, und sobald sich die Tür schloß, kuschelte sie sich auf das Sofa, um ein Weilchen die Augen zu schließen.

Während ihr Herz ob ihrer Kühnheit wild klopfte, öffnete Tina ganz langsam die Tür zu Abigails Suite. Sie konnte das Sofa nicht sofort sehen, da es durch den Wandschirm verborgen war. Auch Abigail sah sie nicht. Entschlossen, sich mit eigenen Augen davon zu überzeugen, daß Miss Danforth unversehrt war, schloß sie leise die Tür hinter sich und ging auf Zehenspitzen zum Ankleidezimmer. Als sie Jacqueline auf der Chaiselongue entdeckte, hielt sie sie für tot – es gab keine andere Entschuldigung dafür, daß ein Dienstbote auf dem Sofa lag – und begann zu schreien.

Jacqueline fuhr erschreckt aus dem Schlaf hoch und schrie ebenfalls.

Überzeugt, die Toten seien auferstanden, wandte Tina sich zur Flucht.

Jacqueline war im Nu auf den Beinen, peinlich berührt, daß man sie bei ihrem Schlaf auf dem Sofa erwischt hatte. »Bitte gehen Sie nicht!« rief sie und ergriff Tinas Hand mit dem einzigen Gedanken, sie daran zu hindern, etwas auszuplaudern.

Tina entzog ihr ihre Hand und brach völlig entnervt in Tränen aus.

Jacqueline, die jetzt hellwach war, fragte sich mit einem Mal, was Tina in der Suite ihrer Herrin zu suchen hatte. Schuldbewußtsein beflügelte ihr gallisches Naturell, und dic Hände in die Hüften gestemmt, fragte sie selbstgerecht: »Was schnüffeln Sie überhaupt hier herum?«

»Ach, bitte, schimpfen Sie nicht mit mir«, jammerte Tina. »Ich weiß nicht, was ich tuuun soll!«

Jacqueline wollte davoneilen und die verräterische Zylinderhutschachtel verbergen, doch sie stand wie angewurzelt da. Schließlich faßte Tina sich wieder. »Ich – ich bin zufällig vor ein paar Minuten durch den Flur gegangen und sah –« Mit aufgerissenen Augen hielt sie sich beide Hände vor den Mund, unfähig fortzufahren.

Jacqueline war sprachlos. Sie wußte nur zu gut, was Tina gesehen hatte, doch was konnte sie sagen? Die Wahrheit zuzugeben, hieße, ihre Herrin zu verraten. Zu behaupten, ein Mann sei in Abigails Zimmer gewesen, war unmöglich. Sie kam rasch zu dem Schluß, daß es Zeitverschwendung war, Komödie zu spielen und Tina zu fragen, was sie gesehen hatte, schluckte und zuckte vielsagend die Achseln. »Miss Danforth kommt gleich zurück«, sagte sie mit einem schwachen Lächeln. »Sie wird alles erklären, ja?«

Da sie noch immer nichts entdeckt hatte, was sie Halston berichten konnte, ohne gefeuert zu werden, blieb ihr nichts anderes übrig, als zuzustimmen.

Stillschweigend übereingekommen, daß keine die andere verraten würde, nahmen die beiden Mädchen vorsichtig nebeneinander auf dem Sofa Platz und warteten auf Abigails Rückkehr.

An der Ecke angekommen, verhielt Abigail Crosspatches neben einem Milchwagen, dessen Kannen mit einem bunten, feuchten Teppich bedeckt waren, damit der Inhalt nicht verdarb. Die Market Street fiel steil zur Bucht ab; ihr Belag bestand aus Basaltsteinen auf Sand, was sie uneben und ungewöhnlich staubig machte. Während sie die grandiose Aussicht genoß, fragte sie sich, warum sie eigentlich ein Telefon suchen sollte, um Mr. Finch anzurufen, wenn für sie auf ihrem prachtvollen Pferd das Hotel Palace nur einen kurzen Ritt entfernt war. Selbst wenn er keinen Dienst hatte, so hätte Crosspatches wenigstens seine Bewegung gehabt. Nachdem sie den alten Klepper, der den Milchwagen zog, überholt hatte, bewußt langsam, damit Crosspatches nicht stolperte, ließ sie mühelos die Straßenbahn hinter sich, die klingelnd den Hügel hinabfuhr. Crosspatches ließ sich durch den Lärm absolut nicht irritieren, dem Geschrei und Geklingel, das von den mit aller Art von Waren beladenen Karren und Wagen erscholl, durch die sie ihn hindurchmanövrierte, und schon bald hatte sie ihn an einem Pfosten im Hof des Hotels angebunden.

Während sie ihren Zylinder abnahm, betrachtete sie prüfend ihr Spiegelbild in der Glasscheibe der Drehtür, die sie passierte, und richtete ein paar Haare der Perücke, die in Unordnung geraten waren. Den Hut unter dem Arm, wie sie es bei ihrem Vater gesehen hatte, den Spazierstock in derselben Hand, schritt sie mit einer Selbstsicherheit, die sie ganz und gar nicht empfand, auf den Empfangstisch zu, um festzustellen, daß der ältere Angestellte Dienst hatte. »Eine Bitte, guter Mann«, sagte sie, als er ihr seine Aufmerksamkeit zuwandte, »ich hätte gern mit Ihrem Mr. Finch gesprochen.« Obwohl sie so tief wie möglich sprach, war ihre Stimme für die eines Mannes noch immer sehr hoch.

Offensichtlich fiel es nicht auf, da der Bart keinen Zweifel an ihrem Geschlecht ließ, denn der Angestellte nickte nur, ehe er hinter dem Bogen verschwand, vermutlich, um seinen Kollegen zu holen.

Der junge Beamte erschien im Handumdrehen und fragte mit erstauntem Gesichtsausdruck: »Wie kann ich Ihnen helfen, Sir?«

»Ich bin wegen der Angelegenheit hier, in der Sie Miss Danforth geschrieben haben«, sagte Abigail.

Er warf einen schnellen Blick über die Schulter, um zu sehen, ob sein Aufpasser in der Nähe war, lehnte sich dann über das Empfangspult und fragte mit einem beunruhigten Flüstern: »Woher wissen Sie _? Das heißt, wer sind _?«

»Ich bin Miss Danforth' Bruder«, flüsterte Abigail zurück. »Ich bin an ihrer Stelle gekommen, da sie nicht abkömmlich war.«

Er sah ihr prüfend in die Augen und sagte: »Ja, ich erkenne die Ähnlichkeit.« Nachdem er sich mit einem erneuten Blick über ihre Ungestörtheit vergewissert hatte, setzte er rasch hinzu: »In gewisser Hinsicht bin ich froh, daß Sie gekommen sind, Sir. Was ich Ihnen mitteilen muß, könnte die zarten Gefühle einer Dame vielleicht verletzen. Da Sie ihr Bruder sind, können Sie es ihr auf sanfte Weise beibringen. Aber Sie müssen sie überreden, nicht mehr herzukommen und sich nach diesem Laufjungen zu erkundigen. Es ist Zeitverschwendung.«

»Und warum, wenn ich fragen darf?«

Finch lehnte sich zurück und taxierte den gutgekleideten jungen Mann mit Blicken. »Ich weiß nicht, Sir« sagte er langsam. »Miss Danforth war sehr großzügig zu Master Thomas, und er hat ihr nichts erzählt, obwohl er Bescheid wußte. Er nahm einfach ihr Geld, verstehen Sie?« Er zuckte vielsagend die Schultern.

Abigail suchte in ihrer Hosentasche und förderte ein Goldstück zutage. Sie ließ ihn die Farbe der Münze auf dem Empfangspult sehen, ehe sie, ebenfalls mit einem vielsagenden Achselzucken, die Hand darüberdeckte.

»Es hat keinen Sinn, weiter nach ihm zu suchen, Sir«, sagte Finch, unfähig, den Blick von der behandschuhten Hand zu lösen. »Er ist tot.«

Abigail rang nach Atem.

Finch streckte die Hand nach der Münze aus.

Abigail hielt die Hand darüber. »Woher sind Sie so sicher, daß es derselbe – ?«

»Oh, es war auf jeden Fall derselbe Junge.« Den Blick starr auf seinen Lohn gerichtet, sagte Finch hastig: »Der Wagen überfuhr ihn im selben Moment, als er den Hof verließ. Es wurde ganz offen darüber geschwatzt. Manche sagten, es sei kein Unfall gewesen; der Kutscher hätte einen Schlenker fahren müssen, um ihn zu erwischen. Aber ich glaube das nicht. Wer würde absichtlich einen Betteljungen umbringen?«

Überwältigt von der Bedeutung seines Berichtes, zog Abigail langsam ihre Hand zurück.

Sowie er es erblickte, nahm Finch das Goldstück und ließ es in seiner Tasche verschwinden.

»Was ich sagen wollte, Mr. Finch«, bemerkte Abigail, als sie die Sprache wiedergefunden hatte. »Ich möchte Sie um einen Gefallen bitten.«

»Gern, Sir«, antwortete Finch beflissen, da es nicht unmöglich war, daß eine weitere Belohnung winkte.

»Niemand, absolut niemand, darf erfahren, daß Sie mir diese Information gegeben haben.«

Er zuckte die Achseln. »Darin sehe ich keine Schwierigkeit, Sir«, sagte er lächelnd.

»Wenn Ihnen Ihr Leben lieb ist, junger Mann«, sagte Abigail eindringlich und lehnte sich vor, »erzählen Sie keinem Menschen davon.«

»Ja, Sir«, sagte er. Sein Lächeln war verschwunden.

»Damit alles klar ist«, fuhr Abigail ernst fort, »ich wäre Ihnen sehr verbunden, wenn Sie Ihrem Vorgesetzten erzählen würden, Miss Danforth selbst sei während seiner Abwesenheit gekommen, um sich nach dem Jungen zu erkundigen.

Es darf auf keinen Fall jemand argwöhnen, daß sie die Wahrheit bereits kennt.«

Während Finch mit der Münze in seiner Tasche spielte, sah er Mr. Danforth durch die Drehtür hinausgehen, und er bereute von ganzem Herzen, daß er etwas gesagt hatte.

Als Abigail Kinkade traf, war sie in wesentlich gedämpfterer Stimmung. Crosspatches ein wenig Bewegung zu verschaffen, war ein Spaß gewesen, und auch wenn es peinlich und zweifellos höchst unangenehm gewesen wäre, wenn man sie entdeckt hätte, wäre sie mit den Konsequenzen fertiggeworden. Doch der Tod des Jungen warf ein neues Licht auf alles, was sie unternahm. Sie vermutete jetzt, daß jeder ihrer Schritte überwacht wurde, und fürchtete, man könne beobachtet haben, daß sie sich entfernt hatte. Wenn ja, war ihre Verkleidung umsonst gewesen. Falls es ihr jedoch gelungen war, unerkannt das Haus zu verlassen, würde sich ihr Inkognito als äußerst wertvolles Hilfsmittel erweisen. Es war von entscheidender Bedeutung, daß sie unbemerkt in ihre Räume gelangte.

Kinkade hatte die Hintertreppe aufs genaueste erkundet, und sie erreichten den Absatz im zweiten Stock ohne Zwischenfall. Sie stürzte die letzten Stufen in atemberaubendem Tempo hinauf, vergewisserte sich mit raschem Blick, daß der Flur leer war, bevor sie ihn durchquerte, und schon war sie in Sicherheit. Schwer atmend und mit geschlossenen Augen lehnte sie sich eine Sekunde lang erleichtert gegen die Tür. Sie öffnete die Augen im gleichen Moment, als sie den Spazierstock auf das Bett schleuderte, und sah Tina, die mit offenem Mund und in strammer Haltung neben Jacqueline stand.

»Ach, zum Teufel!« schrie Abigail in mißbilligendem Ton,

während sie den Zylinder abnahm und ihn Jacqueline reichte. »Warum hast du sie hier hereingelassen?«

»Aber nein, Miss, ich lasse sie nicht herein. Tina kommt von selbst herein«, sagte Jacqueline schnell. Sie unterließ es bewußt zu erzählen, daß sie eingeschlafen war, und fuhr fort: »Sie hat einen Mann aus Ihrem Zimmer kommen sehen und war in Sorge, es könnte Ihnen etwas passiert sein.«

Auf der Stelle von Argwohn erfaßt, funkelte Abigail das verängstigte Mädchen böse an. »Haben Sie hinter mir herspioniert?« fragte sie.

Tief errötet, stumm, senkte Tina den Kopf. Sie war nicht nur entsetzt über die Erscheinung, die vor ihr stand; noch nie zuvor hatte sie direkt mit einem Mitglied der Familie Bradshaw oder einem ihrer Gäste gesprochen. Daß sie ihre Berichte dem großen Halston persönlich abstatten durfte, betrachtete sie als Auszeichnung, weil sie besondere Aufgaben für ihn erledigte, und sie war sehr stolz darauf.

Jacqueline mischte sich mit einem Achselzucken und hochgezogenen Augenbrauen ins Gespräch, während sie die Finger in einer allgemein bekannten Geste aneinanderrieb, um anzuzeigen, daß es um Geld ging. »Sie sagte, sie wäre zufällig vorbeigegangen –«

Abigail verstand den Hinweis, zog ihren Handschuh aus und suchte in ihrer Hosentasche. Da sie genau merkte, daß Tinas Blick jede ihrer Bewegungen verfolgte, zog sie die Goldmünze langsam hervor und hielt sie ihr herausfordernd unter die Nase. »Für Ihr Schweigen«, sagte sie.

Tina konnte ihr Glück kaum fassen. Die glänzende Münze war mehr wert als ihr Lohn und ihr Extratrinkgeld von Halston zusammen. Außerdem hätte sie Halston nie im Leben davon überzeugen können, daß Miss Danforth nicht nur Schnurrbart und Hosen trug, sondern daß sie in dieser

Aufmachung tatsächlich das Haus verlassen hatte. Jetzt hatte sie einen guten, einen besseren Grund, ihm nichts zu erzählen. »Ja, Ma'am«, sagte sie schüchtern und errötete vor Freude. »Kein Wort drüber.«

Mit einem Anflug von Neid beobachtete Jacqueline die Großzügigkeit ihrer Herrin.

In dem Bewußtsein, sich auf eine Situation einzulassen, in der man sie leicht erpressen konnte, händigte Abigail mit einem unguten Gefühl der Vorahnung dem Mädchen das Geldstück aus.

8. Kapitel

Maude entschuldigte sich nach dem ersten Satz des Tennisspiels. Sie hatte nicht einen Augenblick daran geglaubt, daß Abigail in ihrem Zimmer war und an ihren Vater schrieb. In ihrem Zimmer vielleicht, aber ganz sicher schrieb sie nicht an ihren Vater. Das tat sie nie. Maude erledigte die gesamte Korrespondenz für beide. Abigail las den fertigen Brief und kritzelte dann ein Postskriptum darunter. Sie haßte diese Pflicht und mußte stets gedrängt werden, ihre Dankesbriefe zu schreiben. In der Tat hatte die Bereitwilligkeit, mit der sie auf den Erhalt von Jasons Blumen geantwortet hatte, Maude viel über ihre uneingestandenen Gefühle verraten.

Obwohl sie argwöhnte, Abigail habe das Haus aus einem verwerflichen Grund verlassen, wollte Maude ihren Verdacht erst überprüfen, ehe sie ihr Vorwürfe machte. Sie erwartete nicht im Ernst, daß Abigail zu Hause war, deshalb klopfte sie und trat ein, ohne eine Antwort abzuwarten.

»Wer ist da?« rief Abigail aus dem Ankleidezimmer. Von der Vorstellung erschreckt, man würde sie dabei ertappen, daß sie am Frisiertisch saß und sich das Gesicht eincremte, nachdem sie ihren Schnurrbart entfernt hatte, gab sie Jacqueline einen Wink, die Tür zum Ankleideraum zu schließen.

Überrascht, Abigails Stimme zu hören, durchquerte Maude das Schlafzimmer und rief: »Ich bin es.«

Obwohl sie erleichtert war, daß es Maude war, die ohnehin über ihr Inkognito Bescheid wußte, ärgerte sich Abigail, daß sie schon wieder in ihrem Privatbereich gestört wurde. »Seit wann treten Sie ein, ohne auf die Erlaubnis zu warten?« rief sie durch die Tür.

»Was haben Sie gemacht, Miss Danforth?« fragte Maude, während sie die im Schlafzimmer umherliegenden Schachteln betrachtete, vor allem die Zylinderhutschachtel. Sie zog die Nase kraus und schnüffelte an der geschlossenen Tür. »Man braucht kein Detektiv zu sein, um den Alkohol zu riechen, mit dem Sie Ihren Schnurrbart entfernen.« Obwohl Abigail sie nicht sehen konnte, breitete sie die Arme aus, um auf die Schachteln zu zeigen, und fuhr fort: »Oder um zu wissen, daß in diesen Schachteln Ihre Männerkleider aus London waren.«

Jacqueline riß die Tür auf, doch noch ehe Abigail etwas sagen konnte, fragte Maude, die Hände in die Hüften gestemmt: »Wo sind Sie gewesen?«

»Das geht Sie nichts an!« sagte Abigail knapp, deren Nerven aufs äußerste gereizt waren. Eigentlich hätte sie zugeben müssen, daß sie froh war, in einem Haus von, wenn nicht gerade Freunden, so doch von Menschen umgeben zu sein, denen an ihrem Wohlergehen gelegen war. Doch es störte sie, daß man sie so genau überwachte. Es war fast so schlimm, als wenn einen jemand beobachtete, der einem Böses antun wollte. Sie hatte beschlossen, Maude nichts von ihrem Gespräch mit Finch zu erzählen. Es bestand kein Grund, sie zu beunruhigen. Aber sie konnte sich nicht entscheiden, ob sie ihr von ihrer Absicht, Charles' Mörder zu finden, erzählen sollte, auch wenn sie mehr denn je dazu entschlossen war. Sie merkte plötzlich, wie mürrisch sie klang und daß schlechtes Benehmen Maude nur in ihrem Verdacht bestärken würde, und stand auf, ein außergewöhnlicher Anblick mit ihrem dichten, kastanienbraunen Haar, das ihr bis zum Hosenboden der Herrenhose herabfiel. »Bitte verzeihen Sie mir«, sagte sie ernst. »Ich habe gerade einen Schock hinter mir. Eines der Mädchen – Jacqueline sagt, Tina werde gerade zur Zofe Mrs. Bradshaws ausgebildet – hat gesehen, wie ich das Haus verlassen habe, und ich mußte mir ihr Schweigen erkaufen.« Abigail lächelte reumütig. »Die Bradshaws bekämen einen Anfall, wenn sie mich als Mann verkleidet sähen.« Sie zuckte die Achseln. »Ich wollte nur mein Pferd ein wenig bewegen.«

»Sie sind wieder im Herrensitz geritten.« Maude schüttelte entsetzt den Kopf. »Die Bradshaws bekämen nicht nur einen Anfall; sie würden die Peinlichkeit nicht überleben, einen Gast zu beherbergen, der sich so skandalös benimmt. Können Sie immer nur an sich selbst denken?«

»Ich habe mir nichts Böses dabei gedacht.«

»Der Pferdeverleiher wird gut dafür bezahlt, daß er Crosspatches reitet!«

Abigail holte tief Atem. Sie war jetzt genug gescholten worden, und es lag ihr eine barsche Antwort auf der Zunge. Doch statt ihrem Zorn nachzugeben, wechselte sie das Thema. »Man hat mir erzählt, daß Mrs. Davenport beim Abschiedskonzert des großen Paderewski am Palmsonntag gesehen wurde – wie Sie in Schwarz gekleidet, was von meinem Informanten gebührend zur Kenntnis genommen wurde«, sagte Abigail mit hochgezogener Augenbraue. »Hatten Sie Gelegenheit herauszubekommen, ob sie in nächster Zukunft für einen der Empfänge bei den Bradshaws vorgesehen sind?«

Ein wohlbekannter, freudloser Ausdruck verdüsterte Maudes Züge, als sie mit rauher Stimme sagte: »Charles war ihr Liebling. Offensichtlich ist sie nach seinem Tod zur Einsiedlerin geworden.« Maude seufzte. »Sie empfängt niemanden.« Mit einem abschätzenden Blick auf Abigail fuhr sie fort: »Warum fragen Sie? Es hat keinen Sinn, sie zu befragen. Vor allem, da Sie ja nicht länger hinter seinem Mörder her sind.« Sie machte eine vielsagende Pause, ehe sie hinzufügte: »Oder sind Sie das etwa noch?«

Da sie nicht offen lügen wollte, wechselte Abigail erneut das Thema. Mit einer lässigen Handbewegung fragte sie: »Was halten Sie davon, eine Reise auf die Sandwich-Inseln zu buchen?«

Jacqueline hatte der Unterhaltung nur flüchtig gelauscht, doch als die sagenhaften Inseln erwähnt wurden, schnappte sie nach Luft.

»Auf die Sandwich-Inseln?« Maude war verblüfft.

»Warum nicht?« Abigail wußte, daß ihre Antwort unangemessen war, eine schwache Erinnerung an den Reisebericht »Durch Dick und Dünn« ihres Freundes Mark Twain hatte ihr den Namen eingegeben. Im Moment war es ihr einziger Wunsch, Maude ganz offensichtlich mit der Ausarbeitung von Reiseplänen zu beschäftigen, was auch den aufmerksamsten Beobachter davon überzeugen sollte, daß sie bald abreisen würden.

Zu Maudes Erstaunen wurde ihr das Herz schwer. Bis zu diesem Augenblick, in dem Abigail sich offensichtlich ihren Wünschen fügte, hatte sie nicht gemerkt, wie viel es ihr wirklich bedeutete, daß der Mörder gefaßt wurde. Während sie überlegte, ob der Schmerz je vergehen würde, fragte sie mit ausdrucksloser Stimme: »Wann würden Sie gern fahren?«

»Ach, das weiß ich nicht«, sagte Abigail mit einer Lässigkeit, nach der ihr keineswegs zumute war. Männer, die verzweifelt genug waren, einen Boten umzubringen, damit man ihnen nicht auf die Spur kam, würden auch nicht zögern, sie aus dem Weg zu räumen. Sie mußte den Anschein erwecken, nicht mehr allzu lange hierzubleiben, doch sie brauchte Zeit, bis jemand auf ihre Annonce antwortete. »Vielleicht in zwei oder drei Wochen?« Sie zuckte unbekümmert die Schultern, in dem Bewußtsein, in letzter Minute noch alles rückgängig machen zu können, falls sie mehr Zeit benötigte. »Dann hätten wir ausreichend Zeit, uns für einige unserer Einladungen zu revanchieren, oder?«

»Und Mr. Aldrich?« fragte Maude und zog die Augenbrauen hoch.

Abigail errötete. »Was soll das heißen, *und Mr. Aldrich?*«

»Drei Wochen sind eine kurze Zeit, um jemandem richtig den Hof zu machen.«

»Den Hof machen!« rief Abigail völlig verwirrt. »Ein Tanz und ein paar Blumen- das heißt wohl kaum, jemandem den Hof zu machen.«

Maude, die Abigails Unbehagen erfreut zur Kenntnis nahm, lächelte knapp. »Sie können nicht leugnen, daß er sich für Sie interessiert, Miss Danforth«, sagte sie leise. »Und da Sie beschlossen haben, auf Ihre verrückte Karriere als Detektivin zu verzichten –«

Abigail, die plötzlich erkannte, daß ihre romantischen Gefühle für Jason ihre wahren Absichten bestens verbergen und einen perfekten Vorwand liefern würden, falls sie länger bleiben wollte, errötete noch tiefer, als ihr aufging, daß diese angeblichen Gefühle der Wahrheit gefährlich nahekamen. »Ich bitte Sie, Miss Cunningham, ziehen Sie mich nicht auf.« Sie lächelte schüchtern. »Was meinen Sie, soll ich heute abend Perlen oder den Saphirschmuck tragen?« Ausnahmsweise mußte sie das Interesse an ihrem Äußeren einmal nicht heucheln.

Als Jacqueline, nachdem sie die hübsch zum Mittagessen gekleidete Abigail verabschiedet hatte, aus Abigails Suite trat, war sie zu müde, um etwas zu essen. Sie nahm sich fest vor, sich im Schlafsaal etwas hinzulegen, sobald sie die Kleider, die sie auf dem Arm trug, bei der Wäscherin abgeliefert hatte. Sie wollte sie nicht den Wäscheschlucker hinabwerfen, damit sie nicht in die schmutzige Wäsche des gesamten Haushalts gerieten und verlorengingen, und schloß die Tür hinter sich. Sie wandte sich um, um auf die Hintertreppe zuzueilen, und hätte fast ihre Last fallengelassen, da Tina aus dem Schatten trat, den die Topfpalmen in der Ecke warfen.

»Psst! Jacqueline!« Während sie den Flur entlang eilte, hielt Tina den Finger vor den Mund, um Jacqueline zu bedeuten, still zu sein.

»Was wollen Sie?« fragte Jacqueline in normaler Lautstärke.

»Pscht!« Tina blickte sich nach allen Seiten um. »Ich muß mit Ihnen reden«, flüsterte sie. »Können wir hineingehen?«

Viel zu müde für irgendwelche Heimlichkeiten, schüttelte Jacqueline den Kopf. »Nein, jetzt nicht«, sagte sie schroff und ging den Flur entlang.

Tina hetzte hinter ihr her. »Oh, aber es ist dringend.«

Jacqueline, die sich nicht einmal die Mühe machte, sich umzudrehen, und weiter in Richtung Wäscherei lief, sagte: »So dringend wird es schon nicht sein.«

Tina rannte, um sie einzuholen, und sagte: »Bitte seien Sie nicht böse auf mich.«

Jacqueline blieb stehen und drehte sich zu ihr um. »Böse?« fragte sie. »Warum sollte ich böse auf Sie sein?«

»Sie wissen schon.« Tina ließ den Kopf hängen.

»Ich habe keine Zeit für Rätsel.« Jacqueline setzte sich wieder in Bewegung.

Tina eilte an ihre Seite. »Bitte«, flüsterte sie Jacqueline ins Ohr, als sie sich der Hintertreppe näherten. »Lassen Sie es mich erklären.«

Wieder blieb Jacqueline stehen und sah sie an. »Was erklären?« fragte sie ungeduldig.

Tina schüttelte hartnäckig den Kopf. »Nicht hier«, sagte sie entschlossen. »Hier haben die Wände Ohren.«

Jacqueline stöhnte und schüttelte vor Überdruß den Kopf. Doch sie machte kehrt und ging zu Abigails Räumen zurück, dicht gefolgt von Tina. Nachdem sie die Tür geschlossen hatte, warf Jacqueline die Kleider auf die Chaiselongue und drehte sich zu Tina um. »Nun?« fragte sie, die Hände in die Hüften gestemmt, wie sie es bei Maude gesehen hatte.

»Bitte, Miss Bordeaux, verzeihen Sie mir, aber ich habe kein Geld.«

Da sie gesehen hatte, wie Tina von Abigail eine Goldmünze entgegengenommen hatte, war Jacqueline völlig verwirrt. Und aufgebracht. Sie rieb sich die Schläfen. »Ich habe Kopfschmerzen, und meine Füße tun mir weh«, sagte sie erschöpft. »Ich habe gesehen, wie Sie von Miss Danforth Geld genommen haben. Was wollen Sie also sagen _?«

»Ich habe am Sonntag meine Mutter besucht. Ich habe ihr meinen ganzen Lohn gegeben. Ich konnte daheim niemanden bitten, mir das Geldstück zu wechseln«, sagte sie flehentlich. »Sie würden sich fragen, wo ich es herhabe.«

Jacqueline war kurz davor, vor Enttäuschung zu schreien. »Warum erzählen Sie mir das?« fragte sie und streckte bittend beide Hände aus.

Tina senkte den Kopf. »Ich kann Ihnen Ihren Anteil nicht geben.«

»Meinen Anteil?« Jacqueline runzelte fragend die Stirn. »Was soll das heißen, mein Anteil?«

Tina war so darauf versessen, das loszuwerden, was sie sagen wollte, daß sie Jacquelines Frage nicht einmal hörte. Sie blickte hoffnungsvoll auf. »Aber bald kann ich es. Sobald meine Mutter etwas von dem Gold ausgegeben hat. Es bedeutet, daß alle Jungen Schuhe bekommen können und nicht gelost werden muß.« Sie sah Jacqueline schüchtern an. »Falls Sie nicht die Hälfte abhaben wollen.«

»Die Hälfte?« Jacqueline war völlig verblüfft; endlich dämmerte ihr, was Tina sagen wollte, sie schob die Kleider beiseite und ließ sich auf das Sofa sinken. Sie hatte in vielen großen Häusern gearbeitet und von derartigen Vorgängen gehört, war bisher jedoch noch nie betroffen gewesen. »Sie meinen, Sie wollen mir die Hälfte dessen geben, was Sie von Miss Danforth bekommen haben?«

Tina schluckte. »Sie wollen die Hälfte?« fragte sie bestürzt.

»Warum bieten Sie mir die Hälfte an?« Jacqueline breitete fragend die Hände aus.

»Wollen Sie mehr?« Tinas Unterlippe zitterte.

»Mais non!« rief Jacqueline. »Mon Dieu, wieso verstehen Sie mich nicht?« fragte sie, erhob sich und ging auf das Bett zu. Dort drehte sie sich zu Tina um und sagte mit den entsprechenden Handbewegungen, als redete sie mit einer Schwachsinnigen: »Ich möchte wissen, warum Sie mir Geld anbieten.«

Tina zuckte die Achseln. »Ich gebe etwas von dem Geld, das Halston mir gibt, an Lillian weiter – das ist Mrs. Bradshaws Zofe – damit sie mich empfiehlt.«

»Empfiehlt, wofür?«

Da sie merkte, daß sie im Begriff war, zuviel zu sagen, senkte Tina den Kopf und zuckte die Schultern.

Plötzlich mißtrauisch geworden, fragte Jacqueline: »Haben Sie hinter Miss Danforth herspioniert?«

»Oh, nein!« Tina legte die Hand aufs Herz und hoffte, Gott würde sie wegen dieser Lüge nicht tot umfallen lassen. »Das würde ich niemals tun.«

»Na gut.« Jacqueline kehrte zum Sofa zurück. »Es macht nichts.« Sie nahm die Kleider wieder auf. »Ich will nichts von Ihrem Geld.«

»Wirklich nicht?« Tina blieb vor Erstaunen der Mund offen stehen.

Jacqueline würdigte sie keiner Antwort und ging zur Tür.

»Ach, vielen Dank, Miss Bordeaux.« Tina rannte zur Tür und riß sie für Jacqueline auf. »Vielen Dank«, stieß sie hervor, als sie die Tür geschlossen hatte und hinter ihr herlief. »Jetzt kann Jimmy vielleicht sogar einen Sonntagsanzug bekommen.«

Jacqueline, der es vollkommen gleichgültig war, wofür

Tina ihr auf krummen Wegen erworbenes Geld ausgab, eilte die Hintertreppe herunter und begab sich in die Wäscherei. Nach einem vergeblichen, überwiegend in Zeichensprache unternommenen Versuch, dem chinesischen Wäscher Anweisungen zu geben, war sie auf dem Weg treppauf zu ihrem wohlverdienten Schläfchen, als ihr der Gedanke kam, daß es vielleicht töricht von ihr gewesen war, Tinas Angebot abzulehnen. Hätte sie nicht darauf bestanden, daß Tina blieb, hätte das Mädchen schließlich überhaupt nichts bekommen. Und sie konnte das Geld gewiß gut gebrauchen. Wenn auch nicht alles, so schickte sie doch den größten Teil ihres Lohnes nach Hause, um bei der Erziehung ihrer Brüder und Schwestern zu helfen. Ihre Ersparnisse waren nicht der Rede wert. Sie fragte sich, was Kinkade wohl getan hätte. Mit Ausnahme der letzten Monate hatte sie ihr ganzes Leben in Europa verbracht, während er sich in Amerika auskannte. Vielleicht waren derlei Dinge hier an der Tagesordnung. Sie entdeckte ihn im Anrichteraum im Gespräch mit Halston und wartete, bis er sie in der Tür bemerkte und sich entschuldigte, um zu ihr herüberzukommen. Da sie die Dienstboten von Gästen waren, hatten sie erheblich mehr Bewegungsfreiheit als das Hauspersonal, und da sie an Tinas Bemerkung dachte, die Wände hätten Ohren, winkte sie ihn zu einem relativ ungestörten Ort draußen auf der Veranda, die zu dem Hof führte, in dem die Wäsche getrocknet wurde. Der chinesische Wäscher würde sie jedenfalls nicht verstehen, selbst wenn er lauschte.

Doch wie es manchmal vorkam, gerieten sie über Kinkades Ansichten in Streit. Da sie Zeit brauchte, um über seine Worte nachzudenken, erzählte Jacqueline ihm, die Arme trotzig verschränkt, von ihrer bevorstehenden Reise.

»Hawaii!« rief Kinkade fast im gleichen Ton wie Maude. »Wieso Hawaii?«

»Je ne sais pas.« Jacqueline zuckte die Achseln und beobachtete ein paar Vögel, die über ihrem Kopf flatterten. »Aber Miss Cunningham trifft bereits die Vorkehrungen.«

»Miss Cunningham?« Kinkade runzelte die Stirn, was seinem Boxergesicht ein grimmiges Aussehen verlieh, obwohl er eigentlich erschrocken war. Maude hatte ihn nicht um seine Mithilfe gebeten, und erneut machte er sich Sorgen um seine Position in Abigails Haushalt. »Wissen Sie, ob sie mich mitnehmen will?« fragte er, nicht in der Lage, seine Unruhe zu verbergen.

»Natürlich!« Jacqueline war entsetzt bei der Vorstellung, er könne nicht dabei sein. »Miss Danforth braucht doch einen Beschützer, oder?«

»Ich hoffe, Sie haben recht.« Beschämt, seine Schwäche gezeigt zu haben, und dankbar für ihre beruhigende Antwort, bereute er seine hastige Reaktion auf ihre Frage. »Ich glaube, Sie haben recht getan, keinen Anteil von Tinas Geld zu nehmen«, sagte er mit einem Achselzucken.

Jacqueline stieß einen Seufzer der Erleichterung aus. »Wofür zahlt Ihrer Meinung nach Monsieur Halston das zusätzliche Geld?«

»Er hat nichts Gutes im Sinn, wenn Sie mich fragen«, antwortete Kinkade und wies mit einer Geste auf den Anrichteraum. »Er begegnet mir ständig, natürlich ganz zufällig. Und stellt zu viele Fragen.«

Jacqueline senkte die Stimme. »Glauben Sie, man spioniert Miss Danforth nach?«

»Kann schon sein.« Kinkade zuckte erneut die Achseln. »Mr. Danforth würde das in seinem Haus nicht dulden«, fügte er mit einigem Stolz hinzu.

Jacqueline seufzte tief. »Wahrscheinlich haben Sie recht, Monsieur«, sagte sie zweifelnd und wandte sich zum Gehen, alle Hoffnung auf ein Schläfchen aufgebend. »Ich muß mich beeilen«, fuhr sie mit einem letzten, sehnsüchtigen Blick zum Himmel fort. »Miss Danforth wird ihr Mittagessen bald beendet haben, und ich muß sie für ihre Nachmittagsbesuche ankleiden.«

Abigail, die beim Abendessen zwischen Ambrose Bierce und Creighton Mallory saß, den Saphirschmuck ihrer Mutter um den Hals, kam sich vor wie eine Zuschauerin bei einem Tennismatch und amüsierte sich köstlich, da die beiden ungeniert die Etikette verletzten und sich während eines Großteils des Essens an ihr vorbei unterhielten.

Zuerst war sie enttäuscht gewesen, neben einem so alten und vor allem so reizbaren Mann wie Mr. Bierce zu sitzen und nicht neben Jason. Aber sie hatte ihn kennenlernen wollen und seine respektlosen Äußerungen während des Essens sichtlich genossen, auch wenn sie mehr als einmal ihren Fächer zu Hilfe nehmen mußte, um die Röte auf ihren Wangen zu verbergen. Nachdem er sich ganz offen über die herrschende Korruption in San Francisco verbreitet hatte, wetterte er gegen den Kapitalismus wegen seiner ausbeuterischen Mißachtung des einfachen Arbeiters. Als das Gespräch an diesem Punkt angelangt war, hatte sie befürchtet, Creighton Mallory würde über sie hinwegspringen und ihn verprügeln. Und in Anbetracht der Tatsache, daß alle am Tisch, einschließlich des Gastgebers, eingeschworene – und reiche – Kapitalisten waren, hätte es Bierce ihrer Meinung nach besser angestanden, seine Ansichten für sich zu behalten. In diesem speziellen Kreis waren Sozialismus und Kommunismus Themen, die mit zu vielen Emotionen befrachtet waren, um höflich darüber zu diskutieren, und Henry George mit seinen verrückten Theorien über Besitzlosigkeit und Einheitssteuer geradezu eine Perversion.

Maude hatte es zutiefst genossen. Normalerweise waren politische Diskussionen bei Tisch tabu. Doch als sie den Sozialismus verteidigte, hatte sie den gemeinhin so sanften Mr. Clayborne dazu provoziert, mit hochrotem Kopf einen Wortschwall loszulassen. Er ließ jedoch sofort davon ab, als er wieder zur Vernunft kam und merkte, daß er nur gegen eine Frau kämpfte, deren Gedanken es kaum wert waren, ernst genommen zu werden, schon gar nicht bei einer Abendgesellschaft.

Fasziniert von der Diskussion und der Leidenschaft, mit der sie geführt wurde, hatte Abigail sich nicht am Gespräch beteiligt, sondern nur gelächelt, ab und zu eine Frage gestellt und sich von Zeit zu Zeit heftig gefächelt. Gerade als ein Diener eine üppig dekorierte Schokoladeneisbombe vor sie hinstellte, sagte Mr. Bierce: »Selbstsucht ist die alleinige Wurzel menschlichen Handelns, im guten wie im schlechten.«

Abigail vernahm kaum, was er sagte. Sie hatte zufällig einen Blick ans Tischende geworfen. In diesem Augenblick hatte Jason sein Weinglas auf die gleiche charmante Weise erhoben, mit der er sie auf dem Ball bezaubert hatte. Nur war sein hingerissener Blick diesmal auf das wächserne Gesicht eines Mädchens geheftet, dessen Haare von einem Blond waren, das nur aus der Flasche stammen konnte. Ihre nichtssagenden blauen Augen erwiderten seinen Blick mit einer Bewunderung, die schon an Anbetung grenzte. Jasons offensichtliches Entzücken über den affektierten Gesichtsausdruck des törichten Mädchens drehte Abigail den Magen um. Da sie das Gefühl der Eifersucht bisher noch nicht kennengelernt hatte, schrieb sie ihre Verstimmung dem bekanntermaßen schädlichen Effekt zu, beim Essen über unangemessene Themen zu sprechen.

Als seine Gäste sich verabschiedet hatten, einige noch immer aufgebracht, einige besänftigt durch die Zerstreuungen, die es nach dem Essen gegeben hatte, ließ Bradshaw seinen Butler Halston in sein Arbeitszimmer kommen. Er hatte seine Dinnerparty insgeheim königlich genossen. Bierce war natürlich berühmt für seine Neigung, Auseinandersetzungen zu entfachen, aber es gab nichts Besseres als eine hitzige Diskussion, um herauszubekommen, was die Leute wirklich dachten. Bradshaw war von Natur aus argwöhnisch. Als Präsident der neuen Staatsbank wußte er, daß die Welt von Finanz und Politik, in der er sich bewegte, voller Verrat war, und ein unvorsichtiger Mensch konnte leicht übervorteilt werden. Oder ruiniert.

Im Gegensatz zu Maude hatte Abigail sich beim Essen beispielhaft verhalten. Aber obwohl er ihr unschuldiges Verhalten beim Frühstück mit eigenen Augen gesehen hatte, und wie angetan er auch gewesen war, wie sicher, daß sie nichts von dem Tablett genommen hatte, weil es nichts herunterzunehmen gab – er konnte dem Wunsch nicht widerstehen, es zu überprüfen. Als er Halston nach einem kurzen Gespräch über den Zustand des letzten Cabernet Sauvignon im Keller, dem vorgeblichen Anlaß für ihre Unterhaltung, entließ, fragte Bradshaw, als der Butler gerade die Tür erreicht hatte, beiläufig: »Ach, übrigens, ist heute morgen Post für Miss Danforth gekommen?«

»Ja, Sir«, erwiderte Halston und fragte sich, weshalb sein Herr sie nicht gesehen hatte. »Sie lag obenauf. Ein Brief aus dem Hotel Palace, wenn ich mich recht erinnere.«

»Sind Sie ganz sicher?« Bradshaws Ton war unheilverkündend.

»Ganz sicher, Sir.« Da ihm die Drohung nicht entging, ließ Halston die Türklinke wieder los und drehte sich zu Bradshaw um. »Und wenn Sie mich fragen, Sir, die Handschrift war nicht die eines Gentleman«, fügte er hinzu.

»Verdammt!« Wütend darüber, daß er sich hatte hereinlegen lassen, schlug Bradshaw so fest mit der Faust auf den Schreibtisch, daß das Tintenfaß einen Satz machte.

Der düstere Ausdruck auf dem Gesicht seines Herrn jagte Halston einen Schreck ein. »Ist etwas nicht in Ordnung, Sir?« fragte er, wie er hoffte, in ruhigem Ton.

»Ich möchte, daß dieses lästige Mädchen jede Minute überwacht wird!« Bradshaws Stimme glich einem Knurren. »Jede Minute!« Er starrte Halston finster an. »Verstehen Sie? Auch wenn sie angeblich schläft, will ich, daß jemand vor ihrer Tür steht – und unter ihrem Fenster – und zum Teufel mit Mrs. Bradshaws Achtstundentag!« Sein Gesicht über den Koteletten war hochrot, als er drohend den Zeigefinger hob und mit pathetischer Betonung ausstieß: »Miss Danforth geht nirgendwohin – verstehen Sie, nirgendwohin! – ohne, daß ich davon weiß!«

9. Kapitel

Geh weg!« knurrte Abigail wütend und zog sich die Bettdecke über die Ohren.

»Aber Miss Danforth, der Frühstücksgong wird in ein paar Minuten läuten.« Die Stirn besorgt in Falten gelegt, stand Jacqueline neben dem Bett und versuchte, einen Blick auf Abigails Gesicht zu erhaschen, um ihren Zustand besser beurteilen zu können. »Fühlen Sie sich nicht wohl?«

»Mir geht es gut!« Abigails Stimme klang gedämpft. »Geh jetzt und laß mich in Ruhe!«

Jacqueline wich nicht von der Stelle. »Was soll ich Miss Cunningham sagen?«

»Sag ihr, ich bekomme eine Erkältung«, sagte Abigail und zog die Bettdecke gerade weit genug herunter, um ihre Zofe finster anstarren zu können. »Nein, sag das nicht«, verbesserte sie sich mit einem Stirnrunzeln. »Sag ihr, ich hätte Kopfschmerzen.«

»Soll ich Ihnen eine Tablette bringen?« fragte Jacqueline, deren Besorgnis zunahm. Nie zuvor hatte sie ihre Herrin so krank erlebt, daß sie im Bett geblieben war.

»Nein!« schnappte Abigail, drehte sich auf die Seite und kehrte Jacqueline den Rücken zu. »Erzähl jedem, der fragt, ich sei unpäßlich«, murmelte sie.

»Soll ich Ihnen Frühstück bringen?«

»Nein!« rief Abigail, drehte sich erneut um und starrte Jacqueline wütend an. Als sie den besorgten Gesichtsausdruck ihrer Zofe sah, sagte sie mit etwas freundlicherer Stimme: »Danke.« Dann wandte sie sich wieder ab und setzte hinzu: »Jetzt geh und laß mich allein.«

Mit einem leichten Achselzucken gab Jacqueline sich geschlagen und gehorchte. Sie war schon fast an der Tür, als Abigail wieder sprach, ein undeutliches Genuschel unter der Bettdecke. Da sie nicht verstand, was Abigail gesagt hatte, fragte sie: »Verzeihung, Miss, aber was haben Sie gesagt?«

Abigail hob die Bettdecke von ihrem Gesicht. »Bitte schick Kinkade zu mir herauf«, sagte sie mürrisch.

Jacqueline, die nun sicher war, daß ein ernster Fall vorlag, eilte davon, um den Befehl auszuführen.

Als sie hörte, daß die Tür sich schloß, stöhnte Abigail, schleuderte die Bettdecke beiseite, starrte an die Decke und dachte wieder an den vergangenen Abend. Das köstliche Dessert war – unberührt – auf ihrem Teller geschmolzen. Bierces Bemerkung über die Selbstsucht hatte das Gespräch natürlich auf das Anwachsen der gelben Gefahr in der Stadt gebracht, und darauf, daß die Einwanderung von Chinesen verboten werden müsse angesichts der skandalösen Lebensbedingungen in Chinatown.

Da er sich so auf seinen Flirt mit der albernen Blondine konzentrierte, hatte Jason wenig zum Gespräch beigesteuert, und Abigail noch weniger. Sie war höchst erleichtert gewesen, als für die Damen endlich der Zeitpunkt gekommen war, die Herren ihren Zigarren und ihrem Brandy zu überlassen. Doch ihre Erleichterung war nur von kurzer Dauer.

Sie hatte sich frisch gemacht und sich vergewissert, daß die Federn in ihrem Haar noch perfekt saßen, und suchte nach Maude, als die alberne Miss Abernathy, umringt von ihren Freundinnen, ihr winkte, sich zu ihnen zu gesellen.

Mit einem Lächeln, das in ihr Gesicht gemeißelt schien, war Abigail widerwillig der Aufforderung gefolgt.

»Ah, Miss Danforth«, sagte die lieblich lächelnde Miss Abernathy. »Einige von uns haben gerade beschlossen, Ihnen den Elefanten zu zeigen.«

Abigail stöhnte leise. Das letzte, wozu sie Lust hatte, war, mit diesen Mädchen ihre Zeit zu verbringen. Da ihr nichts anderes einfiel, um sich vor dem Unternehmen zu drücken, sagte sie: »Ach, ich mache mir nichts aus Zoos.«

Zu ihrer Überraschung brach ein stürmisches Gelächter los und schien kein Ende mehr zu nehmen, denn sobald es sich legte, brauchte nur jemand »Zoo« zu sagen, und schon fingen alle aufs neue an zu lachen.

Abigail stand hilflos in ihrer Mitte, betätigte ihren Fächer und fragte sich, was sie so Lustiges gesagt hatte.

Selbst Maude hatte in das Gelächter eingestimmt, bis sie den betroffenen Ausdruck auf dem Gesicht ihrer Freundin bemerkt hatte. Da sie Mitleid mit ihr empfand, eilte sie zu ihr und flüsterte: »Den Elefanten sehen, heißt soviel, wie einem Neuankömmling die Sehenswürdigkeiten zu zeigen. Man gibt nicht auf, bevor man alles gesehen hat, vielleicht sogar die Schattenseiten der Stadt – oder eben den Elefanten.«

Abigail errötete um ein paar weitere Schattierungen, als die Mädchen erneut in schallendes Gelächter ausbrachen.

»Mädchen!« rief Maude, während sie den Arm um Abigails Taille schlang. »Miss Danforth hat die letzten Jahre in Europa verbracht und ist mit euren gewöhnlichen Ausdrücken nicht vertraut.«

Daraufhin hatten sich alle im Chor mit ernsten Gesichtern entschuldigt, doch Abigail wußte, daß sie gebrandmarkt war. Als man sich wieder zu den Männern gesellt hatte, spürte sie, wie die Geschichte die Runde durch den Speisesaal machte – ein Schwatz, der hinter einem vorgehaltenen Fächer verborgen wurde, der plötzliche Ausbruch eines männlichen Gelächters, ein rascher Blick in ihre Richtung, bevor die Heiterkeit höflich gedämpft wurde. Am schlimmsten war, daß Miss Abernathy es Jason erzählt hatte. Als sie sein Lachen vernahm, wünschte sie sich, der Erdboden würde sie verschlucken. Wenn sie nur für alle Zeiten im Bett bleiben könnte.

Ihre schlechte Laune besserte sich nur wenig, da es beinahe eine Stunde dauerte, bis Kinkade erschien. Er brachte jedoch Tee und Toast mit, was sie etwas besänftigte.

»Bestellen Sie den Wagen für heute nachmittag um zwei«, sagte Abigail, während sie sich eine Tasse Tee eingoß. »Ich möchte zur Zeitung und nachsehen, ob eine Antwort auf meine Annonce gekommen ist. Ich werde außerdem Mrs. Davenport einen Besuch abstatten.«

»Mit Miss Cunningham –?«

»Allein, bitte sehr«, unterbrach ihn Abigail mit finsterem Blick.

Unbeeindruckt von ihrer schlechten Laune, vor der ihn

Jacqueline bereits gewarnt hatte, fragte er: »Soll ich Sie begleiten?«

»Natürlich«, sagte Abigail. »Es braucht kein Geheimnis zu sein, daß ich ausgehe, aber unaufgefordert sagen Sie kein Wort. Falls jemand fragt, sagen Sie einfach, ich mache Einkäufe.«

Creighton Mallorys Arbeitszimmer war imposant, beinahe schon einschüchternd. Da Jason jedoch in einer grandiosen Umgebung aufgewachsen war, beeindruckte ihn dies nicht, als er gegenüber dem riesigen, geschwungenen, goldverzierten und mit Ledereinlegearbeiten versehenen Schreibtisch Platz nahm. Sein Gesicht trug noch Spuren der letzten langen Nacht und hatte einen mürrischen Ausdruck. Er war es nicht gewöhnt, herbeizitiert zu werden, und grollte über diese Störung seiner morgendlichen Rekreationsphase, vor allem wenn sie, wie er argwöhnte, allein dem Zweck diente, ihn zu tadeln. Und tatsächlich hatte das Gespräch ungünstig begonnen.

Mallory, der in dem zu seinem Schreibtisch passenden ledernen Schaukelstuhl saß, hatte ihn kaum Platz nehmen lassen, ehe er sich vorgebeugt und ohne jede Höflichkeit mit seinem nasalen Quengeln gefragt hatte: »Was hast du dir dabei gedacht, Miss Abernathy eine Rose zu schicken?«

»Ich bin erwachsen!« rief Jason und fuhr sich mit der Hand durch sein dichtes Haar. »Ich kann Blumen schicken, wem ich will.« Es war noch zu früh am Morgen, und er war zu aufgebracht, um sich zu fragen, woher Mallory überhaupt davon wußte.

»Aber nicht von meinem Geld!« rief Mallory, die Augen unter den schweren Lidern zu Schlitzen verengt.

Das war mehr, als Jason ertragen konnte. Er erhob sich,

wühlte in seiner Hosentasche, zog einen einzelnen Geldschein hervor, über dessen Wert er sich nicht im klaren war, und warf ihn auf den Schreibtisch. Dann machte er auf dem Absatz kehrt und schritt steif zur Tür.

»Eine großspurige Geste, guter Junge«, sagte Mallory, während Jason ihm den Rücken zukehrte. »Ist das dein letzter Dollar?« Seine Stimme war voller Mitleid. »Soll ich deinen Vater anrufen, damit er dir mehr gibt?« fragte er und nahm den Hörer von dem Telefon, das auf seinem Schreibtisch stand.

Wütend, in der Falle zu sitzen, die Zähne aufeinandergebissen, um seinen Zorn zu verbergen, und mit einem plötzlichen Hämmern im Kopf, kehrte Jason langsam zum Schreibtisch zurück.

»Setzen!« befahl Mallory, als spräche er mit einem gutererzogenen Hund.

Leise vor sich hinmurmelnd, gehorchte Jason.

Mallory stand selbst unter keinem geringen Druck. Das Telefongespräch mit Bradshaw, das bis spät in die Nacht gedauert hatte, klang ihm noch in den Ohren. »Damit du mich ganz genau verstehst«, sagte er. »Ich brauche dich nicht mehr«, fuhr er in einem Ton fort, von dem Bradshaw annahm, er habe bei Jason mehr Erfolg als Schelte. »Wenn du dich weiterhin so verhältst, sehe ich mich gezwungen, dich fallenzulassen, und du bekommst keinen Penny mehr.«

Jason haßte es, wenn man ihm drohte, und war erneut versucht davonzustürmen, und wäre er betrunken gewesen, wie noch ein paar Stunden zuvor, hätte er es mit Sicherheit getan. Doch die ernüchternde Wirkung der Kopfschmerzen, die sich bei seinem vorherigen Versuch, zu gehen, bevor man ihn vor die Tür setzte, eingestellt hatten, hielten ihn von diesem überstürzten Vorgehen ab. »Ich kann nichts dazu, daß sie nach Hawaii abreisen«, sagte er schmollend.

Erleichtert, daß Jason anscheinend wieder zur Vernunft kam, zuckte Mallory die Achseln. »Das setzt deiner Aufgabe nur eine zeitliche Begrenzung.«

»Aber was ist, wenn ich ihre Zuneigung erringe?« Jason sah Mallory mit gerunzelter Stirn an. »Wenn sie sich in mich verliebt?«

»Das ist genau das, was wir wollen, mein Junge«, sagte Mallory in betont geduldigem Ton wie zu einem Kind. »Wir wollen, daß sie sich dir anvertraut.«

Jason schüttelte den Kopf. »Sie verstehen nicht, worauf ich hinaus will.« Er zögerte einen Moment und fuhr dann fort: »Was ist, wenn sie mich wegen des Bruchs eines Verlöbnisses verklagt?«

Mallory konnte sein Glück kaum fassen. Wenn Abigail San Francisco nur verließ, konnte sie jederzeit zurückkehren und aufs neue zur Bedrohung werden. War sie jedoch mit Jason verheiratet, konnte man sie nicht nur ständig überwachen, sondern es würde bald Babys und ein gesellschaftliches Leben geben, um sie zu beschäftigen. Er und Bradshaw hatten schon überlegt, wie man das Thema Heirat bei Jason anschneiden könnte, ohne daß er mißtrauisch wurde. Nun hatte der Junge es selbst erwähnt. Mallory lehnte sich bequem in seinem Sessel zurück. »Es gibt Schlimmeres, als Miss Danforth zu heiraten, oder?« fragte er und beobachtete Jason genau.

Jasons Unterkiefer fiel herab. Wenn er selbst darauf gekommen wäre, hätte er Abigail vielleicht gemocht. Während sie beim Rätselraten etwas mehr Intelligenz gezeigt hatte, als unbedingt angenehm war, hatte sie ihren Lapsus mit Haltung bewältigt und es bescheiden errötend abgelehnt, zu singen oder Klavier zu spielen, was ihm große Bewunderung abgenötigt hatte. Aber er haßte es, zu etwas gedrängt zu werden. »Sie wollen also, daß ich das – das Zoomädchen heirate?«

»Nun komm schon«, sagte Mallory, und nur ein leichtes Kräuseln der Lippen verriet seine Belustigung über Jasons Bemerkung. »Sie ist doch gar nicht übel«, fuhr er in überzeugendem Ton fort. »Mr. Danforth ist ein wohlhabender Mann. Miss Danforth ist seine einzige Tochter. Er wird ihr bestimmt eine ansehnliche Summe aussetzen.«

Jason war völlig perplex. Er hatte den heiligen Stand der Ehe immer als eine Situation betrachtet, in der auch er sich zwangsläufig einmal wiederfinden würde – irgendwann. Aber jetzt? In der Blüte seiner Jahre? »Als ich in den Plan eingewilligt habe, dachte ich, es sei nur meine Aufgabe, mich mit Miss Danforth anzufreunden«, sagte er, während er nervös sein Halstuch glattstrich. »Nicht, sie zu heiraten!«

Trotz seiner nach außen zur Schau getragenen Langmut schäumte Mallory vor Wut. Der junge Mann vor ihm besaß keinen Penny und Schulden, die er unmöglich bezahlen konnte. Mallory war verblüfft, daß Jason, obwohl er die Wahl zwischen jungen hübschen Erbinnen hatte, die Frechheit besaß, sich zu weigern. »Es gibt schlimmere Fügungen«, sagte er ironisch.

»Niemals!« rief Jason, der darauf brannte zu gehen, sich jedoch mit einem Kopfschütteln begnügte. »Ich heirate nur aus Liebe.«

Mallory war zufrieden, daß er ihn wieder einigermaßen zur Vernunft gebracht hatte, um ihn für ihre Zwecke einzusetzen, und da er dies nicht aufs Spiel setzen wollte, drängte er nicht weiter. »Vielleicht ist es gar nicht nötig, so weit zu gehen«, sagte er, während er aufstand und damit andeutete, daß ihre Unterhaltung sich dem Ende näherte.

»Vielleicht?« Jason erhob sich rasch, erleichtert, daß man ihn gehen ließ, ohne daß er sich hatte festlegen müssen. »Was soll das heißen – vielleicht?« fragte er argwöhnisch, als Mallory seinen Platz hinter dem Schreibtisch verließ und zu ihm trat.

Mallory überhörte die Frage, legte Jason den Arm um die Schulter und geleitete ihn zur Tür. »Und nun ab zum Blumenhändler, mein Sohn«, sagte er mit einem freundlichen Schulterklopfen. »Und dürfte ich Rosen für Miss Danforth vorschlagen?«

Abigails Laune hatte sich um keinen Deut gebessert, als sie ihre Suite verließ, um Kinkade und die bestellte Kutsche aufzusuchen. Zusammen mit ihrem Mittagessen auf einem Tablett, hatte Maude eine Blumenschachtel heraufgebracht, und sie war tief beeindruckt gewesen von der Botschaft, die Jasons einzelne langstielige Rose übermittelte. Doch Abigail hatte sie, mit vor Empörung hochrotem Gesicht, in den Papierkorb geworfen. Es war eine Karte mit der Aufschrift »Für mein Zoomädchen« dabeigewesen, die sie in kleine Stücke zerrissen und hinter der Rose hergeworfen hatte. Maude hatte die Blume gerettet, doch Abigail hatte darauf bestanden, daß sie aus ihrem Gesichtskreis entfernt wurde. Kein noch so gutes Zureden half, und schließlich hatte Maude sie, zusammen mit dem unberührten Mittagessen, mit hinausgenommen.

Während sie sich umdrehte, um auf die Treppe zuzueilen, fiel Abigails Blick auf die Topfpalme in der Ecke, und sie erkannte eine Bewegung in dem Schatten, den die riesige Pflanze warf. Erschreckt rief sie: »Wer ist da?«

Tina erstarrte. Mit der Zeit hatte sie festgestellt, daß die Leute sich nur selten umblickten, wenn sie aus einem Zimmer kamen; sie steuerten automatisch auf die Richtung zu, in die sie wollten. Sie hatte sich deshalb schon so an ihr Versteck gewöhnt, daß sie, wenn sie eine Tür aufgehen hörte, nicht mehr den Atem anhielt oder vollkommen still stand. Als sie gesehen hatte, wie Abigail die Tür schloß, hatte sie den Stoff, den Abigail trug, wiedererkannt, da sie Jacqueline beim Wegpacken des Kleides geholfen hatte, und nun konnte sie nicht widerstehen zu schauen, wie es zusammen mit dem wunderbaren Hut aussah. Da sie aufgrund ihrer Erfahrung glaubte, unsichtbar zu sein, hatte sie gewagt, die Blätter eines Zweiges beiseitezuschieben, um besser zu sehen.

»Kommen Sie heraus!« befahl Abigail.

Und wenn es um ihr Leben gegangen wäre, hätte Tina sich nicht von der Stelle gerührt.

Abigail ging auf die Palme zu. »Ich sehe Sie!« sagte sie mit fester Stimme, obwohl sie nicht sehen konnte, wer – ob überhaupt jemand – hinter der Pflanze stand. »Kommen Sie sofort heraus.« Sie bewegte sich vorsichtig auf die Palme zu, wobei sie sich langsam etwas töricht vorkam, weil sie jetzt wirklich niemanden sah.

Die Lippen bewegend, ohne jedoch ein Wort herauszubringen, trat Tina hinter der Pflanze hervor und rang die Hände vor ihrer Schürze.

Abigail war wütend. Obwohl sie die Antwort zu kennen glaubte, fragte sie: »Was tun Sie hinter diesen Palmen?«

»Pscht!« Entsetzt, man könnte sie hören, hielt Tina die Finger vor den Mund.

»Kommen Sie hier herein!« befahl Abigail, während sie

auf die Tür zu ihrem Zimmer zuging und Tina winkte, ihr zu folgen.

Nachdem sie den Flur auf und ab geblickt hatte, raffte Tina ihre Röcke und schoß den Korridor entlang zu der Tür, die Abigail offenhielt.

Abigail hätte die Tür um ein Haar zugeworfen.

Tina stand mit hängendem Kopf vor ihr, zu Tode erschrocken, flach atmend und zu keinem Wort fähig.

»Haben Sie mir nachspioniert?« donnerte Abigail.

Mit weit aufgerissenen Augen rang Tina die Hände und flehte Abigail an, ihr zu glauben. »Oh, nein Ma'am«, rief sie. Entschlossen, die Sache durchzustehen, indem sie alles leugnete, schüttelte sie so heftig den Kopf, daß beinahe ihr Häubchen herunterfiel.

Abigail war außer sich vor Zorn. »Ich habe Ihnen dieses Geld gegeben, damit Sie schweigen, und Sie haben mich die ganze Zeit beobachtet«, sagte sie, während sie zum Sofa hinüberging.

»Oh, nein, Miss!« protestierte Tina. Ohne sich vom Fleck zu rühren, folgte sie jeder Bewegung Abigails mit den Augen. »Nein, nein, ich schwöre, ich habe niemandem etwas erzählt«, rief sie ehrlich überzeugt aus, denn zufällig war es die Wahrheit.

Abigail trat wieder vor das erschrockene Mädchen. »Wem berichten Sie über mein Kommen und Gehen?« fragte sie mit finsterem, mißbilligendem Blick.

»Niemandem«, erwiderte Tina, den Blick auf den Boden geheftet. In dem Versuch, nur an die Zeit zu denken, in der sie keinem Menschen etwas erzählt hatte, hob sie den Blick, reckte selbstgerecht das Kinn und wiederholte: »Niemandem.«

»Wie ist das möglich, wenn Sie schon das zweite Mal zufällig hier sind und mich meine Suite verlassen sehen!«

»Oh, Miss, ich schwöre, daß ich Ihnen nicht nachspioniert habe.« Die eine Hand auf dem Herzen, die andere zum Himmel gestreckt, sah Tina Abigail offen in die Augen, in der Hoffnung, Gott möge ihr vergeben.

Abigail erwiderte den Blick. »Ich glaube Ihnen nicht«, sagte sie bestimmt.

»Aber es stimmt, es stimmt«, rief Tina. »Ich schwöre es beim Grab meines Vaters.«

Abigail war absolut sicher, daß das erschreckte Mädchen log, doch ohne sie zu foltern, würde sie sie nicht zu einem Geständnis bewegen. Ihren Mangel an Geschick beklagend, andere Leute zu befragen, tadelte sie sich wegen der herrischen Art, in der sie die Befragung begonnen hatte, und wußte jetzt nicht, wie sie dies wiedergutmachen sollte. »Ich weiß, daß Sie lügen!« sagte sie mit grimmigem Gesicht. »Ich glaube, ich muß Halston alles erzählen. Ich bin gespannt, was er dazu sagt.«

Völlig entnervt, brach Tina in Tränen aus. Wenn sie zum Luftholen gekommen wäre, hätte sie alles gestanden.

»Ach, hören Sie auf zu weinen!« Aufgebracht über diese Wendung der Dinge, öffnete Abigail ihr Retikül und holte ein Taschentuch hervor. Während sie es Tina reichte, sagte sie ärgerlich: »Ich kann Geheule nicht ausstehen.« Sie machte auf dem Absatz kehrt, um zu dem Treffen mit Kinkade zu eilen, und ließ das verwirrte Mädchen allein in ihrem Zimmer zurück.

Und der Nachmittag wurde nicht besser. Beim *Chronicle* gab es keine Antworten für sie, Mrs. Davenport war nicht zu Hause, und es sollte noch schlimmer kommen.

Das Abendessen war eine Katastrophe. Da sie *en famille*

speisten, durften die drei kleineren Bradshaw-Kinder – der Junge war zwölf, die Mädchen zehn und acht Jahre alt – am Essen teilnehmen, um gutes Benehmen zu trainieren. Da sie sich noch an ihre eigene mühsame Erziehung unter der Anleitung ihres ungeduldigen Vaters erinnerte, sah sie voller Mitgefühl, wie sie sich bemühten, ihr Fleisch selbst zu schneiden, daran zu denken, erst zu sprechen, wenn man sie angeredet hatte, keine Milch zu verschütten oder Spuren davon auf der Oberlippe zu hinterlassen. Sie hatten das Essen beinahe ohne Panne hinter sich gebracht, als der Junge versuchte, ein volles Wasserglas am Stiel hochzuheben, das Glas umkippte und der Inhalt sich auf Abigails Teller und über ihr Kleid ergoß. Nach mehrfachen Entschuldigungen seiner Eltern und einigen Rechtfertigungen war der Junge, in Tränen aufgelöst, ohne Nachtisch ins Bett geschickt worden. Seine Schwestern folgten ihm ebenfalls unter Tränen wegen der Ungerechtigkeit, für das Vergehen ihres Bruders bestraft zu werden.

Bradshaw hatte sich, nachdem er einen Bissen von seiner Torte gegessen hatte, entschuldigt und Abigail gebeten, ihm in sein Arbeitszimmer zu folgen, sobald sie ihre Mahlzeit beendet hatte. Obwohl sein Lächeln zuvorkommend war, hatte seine Aufforderung etwas Unheilverkündendes, und sie hatte mit einem Gefühl der Furcht lange über ihrer Eiscreme gesessen.

Er erhob sich auf der Stelle, als sie den Raum betrat, und wies auf einen reichgeschnitzten Lehnstuhl vor seinem Schreibtisch. »Nehmen Sie Platz, mein Kind«, sagte er mit einer einladenden Geste und nahm, nachdem sie vor ihm saß, seinerseits in seinem Sessel Platz. »Sie müssen morgen ein hübsches Kleid kaufen, um dasjenige zu ersetzen, das David verdorben hat.«

»Oh, das wird nicht nötig sein, Sir«, sagte Abigail, beeindruckt von seiner Großzügigkeit. »Es waren schließlich nur ein paar Wassertropfen. Mein Kleid ist beinahe schon wieder trocken –«

Er hob die Hand, um sie zum Schweigen zu bringen. »Ich bestehe darauf«, sagte er bestimmt. »Ich bestehe darauf, daß Sie Mrs. Bradshaws Landauer nehmen. Es besteht kein Grund, daß Sie eine Kutsche mieten.«

»Oh, aber ich will Ihnen nicht zur Last fallen –«

Wieder hob er einhaltgebietend die Hand. »Ich versichere Ihnen, es ist keinerlei Belastung für uns, meine Liebe. Diese Stadt ist alles andere als sicher, und es ist riskant, in ihr herumzufahren. Mir wäre es lieber, Sie führen mit Kutschern, die ich persönlich kenne und nicht mit irgendwelchem Gesindel, das der Pferdeverleiher stellt.«

Sie fragte sich, woher er wußte, daß sie Pferd und Wagen gemietet hatte; da sie es jedoch für zu plump hielt, danach zu fragen, sagte sie: »Ich war mit ihren Diensten sehr zufrieden, Sir. Ich –«

»Ich fürchte, ich muß darauf bestehen, meine Liebe«, fiel er ihr ins Wort. »Solange Sie unter meinem Dach leben, erwarte ich, daß es nach meinen Wünschen geht. Das verstehen Sie sicher.« Sein Lächeln verschwand. »Schließlich bin ich für Ihr Wohlergehen verantwortlich.«

»Aber wenn ich im Palace geblieben wäre, hätte ich mir auch eine Kutsche gemietet.«

»Tja, aber Sie sind nicht dort geblieben, meine Liebe, habe ich recht?« sagte er billigerweise. »Hier bei uns sind Sie sicher. Und wir freuen uns, Sie bei uns zu haben. Aber Sie dürfen dieses Haus einfach nicht verlassen, ohne daß Miss Cunningham oder natürlich Mrs. Bradshaw Sie begleiten. In einem unserer Wagen.«

Sie fühlte, wie raffiniert sie in eine Ecke gedrängt wurde, aus der es kein Entrinnen gab, und sagte: »Aber ich hatte immer Kinkade dabei.«

»Und er begleitet Sie beim Einkaufen?« fragte er mit hochgezogenen Augenbrauen.

Abigail zuckte die Achseln. »Er war Vaters persönlicher Diener«, sagte sie, sich des Umstands bewußt, daß diese Antwort zwar seine Neugier nicht befriedigen konnte, aber in der Hoffnung, daß er ihre Unbestimmtheit bloß für typisch weiblich und nicht für ausweichend hielt.

»Ich verstehe.« Bradshaw strich über seinen Backenbart und hoffte, sie würde von sich aus mehr erzählen.

»Ich möchte Ihnen keine Ungelegenheiten bereiten.« Abigail holte tief Luft. »Vielleicht sollte ich einfach wieder ins Palace ziehen.«

»Unsinn«, sagte Bradshaw jovial. Er senkte die Stimme und setzte in verschwörerischem Ton hinzu. »Sie verstehen doch sicher, in welch eine unangenehme Lage mich das versetzen würde, meine Liebe?«

Die Hände im Schoß, den Blick gesenkt, war Abigail ein getreues Abbild viktorianischer Weiblichkeit.

Ihr Benehmen beruhigte Bradshaw, und er fragte nicht unfreundlich: »Wann wollen Sie nach Hawaii abreisen?«

»Noch diesen Monat«, sagte Abigail mit düsterem Blick. »Miss Cunningham und Kinkade treffen die Vorbereitungen.«

»Sie sind nicht nur herzlich eingeladen, bis zu Ihrer Abreise hierzubleiben, meine Liebe, ich bestehe ganz einfach darauf. Aber ich muß auch darauf bestehen, daß Sie ein paar einfache Regeln des Hauses befolgen.« Er sah sie mit einem Augenzwinkern an, als tadele er ein ungezogenes Kind, während er in väterlichem Ton fortfuhr: »Es wäre mir unangenehm, wenn ich Ihrem Vater schreiben und ihm von Ihrem Ungehorsam berichten müßte.«

»Jawohl, Sir«, sagte Abigail sittsam, während sie vor Wut schäumte.

»Eines Tages werden Sie mir dankbar sein, Miss Danforth«, sagte er, erhob sich und ging um den Schreibtisch herum, um sie zur Tür zu geleiten. »Ich bin sicher, Sie werden noch einsehen, daß meine Vorsicht nur zu Ihrem Besten ist, meine Liebe.«

10. Kapitel

Nathaniel Bradshaw übergab dem Butler Zylinder, Spazierstock und Handschuhe, murmelte, er kenne den Weg, und eilte, immer zwei Stufen auf einmal nehmend, die aus algerischem Marmor bestehende Haupttreppe hinauf. Sein Frühstück drehte sich im Magen, als der milde Duft einer Havanna ihm anzeigte, daß ein stürmisches Gespräch zu erwarten war, denn der Arzt hatte dem Alten nur noch eine einzige Zigarre nach dem Abendessen erlaubt. Während er das abgedunkelte Arbeitszimmer betrat, schienen die Jahre dahinzuschwinden, und er sah sich in die Zeit zurückversetzt, in der er sich noch nicht rasieren mußte; und anstelle des stolzen Besitzers sorgfältig gestutzter, ergrauender Koteletten war er wieder der kleine Junge, der sich wegen einer Missetat auf Schläge gefaßt macht. Ahnungslos, welchen Vergehens er sich schuldig gemacht hatte, näherte er sich vorsichtig dem Schreibtisch und dessen zornigem Besitzer.

Der alte Mann hielt sich nicht mit Höflichkeiten auf. »Haben Sie die Zeitungen gelesen?« fragte er mit einer verschnupft klingenden Stimme und zeigte mit einem knochigen Finger auf die zusammengefaltete Zeitung auf dem Schreibtisch.

Natürlich las Bradshaw die Zeitungen. Alle drei, jeden Tag. Offensichtlich hatte er etwas übersehen, und er ärgerte sich über seine Nachlässigkeit. »Selbstverständlich lese ich die Zeitungen!« rief er entrüstet.

Die Stimme des Alten troff vor Sarkasmus: »Dann haben Sie also auch die Anzeige gesehen, die Ihr bezaubernder junger Hausgast in der Rubrik ›Persönliches‹ veröffentlicht hat?«

Bradshaw schnappte nach Luft. Die Farbe war aus seinem Gesicht gewichen. »Was soll das heißen?«

»Lesen Sie es!« befahl der alte Mann, und seine Stimme überschlug sich vor Wut.

Statt eine der elektrischen Lampen anzuknipsen, die der Alte, wie er wußte, verabscheute, ergriff Bradshaw die Zeitung und ging damit zum nächsten Fenster. Er schob den schweren Brokatvorhang mit dem Handrücken beiseite, damit ein Sonnenstrahl auf den Text fiel, und hatte binnen eines Augenblicks Abigails verräterische Initialen entdeckt. Er ließ die Zeitung sinken und schüttelte ungläubig den Kopf.

»Was haben Sie zu Ihrer Verteidigung zu sagen?« fragte der Alte.

Benommen zog Bradshaw seine Hand von dem Vorhang zurück und versetzte den Raum wieder in Dunkelheit, um so seine Verlegenheit besser verbergen zu können. »Miss

Danforth hat erklärt, sie sei bei der Zeitung gewesen, um etwas für ihren Vater zu erledigen.« Noch ehe er es ausgesprochen hatte, wußte er sehr wohl, daß dies wenig überzeugend klang.

»Und Sie waren so einfältig, ihr zu glauben?« Der alte Mann erhob sich aus seinem Sessel. Er schüttelte drohend die Faust und sagte wütend: »Wer weiß, was sie bei ihrer Schnüffelei herausgefunden hat!«

Da er fürchtete, der Alte bekäme im nächsten Moment einen weiteren Herzanfall, sprach Bradshaw betont ruhig, als er zum Schreibtisch zurückkehrte. »Aber es gab nur eine winzige Meldung über Charles' Tod«, sagte er und ließ sich in den Sessel fallen. »Dafür habe ich gesorgt.«

Der Alte lehnte sich über den Schreibtisch, und seine Stimme klang heiser vor Zorn. »Beten Sie, daß sie bis jetzt noch keine Zuschriften erhalten hat.« Er richtete sich wieder auf und blickte auf Bradshaw herunter. »Kümmern Sie sich sofort darum, daß alle Antworten konfisziert werden.«

In der Hoffnung, seinen Zorn zu besänftigen, warf Bradshaw die Zeitung mit einer lässigen Geste auf den Schreibtisch. »Ich werde Gerald anrufen – nein, am besten gehe ich auf dem Heimweg selbst vorbei«, sagte er und bedeutete dem alten Mann sitzenzubleiben.

Etwas beruhigt, nörgelte der Alte vor sich hin, während er sich in seinen Sessel sinken ließ. »Wie können Sie von mir erwarten, daß ich Ihnen etwas zutraue, wenn Sie noch nicht einmal in der Lage sind, auf ein Mädchen aufzupassen?«

Bradshaw zuckte die Achseln. »Vielleicht sollte ich an Mr. Danforth schreiben und ihn bitten, sie nach Hause zu beordern.«

»Nein, Sie verdammter Idiot!« Der Alte hatte sich wieder

erhoben und trommelte mit den Fäusten auf den Schreibtisch. »Denken Sie doch nach!« rief er. »Ein Mann, der es zuläßt, daß seine Tochter mit einer verkommenen alten Jungfer als Begleitung rund um den Globus reist, hat völlig die Kontrolle über sie verloren.« Er stach zum Nachdruck mit seiner Zigarre nach Bradshaw. »Aus dieser Richtung ist keine Hilfe zu erwarten.« Er schüttelte bekümmert den Kopf. »Nur aus Treue zu Ihrem verstorbenen Vater habe ich Ihre Einfältigkeit all die Jahre hingenommen.«

Das war eine oft gehörte Klage, und Bradshaw überging sie, indem er sagte: »Sie reist demnächst nach Hawaii.«

»Nicht schnell genug«, knurrte der alte Mann. »Sie hat versucht, Mrs. Davenport aufzusuchen.«

Bradshaw erhob sich. »Dem werde ich einen Riegel vorschieben«, sagte er und wandte sich zum Gehen.

»Tun Sie das«, sagte der Alte drohend. »Und sagen Sie dem jungen Aldrich, er soll etwas Dampf machen«, setzte er hinzu und stieß mit der Zigarre erneut nach Bradshaw. »Wenn er versagt, sehen Sie sich vor! Ich werde nicht zögern, strengere Maßnahmen zu ergreifen.«

Abigail hatte dem Ausflug in den Golden Gate Park nicht ohne Beklommenheit entgegengesehen. Während der Jahre, die junge Mädchen gemeinhin damit verbringen, ihre weiblichen Tricks zu üben, hatte sie sich so für die junge Wissenschaft der Verbrechensaufklärung begeistert, daß sie der Kunst, das männliche Geschlecht in Verwirrung zu versetzen, nur wenig Interesse entgegengebracht hatte. Tatsächlich hatte sie zwar auf tadellose Manieren und den geschickten Einsatz des Fächers Wert gelegt, was sie beides für unverzichtbare Erfordernisse hielt; doch heimliche Blicke unter flatternden Lidern hervorzuschicken, sehnsüchtige

Seufzer auszustoßen und jene sinnlosen Unterhaltungen, unterbrochen von melodischem Gekicher, zu führen, die die Männer anscheinend so bezaubernd fanden, hatte sie als Affektiertheiten abgetan, die ihrer ernsthaften Natur unwürdig waren. Bis zu diesem Zeitpunkt.

Als sie Jasons zweite Rose zusammen mit einem Schreiben erhalten hatte, in dem er für die Taktlosigkeit seiner ersten Nachricht um Verzeihung bat, war sie auf der Stelle zu Maude gestürzt und hatte sie beschuldigt, geschwatzt zu haben. Sie hatten einen schrecklichen Streit gehabt. Maude hatte sie schließlich überzeugt, daß Jason es nicht böse gemeint hatte, und endlich hatte Abigail, wenn auch ungern, nachgegeben und beiden verziehen. Danach hatten sie zufällig denselben Empfang bei den Claybornes besucht. Genaugenommen hatte Jason sich gerade, mit einigen seiner Schwestern im Schlepptau, verabschiedet, als sie, Maude und Mrs. Bradshaw eingetroffen waren. Er hatte sie mit einem so bekümmerten und zerknirschten Blick angesehen, daß sie schließlich Mitleid mit ihm gehabt und sich zu einem Lächeln herabgelassen hatte. Er schien so überaus erfreut darüber, daß sie völlig überrascht war. Zum erstenmal hatte sie die Macht gespürt, einen Mann allein durch ein Lächeln glücklich zu machen, und sie hatte das Gefühl umwerfend gefunden. Wer konnte sagen, was sich ereignen würde, wenn sie Gelegenheit hatten, sich ein paar Minuten allein zu unterhalten? Wenn sie nur wüßte, wie man flirtete.

Obwohl Regenwolken am Himmel dahinjagten, wurde der Tag für schön genug befunden, um den Ausflug zu riskieren, und unter Lachen und Singen erreichte die Gesellschaft in den verschiedenen Kutschen den Park. Abigail wußte, daß sie hinreißend aussah in ihrem khakifarbenen Staubmantel aus Leinen und dem breitkrempigen Strohhut, den sie zum Glück mit ihren neuen Dreizehn-Zoll-Hutnadeln fest im Haar verankert hatte, denn die langen Bänderschleifen flatterten so in der steifen Brise, daß sie andernfalls um den Hut gebangt hätte.

Jason trug Knickerbocker, eine Kappe, unter deren Rand seine Stirnlocke gebändigt war, und ein ausgefallenes Halstuch, das er wohl der Zwanglosigkeit der Situation für angemessen hielt, obwohl es bei Kinkade Anstoß erregt hatte. Das Singen und die Ausgelassenheit in den Kutschen gingen zu einem großen Teil auf Jasons Anregung zurück, und er mußte zugeben, daß Abigail, wenn man sie ein wenig ermutigte, sehr amüsant sein konnte. Das Mädchen von heute, wie es Mr. Gibsons Portraits beispielhaft darstellten, mit erhobenem Kopf und entschlossenem Kinn, war ihm weitgehend fremd und besaß wenig Anziehungskraft für ihn. Seine Schwestern und ihre Freundinnen – die meisten Mädchen, die er kannte, Miss Abernathy eingeschlossen – waren traditioneller. Weicher. Sanfter. Auch sie schwangen Tennisschläger und fuhren Fahrrad, aber eindeutig, um ihren Spaß zu haben, nicht aus dem unfeinen Wunsch heraus, sich sportlich zu betätigen oder, noch schlimmer, ein Spiel oder Rennen zu gewinnen.

Abigails stolze Kopfhaltung und der offene Blick kennzeichneten sie als eine der neuen Frauen. Normalerweise sah sie so aus, wie sie war – na, ja – *vernünftig*. Ein unpassendes Aussehen für das schöne Geschlecht, schwach ausgedrückt. Aber wenn er sie zum Lachen brachte und ihre Augen vor Fröhlichkeit blitzten, schien sie durchaus feminin und bezaubernd. Gegen seinen Willen begann er, sich für sie zu interessieren, und wäre er nicht gezwungen gewesen, ihre Gesellschaft zu suchen, hätte er sich vielleicht auch so zu ihr hingezogen gefühlt. So aber, eingedenk seines Auftrags, sie dazu zu bringen, sich ihm anzuvertrauen, verspürte er geradezu Gewissensbisse, als er sie zu einem Spaziergang am Meer aufforderte, und war dankbar, daß Miss Abernathy wegen mysteriöser Beschwerden nicht an dem Ausflug teilnahm und seinen Verrat nicht mitansehen konnte.

Abigail, der Miss Abernathys Abwesenheit nicht verborgen geblieben war, fragte sich natürlich, ob er sie nun lediglich als dürftigen Ersatz eingeladen hatte. Es lag ihr auf der Zunge, danach zu fragen, doch sie unterließ es, da ihr bewußt wurde, daß ihre Frage ihn vielleicht zum Lügen zwingen würde.

Hocherfreut, sie zusammen zu sehen, und da ihr Ziel nur außer Hör- und nicht außer Sichtweite war, drängte Maude ihnen ihre Gegenwart nicht auf und schickte sie mit der Mahnung, sich nicht zu weit zu entfernen, mit mehreren anderen Zweier- und Dreiergruppen auf den Weg. Ein vielsagender Blick bedeutete Kinkade, die beiden ungestört zu lassen.

Seinen Spazierstock schwingend, ging Jason langsamer, um seinen Schritt dem Abigails anzupassen, und pfiff lautlos vor sich hin, während er die dichter werdenden Wolken am Himmel betrachtete. Die Mädchen in seinem Bekanntenkreis konnten Schweigen nicht ertragen und überbrückten es sofort mit einem Gespräch. Meist war es dummes Geschwätz, doch konnte er sie im allgemeinen auf jedes Thema bringen, das ihm behagte, wenn sie erst einmal angefangen hatten.

Ganz anders Abigail. Sie schöpfte frische Luft an der Seite dieses höchst attraktiven, charmanten, gleichaltrigen jungen Mannes aus guter Familie. Allein sein Blick weckte beunruhigende Gefühle in ihr. Und er war ein Mann, den ihr Vater akzeptieren würde. Ausnahmsweise hatte sie einmal keinen Grund, ihn aufgrund einer Untersuchung, die sie durchführte, auszuhorchen, obwohl sie in großer Versuchung war, ihn zu fragen, was er über den Tod von Charles Davenport wußte. Da sie zögerte, ihre weiblichen Tricks auszuprobieren, empfand sie das Schweigen als angenehm.

Sie hatten die Distanz zwischen sich und den anderen vergrößert, was ein gewisses Maß an Ungestörtheit garantierte, als ihm aufging, daß er ein Gespräch beginnen mußte, wenn er etwas von Abigail erfahren wollte, bevor die Gelegenheit verpaßt war. Er nahm mit einer schwungvollen Geste seine Kappe ab, wobei ihm seine Stirnlocke ins Gesicht fiel, machte einen raschen Schritt und blieb vor ihr stehen. »Bitte, Miss Danforth«, sagte er mit einem spitzbübischen Grinsen. »Darf ich Ihnen eine persönliche Frage stellen?«

Von seinem plötzlichen Vorgehen überrascht, schaute Abigail einen Moment erstaunt, dann lächelte sie, sittsam errötend. »Ich erlaube es unter einer Bedingung«, antwortete sie fröhlich und sah unter flatternden Lidern zu ihm auf.

»Unter jeder!« rief er, entzückt von ihrer Ausgelassenheit.

»Jeder?« fragte sie kokett.

Plötzlich beunruhigt darüber, welcherart ihre Forderung wohl war, fragte er so unbefangen wie möglich: »Und was ist Ihre Bedingung?«

Mit einem leichten Hüpfen eilte Abigail ihm voraus. »Sie dürfen mich fragen, was Sie wollen, Sir«, sagte sie über die Schulter. Als er sie eingeholt hatte, fuhr sie fort: »Ich kann Ihnen jedoch keine Antwort versprechen.« Sie kicherte.

»Das ist berechtigt«, sagte er erleichtert. Er stülpte wieder seine Kappe aufs Haar, und sie setzten ihren Spaziergang fort. »Haben Sie irgendwelche Lieblingsbeschäftigungen?«

In der Befürchtung, er werde ihren Wunsch, Detektivin zu werden, ungehörig finden, wich Abigail aus. »Ich habe keine besonderen Begabungen, Sir.«

Entzückt über ihre Bescheidenheit, denn er verabscheute ehrgeizige Frauen, fragte er: »Dann können Sie wirklich nicht singen?«

»Das ist leider nur zu wahr, Sir«, sagte Abigail ungerührt, und es entsprach in etwa der Wahrheit. Während sie mit einer vollen und melodischen Stimme sprach, konnte ihr Gehör den Tönen nicht folgen, was ihre Versuche, eine Melodie zu singen, zum Scheitern verurteilte.

»Ach, aber Sie haben im Wagen doch den Refrain mitgesungen, oder?«

Abigail legte ihre behandschuhten Fingerspitzen an die Lippen, als befänden sich andere Personen in der Nähe und als wolle sie verhindern, daß jemand sie hörte. »Darf ich Sie mein Geheimnis wissen lassen?« flüsterte sie.

Hocherfreut über die Leichtigkeit, mit der sie ihn ins Vertrauen zog, legte er die Hand aufs Herz. »Meine Lippen sind für alle Zeit versiegelt.«

»Ich habe nur die Worte mit dem Mund geformt.«

»Frauen sind doch wirklich falsche Geschöpfe«, sagte er, während er in gespieltem Ernst den Kopf schüttelte, beeindruckt von ihrer zurückhaltenden Art. »Gelingt es Ihnen genauso gut, perfektes Klavierspiel vorzutäuschen?« fragte er neckend.

Abigail lachte. »Sie würden meinen Schwindel sehr schnell durchschauen«, sagte sie, als sie Atem geschöpft hatte. »Aber ich kenne ein paar Gedichte.«

»Lassen Sie hören«, erwiderte Jason eifrig und mit ungeheucheltem Interesse.

Tief Atem holend und mit einem verschmitzten Augenzwinkern, blieb Abigail stehen und deklamierte:

»It was six men of Indostan
To learning much inclined
Who went to see the elephant
(Though all of them were blind),
That each by observation
Might satisfy his mind.«

Jason brach in Gelächter aus. »Haben Sie das gedichtet?« fragte er, als er wieder sprechen konnte.

Abigail errötete geschmeichelt. »Ach du liebe Güte, nein, Sir«, sagte sie. »Es ist von Mr. Godfrey Saxe.« Mit einem ironischen Lächeln fuhr sie fort: »Miss Cunningham hat es mir vor kurzem vorgelesen.«

Jason war höchst beeindruckt von ihrer Bereitwilligkeit, sich über ihre eigenen Schwächen lustig zu machen. »Aber Sie haben doch Begabungen, Miss Danforth«, sagte er beruhigend. »Sie können sehr gut deklamieren.«

»Wie freundlich von Ihnen, das zu sagen.« Abigail lächelte ihn unter gesenkten Augenlidern hervor sittsam an.

Jason war sichtlich angetan. »Ein Mann ist dann glücklich, wenn er angenehme, kluge Dinge zu jemandem sagen kann, der sie angenehm und klug findet.«

Abigail war im Begriff, ihm mit einer huldvollen Bemerkung zu antworten, als die ersten Regentropfen fielen. Bevor Jason Gelegenheit hatte zu fragen, ob sie ihm noch andere Geheimnisse anzuvertrauen hatte, mußten sie eiligst mit ihren Freunden zu den wartenden Kutschen zurücklaufen.

Abigail schlief wenig in dieser Nacht.

Sie war begeistert von Jasons Reaktion auf ihre weiblichen Tricks, oder genauer gesagt, angetan von ihrer Wirkung auf ihn, als sie jene Kniffe anwendete, die sie vor kurzem noch verachtet hatte; daß sie über diese weiblichen Fertigkeiten verfügte, hatte sie erst mit Erstaunen festgestellt, als sie sie so mühelos einsetzte. Ihre Eroberung hatte sie jedoch in einen Widerstreit der Gefühle versetzt, der bis in die frühen Morgenstunden gedauert hatte. Obwohl sie später nicht mehr allein gewesen waren, hatte Jason ihr nur durch seine Aufmerksamkeit während des restlichen Nachmittags den Eindruck vermittelt, mehr über sie zu wissen als sie selbst, und, fasziniert von dem, was er wußte, hatte ihr dies überaus gut gefallen; wie hätte es auch anders sein können. Eine berauschende Erfahrung für Abigail, und ein ganz neues Gefühl. Da diese lächerliche Miss Abernathy nun offensichtlich von der Bildfläche verschwunden und Jason ganz eindeutig hingerissen von ihr war – sollte sie sich die Mühe machen und den Brougham ein letztes Mal für eine Fahrt zum *Chronicle* bestellen? Niemand wußte, daß sie bei sich gelobt hatte, es solle das letzte Mal sein. Außer ihr selbst. Niemand würde erfahren, daß sie ihr Versprechen nicht hielt. Bis auf die Person oder die Personen, die geantwortet hatten. Und sie würden nie erfahren, daß es sich um sie persönlich handelte, da sie so vorsichtig gewesen war, nur ihre Initialen als Erkennungszeichnen anzugeben. Oder, nachdem sie es riskiert hatte, Mr. Bradshaws Zorn zu erregen, falls er dahinterkäme, daß sie trotz seines ausdrücklichen Wunsches – eher Befehls – ein Gespann gemietet hatte, würde sich herausstellen, daß die Person, die geantwortet hatte, ein Spinner war.

Schlimmer noch, falls sie eine Antwort auf ihre Annonce erhielt, würde sie sich verpflichtet fühlen, darauf zu reagieren.

Doch als sie sich das selbstzufriedene Lächeln auf Dr. Conan Doyles Gesicht vorstellte, falls sie nicht weitermachte, gab dies den Ausschlag. Selbst, wenn ihre Karriere als erste beratende Detektivin der Welt zum Scheitern verurteilt war, hätte sie die Genugtuung, ihr Versprechen gehalten zu haben. Nachdem sie sich rasch bei dem guten Doktor dafür entschuldigt hatte, einen so unwahrscheinlichen Ausdruck auf sein Gesicht gezaubert zu haben, beschloß sie, auch ihrem freundlichen Gastgeber gegenüber Wort zu halten.

Sie hatte Kinkade beauftragt, den Landauer der Bradshaws für den Nachmittag zu bestellen und dabei sorgfältig auf den günstigsten Zeitpunkt zu achten. Während sie vorschützen würde, sie müsse sich ausruhen, um eine Erkältung zu bekämpfen, die sie sich aufgrund der Feuchtigkeit während des Ausflugs zugezogen hatte, mußte er warten, bis die anderen Mitglieder des Haushalts ihre Pläne festgelegt hatten. Dann würde sie sich plötzlich soweit erholt haben, um einen Einkaufsbummel vorzuschlagen, bei dem das Kleid mit den Wasserflecken ersetzt werden sollte. Das Weiße Haus war nicht weit von der Zeitung entfernt. Während Kinkade den Kutscher in ein Gespräch verwickelte, so daß er ihnen nicht folgen konnte, würden sie und Jacqueline den Eingang auf der Seite benutzen, die vom Gebäude des *Chronicle* am weitesten entfernt war. Während Jacqueline sich die Damenkleider ansah – sollte sie einen passenden Ersatz finden, um so besser – würde Abigail das Geschäft auf der anderen Seite verlassen und zur Zeitung rennen.

Ihr Plan hatte perfekt geklappt. So perfekt, daß Peter mit der karierten Kappe, der eiligst herbeigetrommelt worden war, aufs schönste hereingelegt wurde. Als er den Mietkutscher bezahlt hatte und in den Laden stürzte, verschwand Jacqueline schnell auf der Treppe nach oben. Da er davon ausging, daß Abigail ihr ein paar Schritte voraus war, und wußte, daß er auffallen würde wie ein bunter Hund, wenn er sich in der Damenabteilung Kleider ansähe, begnügte er sich damit, an der Tür, die zu ihrer Kutsche führte, auf sie zu warten.

Ahnungslos, daß man ihr gefolgt war, und erst recht, daß sie so mühelos einem erfahrenen Spürhund entkommen war, betrat Abigail rasch das Gebäude des *Chronicle.* Als sie sich der Rezeption näherte, nahm sie nur mit halbem Blick einen jungen Mann mit einer Kappe wahr, der in der Nähe an der Wand lehnte. Sein weites Hemd, die ungeschickt geknotete Krawatte und der nachlässig gebügelte Anzug kennzeichneten ihn als Angehörigen der Mittelschicht. Er stand nahe genug, um mitanzuhören, was an der Theke gesagt wurde, da sie jedoch annahm, daß er selbst auf Antworten wartete, beachtete Abigail ihn nicht und fragte den Angestellten, ob es Nachrichten auf ihre Anzeige gebe. Sie war sich nicht sicher, was sie eigentlich hören wollte, und schaute den jungen Mann gerade in dem Moment an, als dieser sich aufrichtete und ebenfalls in ihre Richtung sah.

Verwirrt über die Direktheit seines Blickes, drehte Abigail sich rasch zur Seite um und begrüßte den Beamten, der mit leeren Händen zurückgekehrt war. Betroffen von der Nachricht, entfernte sie sich von der Theke mit dem Gefühl, ganz plötzlich ihren besten Freund verloren zu haben.

Überrascht vom Ausmaß ihrer Enttäuschung, hätte sie sich einen Trompetenstoß oder das Schlagen von Zimbeln gewünscht, um das Ende ihrer Karriere zu unterstreichen. So in Gedanken versunken, hatte sie nicht auf den jungen Mann geachtet, der in der Nähe herumgetrödelt hatte und nun an sie herantrat, eindeutig in der Absicht, sie anzusprechen.

»Ich bitte um Verzeihung, Miss«, sagte er, während er seine Kappe zog und eine lockige Fülle sonnengebleichten Haares enthüllte. »Kann ich Sie einen Moment sprechen?«

Empört, daß ein Fremder sie einfach anredete, und verärgert, daß er sich in einem so gefühlsgeladenen Augenblick aufdrängte, rauschte Abigail an ihm vorbei, ohne ihn einer Antwort zu würdigen, ihre starre Haltung ein einziger Ausdruck des Mißfallens.

Der junge Mann ließ sie vorbeigehen, blieb jedoch, unbeeindruckt von der Abfuhr, an ihrer Seite, während er seine Kappe respektvoll in der Hand hielt und leise fragte: »Sind Sie vielleicht hier wegen der Annonce mit den Initialen A.P.D.?«

Abigail blieb wie angewurzelt stehen. Ihr Herz klopfte wild, als sie sich umwandte, um ihn näher zu betrachten. Sie übersah seine dürftige Kleidung und bemerkte, daß seine klaren blauen Augen vor Intelligenz strahlten, und während Kinkade ihn zweifellos dem Pöbel zugeordnet hätte, erschien er ihr harmlos. Sie richtete sich zu ihrer vollen Größe auf, nahm eine möglichst gebieterische Haltung an, damit er ihre Antwort nicht als Aufforderung mißverstehen würde, sich mit ihr anzufreunden, und entgegnete hochmütig: »Warum fragen Sie?«

Er sah sich um, um sich zu vergewissern, daß niemand sie belauschte und flüsterte: »Ich habe in den letzten Tagen mit wenigen Unterbrechungen auf Sie gewartet, aber da ich nicht wußte, wann Sie auftauchen würden, habe ich Sie wahrscheinlich ein paarmal verpaßt.«

»Weshalb sind Sie persönlich hier?« fragte Abigail stirnrunzelnd. »Können Sie nicht schreiben?«

Zu ihrer Bestürzung brach er in Lachen aus, ein Lachen, das das Fehlen seiner Vorderzähne offenbarte.

Zutiefst verärgert, schon wieder ausgelacht zu werden, weil sie etwas gesagt hatte, was sie eigentlich nicht sagen wollte, wandte Abigail sich zum Gehen.

Auf der Stelle ernst, trat er rasch an ihre Seite. Er ging neben ihr her und sah sich erneut um, offenbar darauf bedacht, daß man sie nicht zusammen sah. »Wenn meine schriftliche Antwort in die falschen Hände geriete –« Er zuckte verschwörerisch die Achseln.

Ihren Schritt verlangsamend, sah sie ihn mißtrauisch an. »Und wer sind Sie, wenn ich fragen darf?«

»Oh, verzeihen Sie, Miss.« Er hielt ihr die Hand hin. »Mein Name ist Jack London. Ich bin Schriftsteller«, fuhr er mit hochgezogenen Augenbrauen fort, um darauf hinzuweisen, warum er sich so amüsiert hatte, als sie seine Fähigkeit zu lesen und zu schreiben, angezweifelt hatte. »Mein erster Band mit Kurzgeschichten muß jeden Tag erscheinen.«

Abigail blieb stehen. Seine ausgestreckte Hand brachte sie in Verlegenheit. Da sie neugierig war, weshalb er sie angesprochen hatte, wollte sie ihn nicht kränken, aber sie konnte keinesfalls einem Fremden die Hand reichen, nur weil er die Kühnheit besessen hatte, sie anzusprechen. Froh darüber, daß Kinkade nicht hier war, um sie zu bremsen, gab sie vor, die ausgestreckte Hand nicht zu sehen, und sagte: »Das ist sehr schön für Sie, Mr. – äh – London, aber ich muß Sie darauf aufmerksam machen, daß ich gewöhnlich erst mit einem Mann spreche, wenn wir einander vorgestellt worden sind.«

Jack, der ihr Dilemma sehr gut verstand, zog seine Hand zurück und zuckte gutmütig die Schultern. »Vielleicht machen Sie in meinem Fall einmal eine Ausnahme, wenn Sie Antworten für jemanden mit den Initialen A.P.D. haben wollen«, sagte er düster. »Ich weiß nicht, wer der Täter ist, aber ich habe Informationen, die mit dem Tod von Charles Everet Davenport III. im Zusammenhang stehen könnten.«

11. Kapitel

Völlig verblüfft, da sie gerade einen Augenblick zuvor endgültig die Hoffnung aufgegeben hatte, ihren Traum zu verwirklichen, starrte Abigail Jack London an. Als sie die Tragweite seiner Worte erfaßte, sah auch sie sich argwöhnisch um. »Mein Name ist Abigail Patience Danforth«, flüsterte sie, überflüssigerweise, denn die wenigen Leute, die den weitläufigen Flur durchquerten, schenkten dem ungleichen Paar nicht die geringste Beachtung.

Nun war es Jack, der wie vom Donner gerührt war. Er wäre nie darauf gekommen, daß A.P.D. kein Mann sein könnte. Als er gehört hatte, wie Abigail an der Theke nach Nachrichten gefragt hatte, hatte er angenommen, sie sei an A.P.D.s Stelle gekommen. Daß diese Initialen zu einem hübschen Mädchen gehörten, das wie eine Debütantin aussah, die an nichts anderes als an ihre nächste Party dachte, überstieg sein Fassungsvermögen. Allein ihr Hut kostete mehr, als er in einem Monat harter Arbeit in einer Wäscherei verdient hatte. Er fragte sich, warum sie ihr Leben aufs Spiel setzte, um sich mit einem Fall zu befassen, den zu lösen sich niemand getraut hatte. »Es bleibt mir nichts anderes übrig, als Ihnen zu glauben, Miss Danforth«, sagte er höflich, als er die Sprache wiedergefunden hatte, und verzichtete darauf, erneut die Hand auszustrecken.

Da der junge Mann, der da vor ihr stand, eindeutig nicht Charles Davenports Schicht angehörte, rätselte Abigail, unter welchen Umständen sie sich wohl kennengelernt hatten. »Ich möchte Sie nicht beleidigen«, sagte sie und bemühte sich, sich ihre Skepsis nicht anmerken zu lassen, »aber darf ich fragen, wie Sie die Bekanntschaft von Mr. Davenport gemacht haben?«

Er war so mit seinen eigenen Zweifeln befaßt, daß er die ihren nicht bemerkte und ohne Umschweife antwortete: »Wir haben die gleichen Veranstaltungen der Sozialistischen Partei besucht.«

Hätte Jack ihr mitgeteilt, Charles Davenport hätte zwei Köpfe gehabt, sie hätte nicht erstaunter sein können. »Mr. Davenport war Sozialist?« rief sie und dachte, daß der Besuch auch nur eines einzigen Parteitreffens für seinen Vater Grund genug gewesen wäre, ihn zu enterben, und erst recht, wenn er ein aktives Mitglied gewesen war.

»Pscht!« Nach rechts und links blickend, legte Jack den Finger auf den Mund.

»Wußten seine Eltern davon?« flüsterte sie mit aufgerissenen Augen.

»Ich glaube, sein Vater ist dahintergekommen.«

Abigail runzelte verwirrt die Stirn. Auch wenn die Tatsache, daß er Sozialist war, seine Eltern zweifellos entsetzt hätte, die freigeistige Maude hätte es bestimmt nicht gestört, und sie fragte sich erneut, weshalb Charles seiner Verlobten nicht gesagt hatte, warum man ihn enterbt hatte. »Und welche Informationen haben Sie?« fragte sie.

Jack, der immer noch nicht glauben konnte, daß A.P.D. wirklich ein Mädchen war, fragte mit einer Spur von Zweifel: »Warum wollen Sie das wissen, wenn ich fragen darf?«

»Es ist mein Herzenswunsch, der erste weibliche beratende Detektiv der Welt zu werden«, sagte Abigail, jetzt wieder mit feierlicher Hingabe und sah ihm direkt in die Augen. »Als ich Miss Cunningham im Haus meines Vaters in New York kennengelernt habe, und sie mich gebeten hat, die Vorgänge beim Tod ihres Verlobten zu untersuchen, schien es mir selbstverständlich, die Herausforderung anzunehmen.«

»Ich verstehe«, sagte Jack, dem es schwerfiel, seinen Ohren zu trauen. Aber in den Jahren nach dem Mord an Charles hatte niemand genügend Mut verspürt, das Dikkicht der Intrige zu durchdringen, das seinen Tod umgab. Er zuckte die Achseln. »Ich glaube, wenn die Gerechtigkeit siegen soll, sind Sie die einzige Hoffnung«, sagte er ziemlich resigniert.

»Was wollten Sie mir also sagen?« fragte Abigail eifrig.

»Es gibt jemanden, den Sie treffen müssen«, sagte er, während er sie beim Ellbogen nahm, um mit ihr auf den Ausgang zuzusteuern.

Abigail entzog ihm ihren Arm. »Ich kann jetzt nirgendwohin mit Ihnen gehen«, sagte sie stirnrunzelnd. »Ich habe das Haus meines Gastgebers nur mit seiner Einwilligung verlassen und die mir gewährte Frist bereits überzogen.«

»Dann müssen wir uns so schnell wie möglich wieder treffen«, sagte er ernst. »Ich kenne jemanden, der vielleicht ein paar Antworten für Sie hat.«

»Aber ich werde ständig überwacht«, protestierte sie.

»Im Augenblick werden Sie nicht überwacht«, sagte er und wies mit dem Arm auf die Besucher, die ohne sich für sie zu interessieren, in der Halle kamen und gingen. »Jedenfalls habe ich keine Leute gesehen, die so aussehen, als würden sie uns beobachten.«

Abigail errötete. »Es ist mir gelungen, ihnen zu entwischen.«

»Wenn Sie diesen Mord aufklären wollen, müssen Sie das ein weiteres Mal schaffen und mich treffen«, sagte Jack mit einem lässigen Achselzucken.

»Gut«, erwiderte Abigail und reckte entschlossen das Kinn. »Wann wollen wir uns wieder treffen?« fragte sie. »Und wo?«

»Morgen vormittag um neun«, antwortete er. »An der Ecke von Dupont und Jackson.«

Sie wich einen Schritt zurück und sah ihn mißtrauisch an. »Aber das ist doch in Chinatown«, sagte sie mit einem Ausdruck des Abscheus.

Jack zuckte die Achseln und sah sie abschätzend an. »Dort werden wir die Königin der Katzen treffen«, sagte er in herausforderndem Ton.

»Eine chinesische Königin?« fragte Abigail hochmütig. »Ich habe nie gehört, daß es so etwas gibt. Warum kann sie mich nicht aufsuchen?« setzte sie hinzu und merkte im selben Augenblick, daß sie über gar keinen geeigneten Ort verfügte, um sie zu empfangen.

»Der Läufer kann den Fluß nicht überqueren, Miss Danforth«, sagte Jack betont geheimnisvoll. »Wenn Sie ernsthaft entschlossen sind, das Rätsel um Charles Davenports Tod zu lösen, müssen Sie zu ihr gehen.«

»Der Läufer?« Von seiner Bemerkung verwirrt, runzelte Abigail die Stirn. »Welchen Fluß?« fragte sie scharf. »Es gibt keinen Fluß zwischen diesem Teil der Stadt und Chinatown«, fuhr sie fort und sah ihn mißtrauisch an. »Ist diese Königin gleichzeitig ein Läufer?«

Jack zuckte die Achseln. Daß sie auf seine dunklen Worte mit heftiger Neugier reagiert hatte, statt sich von seinem schroffen Ton abschrecken zu lassen, überzeugte ihn davon, daß sie es ernst meinte. Er überging ihre Fragen mit einer Handbewegung. »Wie Sie sagen, wir haben schon zu lange miteinander geplaudert.« Er verbeugte sich leicht. »Bis morgen.« Er setzte seine Kappe wieder auf und wandte sich zum Gehen.

Auch wenn sie enttäuscht war, weil er ihre Fragen nicht beantwortet hatte, mußte Abigail ihm recht geben, daß es Zeit war, sich zu trennen. Eine letzte Frage mußte sie ihm jedoch noch stellen. »Ach, Mr. London«, rief sie und lief, um ihn einzuholen. Jack drehte sich um. »Wissen Sie vielleicht zufällig, wie ich mir eine Einladung bei Charles' Mutter verschaffen könnte?«

Er nahm die Kappe wieder ab und maß sie von oben bis unten mit einem durchdringenden Blick. »Haben Sie keine Beziehungen?« fragte er ohne den Versuch, seinen Zweifel zu verbergen.

Abigail zuckte die Achseln. »Mrs. Davenport ist zur Einsiedlerin geworden«, erwiderte sie seufzend. »Es ist mir nicht gelungen, eine Einladung zu bekommen. Offenbar empfängt die Dame keine Fremden.«

»Ich habe sie jedenfalls nie kennengelernt«, sagte Jack bekümmert, während er seine Kappe in den Händen drehte. »Mr. Davenport und ich kannten uns nicht so gut, daß er mich in sein prachtvolles Haus eingeladen hätte.«

»Ich muß mit ihr sprechen.« Abigail seufzte tief und versuchte nicht, ihre Enttäuschung zu verbergen. »Ich hatte gehofft –«

Die Kappe in der Hand, kratzte Jack sich am Kopf. »Ich überlege gerade, ob sie wohl noch die Spiritistin empfängt«, sagte er mehr zu sich selbst als zu Abigail.

»Eine Spiritistin?« Abigail traute ihren Ohren nicht.

»Ja«, erwiderte er mit nachdenklichem Blick. »Anscheinend hat Mrs. Davenport nach dem Tod ihrer Mutter Trost darin gesucht, die Schwelle zum Jenseits zu überschreiten und Botschaften zu erhalten.« Er zuckte die Achseln. »Charlie war peinlich berührt deswegen.«

»Sie erinnern sich nicht zufällig an den Namen der Spiritistin?« fragte Abigail begierig.

Mit geistesabwesendem Blick stülpte Jack die Kappe auf sein zerzaustes Haar. Während er ihr einen letzten Schwung versetzte, rief er: »Madam Salaam!« Er hob abwehrend die Hand und setzte rasch hinzu: »Fragen Sie mich jetzt bitte nicht, ob sie ihrer Tätigkeit noch nachgeht. Oder, wo sie sich aufhält. Oder ob Mrs. Davenport sie noch immer empfängt, obwohl mich dies nicht überraschen würde, da sie sehr an Charlie hing und sicher auch von ihm gern hören würde.«

»Ich kann Ihnen nicht genug danken, Mr. London.« Voller Anerkennung gab sie alle Vorsicht auf und streckte die Hand aus. »Sie waren jetzt schon eine große Hilfe für mich.«

»Sie vergessen also unsere Verabredung nicht?« fragte Jack grinsend und schüttelte ihr kräftig die Hand. »Ich habe nämlich einen vollen Terminkalender, mit Schule, Schreiben und so weiter. Ich möchte nicht gern umsonst auf der

Straße stehen und warten, nur weil Sie es mit der Angst bekommen haben.«

»Ich bestimmt nicht, Mr. London.« Ohne die leiseste Ahnung, wie sie ihr Wort halten sollte, winkte Abigail ihm zum Abschied. Freudig erregt über das Gespräch, doch noch während sie seiner verschwindenden Gestalt nachblickte, sich des Umstands voll bewußt, daß sie bei den Bradshaws nie unbemerkt zu einem Besuch aufbrechen konnte, kehrte sie an die Theke zurück und bat, das Telefon benutzen zu dürfen. Die Telefonistin hatte Madam Salaam im Handumdrehen gefunden.

Als sie Madam Salaams Stimme vernahm, war Abigail so auf ihr Vorhaben konzentriert, daß sie nicht einmal bei ihrer Lüge errötete, als sie behauptete, sie habe eine Verabredung mit Mrs. Davenport während ihrer nächsten Séance, damit Mrs. Davenport sie mit ihrer Spiritistin persönlich bekanntmachen könne. Mit einem mädchenhaften Lächeln behauptete Abigail weiter, sie habe ihren Terminkalender verloren und wisse deshalb Tag und Uhrzeit nicht mehr. Da sie fürchte, die Verabredung sei nicht mehr allzu fern, und sie Mrs. Davenport ihre Unachtsamkeit nicht eingestehen wolle, damit die gute Dame sie nicht für unzuverlässig hielt, bat sie Madam Salaam, ihr die fehlende Information zu geben.

Madam Salaam war so gnädig zu bestätigen, daß ihre Verabredung noch an diesem Abend stattfinden sollte.

Glücklich über ihren Erfolg, doch von der Frage geplagt, wie sie so kurzfristig nochmals aus dem Haus der Bradshaws entfliehen sollte, rannte Abigail in einem wenig damenhaften Spurt zu dem Kaufhaus zurück.

Anfangs hatte Jacqueline sich dem Entzücken hingegeben,

das neue Kleider immer wieder auslösten. Aber als die Zeit verstrich, und sie mit kritischem Blick rasch drei Kleider ausgesucht hatte, unter denen Abigail nach ihrer Rückkehr ihre Wahl treffen sollte, wäre sie gern weitergegangen. Da sie das nicht konnte, weil ihre Herrin ja nicht zurückkommen sollte, ohne sie anzutreffen, und ihr Interesse erlahmte, merkte sie, wie müde sie war. Sie verspürte einen Anflug von Ungeduld, und das brachte ihr reizbares gallisches Naturell zum Ausbruch. Im Nu wurde sie von einer Woge des Selbstmitleids erfaßt; wobei Abigails Großzügigkeit gegenüber Tina, die nichts, buchstäblich nichts für ihr Geld tat, während sie sich für kargen Lohn und Verpflegung die Finger wund arbeitete, die Liste ihrer Kränkungen anführte. Es hatte ihrer ganzen Selbstbeherrschung bedurft, sich ihre Gefühle nicht anmerken zu lassen, als Abigail endlich erschienen war.

Was noch schlimmer war, Abigail war in die Damenabteilung gestürmt und hatte, zu sehr in Eile, um sich bei ihrer Zofe für die gute Wahl zu bedanken, dem Verkäufer befohlen, das blaue Kleid zu den Bradshaws zu schicken. Auch war es Abigail nicht in den Sinn gekommen, Jacqueline zusätzliches Geld anzubieten, damit sie nicht verriet, daß sie weggegangen war.

Da sie in Gedanken vollauf damit beschäftigt war, einen Weg zu finden, das Haus zu verlassen und Madam Salaam treffen zu können, merkte Abigail nichts von der Auflehnung, die sich mit jeder Umdrehung der Wagenräder in Jacquelines Herz verstärkte.

Kinkade hatte Abigails Anweisung, den Brougham für den Abend zu bestellen, ohne Kommentar zur Kenntnis genommen. Da er sah, daß sie in Gedanken versunken war, beschloß er, nichts von seinem Verdacht, daß man ihnen folgte, zu sagen.

Er hatte die Abwesenheit seines Schützlings genutzt, um an einer Theke im Erdgeschoß des Kaufhauses seinen Vorrat an Taschentüchern zu ergänzen. Beim Eintreten hatte er den Mann mit der schlechtsitzenden Kleidung kaum wahrgenommen; als dieser bei seiner Rückkehr jedoch immer noch da war und versuchte, sich beiseite zu drücken, damit Kinkade ihn nicht bemerkte, war sein Argwohn geweckt worden. Daraufhin, und weil er sonst nicht viel zu tun hatte, hatte Kinkade sein Gedächtnis danach durchforstet, wo er ihn schon einmal gesehen haben könnte. Nicht lange, und er erinnerte sich an die scheußliche Kappe. Der Kerl mochte sich von seiner abscheulichen Kopfbedeckung getrennt haben, seine Kleidung saß so schlecht wie zuvor, ein Delikt, das Kinkade selten vergaß. Als Kinkade den Mann schließlich dabei erwischt hatte, wie er den Kopf aus der Tür streckte, um zu kontrollieren, ob ihre Kutsche noch immer wartete, war die Sache klar. Er entschied, Abigail nicht zu beunruhigen, ehe er mehr erfahren hatte, und dachte auch nicht daran, ihr zu erzählen, daß er die Kutsche für den Abend eigenmächtig bei einem anderen Pferd- und Wagenverleiher mieten würde.

Zwischen Abigails Bett und der Chaiselongue auf und ab gehend, fragte Maude: »Wo sind Sie gewesen?«

»Einkaufen!« rief Abigail ungeduldig, während sie ihre hautengen Handschuhe auszog, sie auf das Bett warf und zum Ankleidezimmer ging, um ihren Hut abzunehmen, dicht gefolgt von Jacqueline.

Maude ging ihr bis zur Tür hinterher. Die Hände in den Hüften, starrte sie das Mädchen, das inzwischen Platz genommen hatte, grimmig an. »Was hat Sie so lange aufgehalten?« Wieder klang ihr Ton mehr nach einem Befehl als nach einer Frage.

Abigail schwieg und beobachtete Jacqueline im Spiegel, wie sie die Dreizehn-Zoll-Hutnadeln suchte und herauszog. Als Jacqueline den lockeren Hut vorsichtig löste und absetzte, damit das Haar ihrer Herrin nicht frisch gekämmt werden mußte, warf Abigail Maude einen boshaften Blick zu und sagte: »Wenn Sie es unbedingt wissen wollen, ich bin mit Mr. Aldrich durchgebrannt.«

Jacqueline schnappte nach Luft und ließ beinahe den Hut fallen. Sie unterdrückte rasch ein Gekicher, als sie Maudes finsteren Gesichtsausdruck erblickte.

Wütend, daß man sich über sie lustig machte, rief Maude: »Bleiben Sie bitte ernst!«

Abigail wirbelte auf dem Schemel vor dem Frisiertisch herum, um Jacqueline direkt statt nur ihr Spiegelbild anzusehen. »Sag ihr die Wahrheit, Jacqueline«, befahl sie ohne die Spur eines Lächelns.

So in Verlegenheit gebracht, wurde Jacqueline von ihren Englischkenntnissen im Stich gelassen. Unter größten Schwierigkeiten fielen ihr genügend Wörter ein, um die Kleider zu beschreiben, die sie sich in Abigails Abwesenheit angesehen hatte. Sie hatte gerade angefangen, die Vorzüge des blauen Kleides, das sie ausgesucht hatte, zu preisen, als sich Maude mit einem Laut des Unmuts in der Tür umdrehte und aus dem Schlafzimmer stürmte, wobei sie peinlichst darauf achtete, nicht die Tür hinter sich zuzuknallen, damit das Haus nicht auf ihren Streit aufmerksam wurde.

Beschämt über ihr schlechtes Benehmen und bestürzt über Maudes jähen Abgang, hielt Jacqueline noch immer

Abigails Hut wie eine Torte vorsichtig in beiden Händen und wandte sich, den Tränen nahe, zu ihr um.

Triumphierend, weil sie Maude so schnell losgeworden war, wollte Abigail in ausgelassenes Lachen ausbrechen, als sie Jacquelines Gesichtsausdruck bemerkte. Sie war auf der Stelle auf den Beinen und beugte sich über ihre winzige Zofe. »Kopf hoch, Jacqueline«, sagte sie nicht unfreundlich. »Du weißt, ich kann Geheule nicht ausstehen.« Sie war im Begriff, ihre Aufmerksamkeit wieder auf das Umkleiden zum Tee zu konzentrieren, fügte jedoch noch hinzu: »Ich brauche dich doch, das weißt du.« Sie hob Jacquelines Kinn leicht mit den Fingerspitzen, damit sie ihr tief in die Augen sehen konnte, und ergänzte: »Ohne dich und Kinkade wäre ich verloren.«

»Merci, Mademoiselle.« Jacqueline errötete, während sie ihren tränenschwimmenden Blick senkte und Abigails Hut anstarrte, ohne ihn zu sehen, aller Groll und Unmut ausgelöscht von Abigails wohlmeinenden Worten.

»Jetzt beweg dich, Mädchen, und hol mir Tina her, ja?« Während Jacqueline den Hut in die bereitstehende Hutschachtel legte, hob Abigail mahnend die Hand. »Aber bring sie her, ohne das ganze Haus aufmerksam zu machen.«

»Oui, Mademoiselle«, erwiderte Jacqueline glücklich.

»Auf Englisch!«

»Ja, Miss«, verbesserte sich Jacqueline grinsend.

Abigail nahm wieder auf dem Schemel Platz, legte ihren Knöchel aufs Knie und begann, ihre Schnürsenkel zu lösen. »Mir ist endlich eine glänzende Idee gekommen, wie ich aus dem Haus schlüpfen könnte, aber ihr müßt mir alle drei helfen, wenn der Plan gelingen soll.«

Jacqueline blieb wie angewurzelt stehen, wandte sich um und starrte ihre Herrin mit offenem Mund an.

Noch während sie sprach, machte sich Abigail Sorgen über Kinkades Reaktion, wenn er von ihrem Plan erfuhr. Schließlich war er derjenige, der mitangesehen hatte, wie sie im Haus ihres Vaters Unfug trieb, und er war dabei gewesen, wenn sie heftig gescholten und als unverbesserlich bezeichnet worden war. Deshalb war die Begeisterung für ihren Plan ziemlich gedämpft, und ihr Ton klang etwas unsicher, als sie sagte: »Wenn Kinkade die Fäden zieht und Tina und du Schmiere steht, werde ich den Speisenaufzug benutzen, um kommen und gehen zu können, wie es mir gefällt.«

»Ich habe Ihnen verboten herzukommen!« Halston streckte den Kopf durch den Spalt in der Tür zum Nebenhof und schnauzte Peter an.

Peter blieb ungerührt auf dem zementierten Treppenabsatz stehen. »Aber das kann nicht warten«, beharrte er. »Und Sie wollen doch auch nicht, daß ich Sie anrufe, oder?«

Halston öffnete die Tür eben so weit, um Peter am Arm zu packen, und zerrte ihn ins Haus. Es war nur ein kleiner Durchgang zu dem Abfallraum, aus dem Halston die Mädchen, die dabei waren, Blumen zusammenzustellen, jetzt hinausschickte.

Da sie der Grund absolut nicht interessierte, sie aber über die unerwartete Pause nur allzu froh waren, gehorchten sie gern.

Halston drängte Peter zum Spülbecken; da er höher gewachsen war, schirmte er ihn vor neugierigen Blicken ab, falls jemand den Flur entlanggegangen wäre, und starrte auf ihn herab. »Nun?« flüsterte er in unheilverkündendem Ton. »Ich hoffe, daß Ihre Nachricht etwas taugt.«

Peter nahm sich Zeit, sein Jackett geradezuziehen, an dem Halston ihn unsanft gepackt hatte. Während er seinen Ärmel glattstrich, fragte er: »Wußten Sie, daß Miss Danforth ein Pferd besitzt?«

»Ein Pferd?«

Peter nickte. »Einen englischen Vollblüter.«

»Und wenn schon.«

»Sie hat ein Pferd und hat es bei J.R. Thomas stehen, demselben Stall, wo sie auch den Brougham mietet.«

»Kommen Sie endlich zur Sache.« Halstons Stimme war heiser vor Ungeduld.

»Wie ich schon sagte, Miss Danforth hat dieses Pferd in dem Stall stehen. Sie haben den Auftrag, es jeden Tag zu bewegen.«

Peter machte eine Pause.

»Weiter!«

»Bis auf letzte Woche wurde es immer für Miss Danforth gesattelt.«

»Für Miss Danforth?« fragte Halston ungläubig. Er war sich ganz sicher, daß Abigail das Haus nie im Reitkleid verlassen hatte.

»Ja.«

»Um Himmels willen, weiter.« Halston wäre Peter am liebsten an die Gurgel gefahren, um ihn zur Eile anzutreiben. »Hat sie das angeordnet?«

»Nein«, sagte Peter schleppend und genoß sichtlich Halstons Verwirrung.

»Wer dann, zum Teufel?«

»Dieser Kinkade war's.«

»Dann sag mir«, stieß Halston zwischen zusammengebissenen Zähnen hervor, »ist er damit weggeritten?«

»Nein.« Peter zuckte die Achseln. »Das war ja das Komische, hat Tommy gesagt. Es war für einen Mann gesattelt, aber er führte es am Zügel, als wolle er jemanden treffen.«

Halston zwang sich, ruhig zu bleiben. »Hat er jemanden getroffen?«

Peter schüttelte den Kopf. »Tommy sagt, er habe aufgepaßt, aber er sei um die Ecke gebogen, ohne aufzusitzen.«

Halston schüttelte empört den Kopf. »Warum erzählen Sie mir das erst jetzt?«

Wieder zuckte Peter die Achseln. »Weil er es mir jetzt erst gesagt hat, als ich das Gespann zurückgebracht habe.«

»Und wieso erst jetzt, um Gottes willen?«

»Ich habe zufällig das Pferd bemerkt«, erwiderte Peter selbstgefällig. »Und dann habe ich mich umgehört und herausbekommen, daß es ihr gehört.«

»Nein, Sie Trottel!« rief Halston aus. »Warum hat Tommy es Ihnen nicht früher erzählt? Wir zahlen ihm doch Gott weiß genug.«

»Das habe ich ihn auch gefragt.« Peter lächelte reumütig.

»Und?« rief Halston. »Was hat er gesagt?«

»Er hat gesagt, wir haben ihn nicht bezahlt, damit er etwas über ein Pferd berichtet. Nur, wenn sie eine Kutsche bestellte.«

Halston verließ der Mut, als er die Tür hinter Peter schloß und die Mädchen suchen ging, damit sie ihre Blumengestecke fertigstellen konnten. Heute abend würde es wieder ein aufwendiges Essen geben, Wein mußte dekantiert, Silber poliert werden. Man mußte sich um so viele Einzelheiten kümmern, und das alles mit einem Personal, das in diesen verdammten Achtstundenschichten arbeitete, auf denen Mrs. Bradshaw bestand. Er hatte ganz einfach keine Sekunde übrig, seinen Herrn aufzusuchen und ihm von Peters Beobachtung zu berichten. Tatsächlich war er sich noch nicht einmal sicher, ob er die Sache mit dem Pferd überhaupt erwähnen sollte. Jedenfalls erst, wenn er Gelegenheit gehabt hatte, Kinkade auszufragen – vielleicht bei einem Drink in der Kneipe.

Aber eines war so sicher wie der nächste Sonnenaufgang. Sobald er einen Moment Zeit hatte, würde er Tina befragen. Und zwar gründlich. Es konnte ihn seine Stellung kosten, wenn das Mädchen etwas vor ihm verheimlichte.

12. Kapitel

Abigail hatte darauf geachtet, ihren winzigsten Hut und ihren engsten Rock zu tragen, um besser in den Speisenaufzug zu passen. Während Tina unten mit ihrem Umhang und ihrem Muff wartete, hatte sie mit dem Gefühl, in einen Kasten gesteckt worden zu sein, in den sie nicht hineinpaßte, ihre waghalsige Fahrt nach unten angetreten, und schaffte es, ohne Zwischenfall das Haus zu verlassen.

Kinkade machte keine Andeutung, wo er den neuen Hansom besorgt hatte. Und Abigail hatte keinen Anlaß, ihn zu fragen. Als sie erst einmal darin saß, genoß sie auf ihrem Weg zu Madam Salaam das Klirren des Geschirrs und den eleganten Trott des Pferdes.

Nachdem er Abigail am Ziel ihrer Fahrt aus der Kutsche geholfen hatte, lief Kinkade die Treppe des mit zahlreichen Erkern versehenen Hauses hinauf, um zu läuten. Währenddessen hatte sie noch einen Augenblick Gelegenheit, all den Firlefanz, Tand und Kitsch zu bewundern, der das Äußere des Hauses schmückte.

Er harrte aus, bis man sie ins Innere gebeten hatte, ehe er die Stufen hinabeilte, um im Wagen auf sie zu warten.

Madam Salaam lächelte huldvoll, als Abigail ihre Diele betrat, sich vorstellte und ihren Umhang ablegte, den sie zu den anderen an eine Garderobe aus Messing neben der Tür hängte. Die Spiritistin mit ihren schwarzen, blitzenden Augen war eine dralle Frau, deren Taille nicht sichtbar gewesen wäre, hätte sie kein Korsett getragen. Abigail hatte erwartet, sie würde einen Turban tragen, doch ihr dunkles Haar war schmucklos zu Zöpfen geflochten und mehrfach um den Kopf gewunden. Die Haare waren das einzige, was schmucklos war an dieser Frau. Riesige rote Ohrringe baumelten an ihren Ohren, zu groß und rot, als daß es sich um Rubine hätte handeln können. Zahlreiche Halsbänder und Perlenketten bedeckten den tiefen Ausschnitt ihres Samtkleides. Ringe funkelten an jedem Finger. Und entsprechend war auch ihr Haus geschmückt.

Jeder Tisch in dem Salon mit dem Erkerfenster war mit langfransigen Seidentüchern bedeckt. Bilder, antike Dosen, Figurinen aus Porzellan, Holz und Bronze und eine Fülle von Souvenirs machten Topfpalmen und Farnen in allen Größen den Platz auf der bemalten Seide streitig. Alles wurde von flackerndem Gaslicht und Kerzenschein beleuchtet, obwohl es auch Elektroleitungen im Haus gab.

Zwei gutgekleidete Damen waren bereits vor Abigail eingetroffen und saßen vorsichtig auf dem mit Schonbezügen bedeckten Sofa. Nachdem sie einander vorgestellt worden waren, wobei Abigail feststellte, daß keine von beiden Mrs.

Davenport war, nahm sie auf der Kante eines der Polstersessel Platz, der schräg neben dem Sofa stand.

Da sie eine erfahrene Gastgeberin war, die sich offensichtlich mit prekären Situationen auskannte, versuchte Madam Salaam, Abigail die Befangenheit im Umgang mit den anderen Damen zu nehmen, indem sie von ihrer Bekanntschaft mit Mrs. Davenport erzählte. Unglücklicherweise hatten ihre Bemühungen den gegenteiligen Effekt. Während die Damen beifällig nickten, fühlte Abigail sich unbehaglicher und wünschte, sie hätte draußen auf ihre Beute gewartet. Aber da sie der Frau nie begegnet war, woher hätte sie wissen sollen, daß sie es war? Dankbar, darin erzogen worden zu sein, nichts zu sagen und dabei den Eindruck zu erwecken, alles zu sagen, beteiligte sie sich an der oberflächlichen Konversation der Damen und verließ sich darauf, Mrs. Davenport milde zu stimmen, wenn sie sich kennenlernten.

Sie brauchte nicht lange zu warten. Die beiden Damen erhoben sich, als die Türglocke läutete, wahrscheinlich, weil Mrs. Davenport als letzte erwartet wurde. Auch Abigail stand auf, nachdem sie ihr anmutigstes Lächeln aufgesetzt hatte.

»Wer ist das, sagen Sie?« hörte man eine herrische Stimme deutlich in der Diele fragen.

Abigails Lächeln erstarrte, als Mrs. Davenport, auf einen Stock gestützt, in der Tür auftauchte. Sie trug Trauerkleidung, ähnlich wie Maude, nur entsprach die ihre der Mode, und an ihren Ohren funkelte Jettschmuck. Ihr grimmiger Gesichtsausdruck und ihr reservierter Blick erfüllten Abigail mit bösen Vorahnungen.

Mit aufgerissenen Augen sahen die beiden Damen einander an.

Madam Salaam runzelte die Stirn. »Miss Danforth sagte, sie sei eine Freundin von Ihnen.«

»Meine Freundin?« Mrs. Davenport maß Abigail mit einem geringschätzigen Blick. »Sie ist nicht meine Freundin. Ich bin ihr nie im Leben begegnet!«

Madam Salaam fuhr zu Abigail herum und funkelte sie wütend an. »Sie sind keine Freundin von Mrs. Davenport?« fragte sie. »Sie haben mich hereingelegt!« Mit klirrenden Armbändern schüttelte sie drohend die Faust gegen Abigail.

Diesen Empfang hatte Abigail nicht vorausgesehen. Sie wußte nicht, wie sie die Sache wieder zurechtbiegen sollte. »Lassen Sie mich erklären –«

»Es ist keine Erklärung nötig«, unterbrach Mrs. Davenport sie. »Ich kenne Sie nicht, und das genügt.«

»Ich verbürge mich mit meinem Ehrenwort für die ungestörte Privatsphäre meiner Klienten!« donnerte Madam Salaam. »Wer sind Sie?«

»Sie ist eine Betrügerin!« schrie Mrs. Davenport und sah die Spiritistin feindselig an. »Ich möchte, daß man sie entfernt!«

Die beiden Damen auf dem Sofa schnappten nach Luft und starrten einander, die behandschuhten Finger an die Lippen gelegt, entsetzt an, ehe sie ihre Aufmerksamkeit wieder der zu erwartenden Szene zuwandten.

Abigail trat hinter die Lehne des Sessels, so daß Madam Salaam sie nicht erreichen konnte, und sagte: »Aber ich muß Sie unbedingt sprechen.«

»Ich spreche mit niemandem, der mir nicht vorgestellt worden ist«, sagte Mrs. Davenport, als sei die Angelegenheit damit ein für alle Mal erledigt.

»Aber es geht um den Tod Ihres Sohnes«, beharrte Abigail.

»Mein Sohn ist nicht tot«, sagte Mrs. Davenport eisig. »Er lebt.« Sie wedelte mit der Hand in der Luft. »Irgendwo. Ich spreche jede Woche mit ihm.«

»Er wurde vor fast drei Jahren umgebracht«, sagte Abigail hartnäckig.

»Das war ein tragischer Unglücksfall«, antwortete Mrs. Davenport, anscheinend ohne sich ihres Widerspruchs bewußt zu sein.

»Ihr Sohn wurde ermordet!« rief Abigail.

Mit einem Ausdruck tiefen Unglaubens öffnete Mrs. Davenport den Mund, um etwas zu sagen, dann sank sie ohnmächtig zu Boden.

Die beiden Damen schrien auf, als sie fiel, doch sie lag noch nicht auf dem Boden, da waren sie bereits vom Sofa aufgesprungen und fischten in ihren Retiküls nach dem allgegenwärtigen Riechsalz.

»Schauen Sie, was Sie angerichtet haben!« rief Madam Salaam. »Verlassen Sie auf der Stelle mein Haus!«

»Erst, wenn ich gesehen habe, daß die gute Dame sich wieder erholt hat«, sagte Abigail und rührte sich hinter ihrem Sessel nicht vom Fleck.

Mrs. Davenport schob die Fläschchen mit dem Riechsalz mit einer Kopfbewegung und einem Stöhnen beiseite und sagte mit schwacher Stimme, aber unmißverständlich: »Bitten Sie das Mädchen, sofort zu gehen.«

Abigail betrachtete die Szene vor sich – Mrs. Davenport ausgestreckt auf dem Fußboden, ihre beiden aufgelösten Freundinnen, die sich über sie neigten, und eine wütende Madam Salaam, im Begriff sich zu erheben und sie mit eigenen Händen vor die Tür zu setzen.

»Verzeihen Sie bitte, daß ich Sie zu einem so ungelegenen Zeitpunkt gestört habe –« begann sie, ehrlich bekümmert über das Unheil, das sie angerichtet hatte. Doch Madam Salaam war inzwischen wieder auf den Beinen und stürzte sich auf sie, wobei ihre schwarzen Augen böse funkelten, weil man sie betrogen hatte. Abigail drehte sich um und lief davon. Sie griff nach ihrem Umhang und, dankbar, daß die Tür sich leicht öffnen ließ, befand sie sich auf der Veranda, bevor die zornige Spiritistin ihrer habhaft werden konnte.

Maude bat, sie beim Whistspiel zu entschuldigen, und rannte, sobald sie den Salon verlassen hatte und keiner der Gäste ihre Eile bemerken konnte, die Treppe zu Abigails Suite herauf. Da sie selbst Abigail in die weibliche List eingeweiht hatte, je nach Bedarf eine Migräne vorzuschützen, hatte sie Abigails Entschuldigung, nicht am Abendessen teilzunehmen, keinen Augenblick geglaubt. Da Jason Aldrich unten im Salon vor sich hinschmachtete, mußte Abigail entweder wirklich krank sein und nicht nur unpäßlich, wie sie vorgegeben hatte, oder sie war unterwegs zu einem bedenklichen Unterfangen. Maude war so sicher, daß es sich um eine Täuschung handelte, daß sie erst zufrieden war, wenn sie mit eigenen Augen gesehen hatte, daß Abigail wirklich im Bett lag. Ihr Partner, Mr. Clayborne, war ein langsamer und bedachtsamer Spieler, und als sie Strohmann geworden war, hatte sie endlich Gelegenheit gehabt, zu verschwinden.

Etwas außer Atem von der ungewohnten Anstrengung, preßte sie das Ohr an Abigails Tür. Da sie vermutete, daß sie abgeschlossen war, drückte sie die Klinke herab. Zu ihrem großen Erstaunen war sie unverschlossen, und da sie den Eindruck hatte, daß die Situation es erforderte, beging sie den unverzeihlichen Schritt, die Tür zu öffnen, ohne vorher zu klopfen und zu warten, bis man sie hereinbat. Was sie noch mehr überraschte und bekümmerte, war, daß sie im Licht, das vom Flur hereinfiel, deutlich Abigails stille Gestalt auf dem Bett liegen sah, das Gesicht dem Fenster zugekehrt.

Maude war im Begriff, die Tür wieder zu schließen und zum Whisttisch zurückzueilen, als ihr der Gedanke kam, Abigail könne wirklich krank sein, da sie die Gelegenheit ausließ, mit ihrem Anbeter zusammen zu sein. Außerdem war sie Abigail eine Abbitte schuldig – wenn nicht für den Verdacht, um dessentwillen sie jetzt heraufgekommen war, dann zumindest wegen des Argwohns, den sie gehegt hatte, weil Abigail am Nachmittag so lange beim Einkaufen gebraucht hatte. Sie ließ die Tür einen Spalt offen, damit sie im Schein der Flurlampen in dem dunklen Zimmer etwas sehen konnte, und ging auf Zehenspitzen ans andere Ende des Bettes.

Während sie die stille Gestalt betrachtete, überlegte Maude, ob Abigail plötzlich mit einer Nachthaube schliefe. Sie hatte die Decken bis über den Kopf gezogen, so daß nur die Haube hervorlugte, was Maude zwang, sich über das Bett zu beugen, wenn sie nicht rufen wollte, um verstanden zu werden. »Miss Danforth«, flüsterte sie in der Hoffnung, Abigail würde nicht zu tief schlafen, um sofort wachzuwerden.

Als Abigail keine Antwort gab, beugte Maude sich noch tiefer herab. Einmal wollte sie es noch versuchen. Würde das Mädchen nicht antworten, wüßte sie, daß sie wahrscheinlich einen Schlaftrunk genommen hatte und bis zum nächsten Morgen nicht geweckt werden konnte. Doch bevor Maude den Mund zu einem erneuten Flüstern öffnen konnte, gab die reglose Gestalt unter der Bettdecke einen Schreckensschrei von sich.

Maude fuhr zurück. Sie legte die Hand auf ihr heftig schlagendes Herz, bereute ihre Entscheidung, Abigail zu wecken und setzte zu einer Entschuldigung an. Doch noch ehe ihr die Worte von den Lippen kamen, zog Jacqueline mit weit aufgerissenen Augen die Decken von ihrem Gesicht und starrte sie an, als stünde ein Gespenst aus ihrem Alptraum vor ihr.

Empört über Abigails Falschheit, die Bestätigung ihres Verdachts vor Augen, schwang in Maudes Stimme selbstgerechte Entrüstung mit, als sie fragte: »Wo ist Miss Danforth?«

»Je ne sais pas, Mademoiselle«, sagte Jacqueline und bekreuzigte sich.

Maude starrte das zu Tode erschrockene Mädchen an. Jacquelines Gesichtsausdruck verriet ihr, daß sie nichts wußte und nichts dabei herauskommen würde, sie zu befragen. Mit einem unwilligen Seufzer und einem Blick zum Himmel, mit dem sie um mehr Geduld flehte, wandte sie sich zum Gehen.

Jacqueline kniete im Bett, rang flehentlich die Hände und folgte Maudes Abgang aus dem Zimmer mit Blicken. »Bitte, um Miss Danforth' willen, erzählen Sie niemandem etwas davon«, schluchzte sie.

Maude ließ sich zu keiner Antwort herab und schloß nachdrücklich die Tür hinter sich.

Halstons Verdauungsmittel wirkte nicht. In den letzten Tagen hatte er eine ganze Zwölfer-Packung genommen, heute morgen nach dem Frühstück hatte er sogar zwei statt eines der übelschmeckenden Päckchen in Wasser aufgelöst. Aber die heißen Pfannekuchen und der Speck saßen wie ein kompakter Kloß unter seinen Rippen, als hätte er einen ganzen Teller davon zusammen mit dem Kaffee hinuntergeschluckt. Und jetzt hatte dieses Brennen wieder eingesetzt.

Als Butler einer der prominentesten Familien San Franciscos hatte er den Gipfel seiner beruflichen Karriere erreicht, und war sein winziges Büro auch sehr beengt, so war es doch die Schaltzentrale einer großen Villa am Nob Hill. Mit Ausnahme eines Postens in einem Haus des europäischen Adels gab es keine höhere Position, die es anzustreben galt. Er hatte auch keine Ambitionen in dieser Hinsicht. Tatsächlich war es sein glühendster Wunsch, dort bleiben zu können, wo er war, bis er in den Ruhestand ging, um sein Alter, wenn auch nicht als reicher Mann, so doch als wohlangesehener Angehöriger der Mittelschicht zu verbringen. Sein Gehalt war kaum der Rede wert, aber man brauchte nicht viel Phantasie, um sich die zahlreichen Extraverdienste in einem Haus vorzustellen, in dem die demonstrative Zurschaustellung des Reichtums zur Tagesordnung gehörte. Das einzig Ärgerliche war, daß seine Aufgaben seit kurzem täglich wechselten, seit Mrs. Bradshaw es für nötig gehalten hatte, alle Dienstboten in einer Achtstundenschicht arbeiten zu lassen, bis auf ihn selbst und die Haushälterin, und die Haushälterin hatte gekündigt. Außerdem konnte man Mr. Bradshaw immer schwerer etwas recht machen; zum Beispiel, als Miss Cunningham nach dem Abendessen nach Miss Danforth gesehen und festgestellt hatte, daß sie unpäßlich war und mit einem jener Migräneanfälle im Bett lag, die Frauen ständig bekamen. Bradshaw hatte sich nicht für Miss Cunninghams Ausdruck interessiert, als sie das gesagt hatte; er sagte, sie sähe aus, als wittere sie Unrat, und er bestehe darauf, daß Miss Danforth' Anwesenheit in ihrem Zimmer überprüft werde, verdammt noch mal. Halston schüttelte gequält den Kopf, während er sich seinen schmerzenden Magen rieb und wartete, daß Tina erschien. Sie hatte den Befehl, ihm nur Bericht zu erstatten, wenn sie etwas Ungewöhnliches bemerkte. Deshalb hätte sie sich sicher nicht bei ihm gemeldet, wenn Miss Danforth krank im Bett gelegen hätte, und er war nahe daran gewesen, Bradshaw die Lüge aufzutischen, er habe es kontrolliert. Aber wenn Bradshaw je dahinterkäme, würde er auf der Stelle entlassen, und so hatte er, obwohl er sich wie ein Narr vorkam, nach ihr geschickt. Er würde es nicht zulassen, daß ein törichtes Mädchen wie Miss Danforth ihn von seinem lukrativen Posten verdrängte, selbst wenn sie Mr. Bradshaw zu noch so unsinnigen Handlungen veranlaßte.

Es klopfte leise. Statt herein! zu rufen und sich zum Gespött zu machen, falls niemand da war, erhob er sich aus dem Sessel hinter seinem vollgestopften Schreibtisch und öffnete die Tür einen Spalt.

Mit zitternden Knien stand Tina in der Tür, sicher, daß man ihre Beteiligung an Miss Danforth' Fahrt mit dem Speisenaufzug entdeckt hatte und sie nun entlassen wollte. Sie hatte ein langes Gespräch mit ihrer Mutter gehabt, als sie ihr Abigails Goldstück gegeben hatte, in dem ihre Mutter sie zu Recht darauf hingewiesen hatte, daß, obgleich Abigails Großzügigkeit bestimmt nicht zu verachten war – dabei hatte die Mutter die Münze in ihre Tasche gesteckt – Tina daran denken müsse, daß es schließlich die Bradshaws waren, bei denen sie ihr Brot verdiene. Das heißt, auch wenn sie nicht ungefragt erzählen sollte, was ein Hausgast tat, weil dieser Hausgast sie für ihr Stillschweigen bezahlte, sollte sie immer daran denken, daß sie, wenn sie Glück hatte, noch lange in diesem Haushalt bleiben würde, nachdem der Gast wieder abgereist war. Da sie außerdem dafür bezahlt worden war, gerade alles über diesen Gast auszuplaudern, war es das mindeste, was sie für ihr Geld tun mußte, das zu sagen, was sie wußte – wenn sie danach gefragt wurde. Sie brauchte ja das Goldstück nicht zu erwähnen, sondern könnte andeuten, daß man ihr Schläge angedroht hatte, wenn sie nicht das tat, wofür sie bezahlt worden war. Dankbar für die vernünftigen Ratschläge und willig, alles zu tun, um ihren Job zu retten, fühlte Tina sich dennoch zutiefst erschrocken und völlig fehl am Platz, als sie Halstons Allerheiligstes, sein dunkles, vollgestopftes Büro betrat.

Als er ihre Angst spürte, war Halston geradezu geschmeichelt. Das zeugte von der angemessenen Achtung gegenüber seiner gehobenen Stellung. Um ihr die Befangenheit zu nehmen, bedeutete er ihr, auf dem steiflehnigen Stuhl neben seinem Schreibtisch Platz zu nehmen.

Die Spitzen ihrer Stiefel berührten kaum den Boden, als sie sich wie befohlen zurücklehnte. Den Blick starr auf ihre im Schoß gefalteten Hände gerichtet, wartete sie ängstlich, bis das Schwert herabsauste.

Halston saß schwerfällig in seinem Sessel. Angetan von ihrer bescheidenen Haltung, und ohne zu wissen, wie er beginnen sollte, hielt er die Hand vor den Mund und räusperte sich unnötigerweise. »Nun?« fragte er, das Wort verschwörerisch in die Länge ziehend.

Den Kopf weiterhin gesenkt, sah ihn Tina zwischen den Wimpern hindurch an. »Nun was, Sir?« fragte sie schüchtern.

Halston richtete sich auf. »Was haben Sie mir zu sagen?« fragte er ungeduldig.

Tina zuckte die Achseln und blieb stumm, da seine Frage vieles bedeuten konnte.

Halston entschloß sich zu einem Schuß ins Blaue. »Ich weiß alles über Miss Danforth' Eskapaden«, sagte er listig.

Die Augen vor Verwunderung aufgerissen, starrte sie ihn an. »Wirklich?« fragte sie ehrfürchtig.

»Ja«, sagte er stirnrunzelnd. Überrascht und hocherfreut über ihre Reaktion, fuhr er in wissendem Ton fort. »Wenn Ihnen Ihre Stellung lieb ist, sagen Sie besser alles, was Sie wissen.«

Daraufhin öffneten sich die Schleusentore. Erleichtert, daß er bereits Bescheid wußte und sie also niemanden verraten mußte, erzählte Tina ihm alles.

Halston war der Reihe nach entsetzt, wütend und beeindruckt von dem, was er hörte. Ungläubig fragte er Tina genauestens über die Sache mit Abigails Schnurrbart und Hosen aus, die allerdings genau zu Peters Geschichte über den Ausritt mit dem Pferd paßte.

Als Tina schließlich bei Abigails wohlbehaltener Rückkehr durch den Speisenaufzug in ihr Zimmer angelangt war, raste Halstons Magen vor Schmerz. Es blieb ihm nichts anderes übrig, als Bradshaw alles zu erzählen. Aber wie würde der Mann die unglaubliche Nachricht verkraften, daß sich nicht nur eine tolle und unwahrscheinliche Eskapade unter seinen Augen zugetragen hatte, sondern zwei? Und eine weitere noch für diesen Morgen geplant war. Würde er auf der Stelle entlassen? Würde Tina gefeuert?

Er entließ das verwirrte Mädchen mit dem Befehl zu warten, bis er mit Bradshaw gesprochen hatte, und schloß die Tür hinter ihr. Er setzte sich an den vollen Schreibtisch, stützte die Ellbogen auf und vergrub den Kopf in den Händen.

Ehe sie zum Frühstück nach unten ging, klopfte Maude an Abigails Tür. Nachdem man sie hereingerufen hatte, durchquerte sie langsam den Raum, bis sie vor Abigail stand, die aufrecht im Bett saß, eine rüschenbesetzte Bettjacke über dem Nachthemd. Als Abigail ihre Gegenwart schließlich mit einem schwachen Lächeln zur Kenntnis nahm, fragte Maude ruhig: »Wo waren Sie gestern abend?«

Das hatte Abigail erwartet. Daß es ihr trotz ihres Einsatzes mißglückt war, ein Gespräch mit Mrs. Davenport zu führen, war zwar enttäuschend, aber sie war zufrieden darüber, ihren Fluchtweg so erfolgreich ausprobiert zu haben. Sie gab sich Mühe, jeden Groll aus ihrer Stimme zu verbannen, als sie mit einem schnellen, ungerührten Blick auf Maude sagte: »Jacqueline hat mir erzählt, daß Sie mich gestern abend kontrollieren wollten.«

Entschlossen, sich nicht wieder auf einen Streit einzulassen, fragte Maude gleichbleibend ruhig: »Gönnen Sie mir die Ehre einer offenen Antwort, Miss Danforth?«

Abigail, die sich darauf konzentrierte, eine imaginäre Fluse von der Decke zu entfernen, antwortete: »Ich war bei Madam Salaam.«

Maude runzelte die Stirn. »Und wer, bitte, ist Madam Salaam?«

»Eine Spiritistin«, erwiderte Abigail mit einem lässigen Schulterzucken und einem schnellen Blick auf Maude.

»Eine Spiritistin!« rief Maude und erstarrte. »Aber weshalb denn?«

Wieder zuckte Abigail die Achseln. »Man hat mir glaubhaft versichert, daß sie wirklich über die Gabe verfügt, Verbindung mit dem Jenseits aufzunehmen.«

Maude sah sie mißtrauisch an. »Und weshalb wollten Sie, daß sie diese Verbindung herstellt?«

Abigail sah sie offen an. »Ich hatte gehofft, sie würde Charles erreichen.«

Alle Farbe wich aus Maudes Gesicht, und sie nahm mit düsterem Gesichtsausdruck auf der Bettkante Platz.

Indem sie sich sagte, daß es zumindest zur Hälfte der Wahrheit entsprach, streckte Abigail tröstend die Hand nach Maude aus und fuhr fort: »Ich dachte, er könnte mir vielleicht sagen, wer ihn umgebracht hat.« Sie zog ihre Hand zurück, um wieder an der Bettdecke zu zupfen.

Maude schloß die Augen, um die aufsteigenden Tränen zu verbergen, und fragte mit heiserer Stimme: »Und haben Sie Kontakt aufgenommen?«

Während sie darauf wartete, daß Maude die Augen öffnete und ihr Kopfschütteln sah, was sie für schonender hielt, als unumwunden nein zu sagen, fragte sich Abigail, ob sie es je wagen sollte, ihr Herz so völlig an einen anderen Menschen zu verlieren, wenn es so schmerzlich war, den Verlust dieses Menschen zu ertragen.

Maude schniefte und holte ein Taschentuch hervor. »Verzeihen Sie, Miss Danforth«, sagte sie und tupfte sich die Augen. »Ich dachte, solche Gefühlsausbrüche hätte ich hinter mir.«

Abigail ergriff Maudes freie Hand. »Bitte entschuldigen Sie sich nicht«, sagte sie sanft, mehr denn je entschlossen, Charles' Mörder seiner gerechten Strafe zuzuführen.

Bradshaw war so still, während sein Butler ohne Unterbrechung Tinas Geständnis wiedergab, daß Halston sich fragte, ob sein Herr im Sitzen hinter seinem Schreibtisch eingeschlafen war. Doch Bradshaws Schweigen während des Berichts erwies sich als die Stille vor dem Sturm. Obwohl er höchst erleichtert war, daß sich Bradshaws Wut gegen Abigail richtete, fürchtete Halston, den Mann rühre auf der Stelle der Schlag, während er über das unmögliche Benehmen des Mädchens schimpfte und tobte.

Einmal war es soweit, daß Halston unter Magenkrämpfen bereits die Hand auf der Türklinke hatte, um die Missetäterin zu holen, doch dann hatte Bradshaw, das Gesicht noch immer hochrot vor Ärger, seine Meinung geändert. Anstatt Abigail auf der Stelle herbei zu zitieren, sie mit ihren Schandtaten zu konfrontieren und sie unter vier Augen auszuschimpfen, war ihm ein besserer Plan eingefallen, und obwohl sie es verdient hatte, empfand Halston eine Spur Mitgefühl für das Mädchen.

Da er jetzt von ihrer Absicht wußte, an diesem Vormittag aus dem Haus zu entfliehen, schwor Bradshaw, sie persönlich hilflos im Speisenaufzug abzufangen und sie vor den Dienstboten bloßzustellen. So auf frischer Tat ertappt, konnte ihr niemand zu Hilfe eilen oder ihn daran hindern, sie entsprechend zu bestrafen. Dann würde sie in Schande aus dem Haus geworfen und zu ihrem Vater nach Hause geschickt; und ihr Plan, nach Hawaii zu reisen, wäre ebenfalls zunichte gemacht.

Nachdem alles genau geplant war, entließ Bradshaw seinen Butler und nahm, innerlich vor der zu erwartenden Reaktion zurückschreckend, den Telefonhörer ab.

Der Alte bekam vor Wut fast einen Schlaganfall, als er von Abigails Eskapaden hörte. Bradshaw hatte um das Leben des Mannes gefürchtet, doch letztlich war er doch froh, mit ihm gesprochen zu haben, bevor sie erneut versuchte, sich aus dem Haus zu stehlen. Als der Ausbruch des Vulkans erst einmal vorüber war, dachte der alte Mann sich etwas aus für Miss Danforth, das weitaus teuflischer war als sein eigener Plan.

13. Kapitel

Sobald Maude gegangen war, ließ Abigail sich denselben kleinen Hut und denselben engen Rock bringen, den sie bei dem mißglückten Treffen mit der Spiritistin getragen hatte, und bereitete sich auf ihre erneute Flucht mit Hilfe des Speisenaufzugs vor, um Jack London zu treffen.

Nach einem prüfenden Blick auf die goldene Uhr, die an ihr Mieder geheftet war, schätzte sie, daß Tina nun unten mit ihrem Umhang warten würde. Jacqueline trippelte voraus, um sich zu vergewissern, daß die Luft rein war. Als Abigail, alle Sinne hellwach, ihr folgte, wurde sie von einer bösen Vorahnung ergriffen. Das Haus war irgendwie zu still.

Als sie sich in dem Speisenaufzug zusammenkrümmte, kam sie sich vor wie ein Tier in der Falle, und in einem Anflug von Panik hatte sie nur den einen Wunsch, der Beengtheit zu entfliehen, als Jacqueline die Türen schloß. Das Knarren und Quietschen des Zugs und der Seile, als Kinkade sie herunterließ, schien im ganzen Haus widerzuhallen.

Bradshaw hinterließ beim Auf- und Abgehen beinahe eine Spur auf dem Teppich seines Arbeitszimmers, bis die Zeit von Abigails Flucht näherrückte. Immer wieder zog er seine Uhr aus der Westentasche. Seine Hände schienen zu kribbeln. Es kam selten vor, daß er die Küche seiner Villa aufsuchte. Er legte keinen Wert darauf, daß man ihn sah und über seine Anwesenheit später im Haus geklatscht wurde. Halston würde dafür sorgen, daß er keinen Dienstboten begegnete; je weniger von ihnen mitbekamen, was vorging, um so besser.

Endlich war es Zeit zu gehen. Er kam sich vor wie ein Dieb im eigenen Haus, als er verstohlen die Tür seines Arbeitszimmers öffnete und den Flur entlang blickte, dann zur Hintertreppe eilte und sie auf Zehenspitzen hinunterging.

Nachdem er Halston im Anrichteraum getroffen hatte, hielt er fast den Atem an, während er darauf wartete, daß Abigail auftauchte. Mit ungläubigem Kopfschütteln beobachtete er, wie sie sich mit Hilfe von Tina und Kinkade aus dem Speisenaufzug herauswand. Es gelang ihr sogar, elegant auszusehen, was nach dem Eingezwängtsein wahrhaft erstaunlich war.

Auch wenn es ihm schwerfiel, dazustehen und zuzusehen, wie sie so mühelos entkam, blieb ihm keine andere Wahl. Er mußte zugeben, daß der Alte recht hatte. Es war viel schlauer, sie nicht aufzuhalten, sondern Peter hinter ihr herzuschicken und herauszubekommen, wen sie so unbedingt sprechen wollte. »Lassen wir sie diesmal noch entkommen«, flüsterte er Halston zu. »Das nächste Mal ereilt sie ihr Schicksal.«

Kinkade lotste sie aus dem Haus und blieb einen Moment stehen, bevor sie den Bürgersteig betraten, und suchte die Straße nach dem Mann in der abscheulichen Kleidung ab. Er hatte den Brougham wieder bei Thomas bestellt und wollte herausfinden, ob zur Ausrüstung auch ein Spion gehörte. Hätte Kinkade nicht nach ihm Ausschau gehalten, hätte er den Burschen nicht bemerkt, der neben seinem ein Stück weiter abwärts geparkten Gespann stand, in derselben Fahrtrichtung wie das ihre, das in der Nähe auf den Beginn der Fahrt wartete. Der Mann schien sich darauf zu verlassen, daß sie, da sie in der Mitte der Reihe standen, den Kutscher anweisen würden vorzufahren, und er dann ausscheren und ihnen unbemerkt folgen könnte.

Kinkade riet Abigail, sich hinter dem Zaun zu verstecken, und betrat wie zufällig die Straße, als wolle er sie hinter ihrer wartenden Kutsche überqueren. Auf der Fahrerseite angekommen und den Blicken ihres Verfolgers durch den Wagen verborgen, klopfte er laut mit seinem Spazierstock, um die Aufmerksamkeit des Kutschers auf sich zu lenken. Als ihm dies gelungen war, zeigte er mit dem Stock auf ihren Verfolger und befahl dem Kutscher zu warten, bis der Mann in die andere Richtung blickte. Dann sollte er losfahren und in flottem Tempo den Hügel hinabtraben, so als wären seine Fahrgäste eingestiegen und hätten ihn zur Eile angetrieben.

Nachdem er seinen Gang auf die Straße beendet hatte, schlenderte Kinkade gemächlich den Hügel hinauf. Er hörte ihren gemieteten Brougham losfahren, und ein breites Lächeln verwandelte sein Boxergesicht, als er sich umdrehte und sah, wie ihr Verfolger in seinen Wagen sprang und ihrer leeren Kutsche folgte.

Er eilte zu Abigail zurück, begleitete sie bis zur Ecke und winkte einer vorbeifahrenden Droschke. Obwohl sie schmutzig war und nach Pferdeurin roch, brachte sie sie sicher bis zur Ecke Dupont und Jackson, so daß Abigail pünktlich zu ihrer Verabredung mit Jack London kam.

Wie Abigail vermutet hatte, warf Kinkade nur einen Blick auf die unfeine Kleidung des jungen Schriftstellers und verurteilte sie. Dennoch überließ er sie seiner Obhut und erklärte sich bereit, an der Ecke auf ihre Rückkehr zu warten, denn Jack bestand darauf, er und Abigail müßten Chinatown allein aufsuchen.

Abigail raffte einen Teil ihrer Röcke und hob sie ein Stück, um sie nicht durch den Unrat zu schleifen, der sich in den Straßen türmte. »Wohin gehen wir?« fragte sie.

»Wir besuchen die Königin der Katzen«, erwiderte Jack, während er ungezwungen ihre freie Hand ergriff, damit sie nicht getrennt wurden auf ihrem Weg durch Straßen, die für Pferd und Wagen zu eng waren. An bemalten Balkonen hingen Glockenspiele und blumengeschmückte Laternen. Auch das kleinste bißchen Raum zwischen den einzelnen Läden war mit scharlachroten, mit goldenen chinesischen Schriftzeichen bedeckten Tafeln verziert. Die chinesischen Hausfrauen befanden sich fast ausschließlich im Innern der Häuser, aber in den Straßen wimmelte es von Chinesen jeder Größe und jeden Alters, Filzhüte mit weicher Krempe oder spitz zulaufende Hüte tragend und den unvermeidlichen, herabbaumelnden Zopf, in wattierten Jacken mit Stehkragen und weichen Schuhen. Eine Unterhaltung war nicht mehr möglich, da die Verkäufer, die ihre Waren lautstark anpriesen, und die Kunden, die um Preise feilschten, die Luft mit einem heiseren Singsang erfüllten.

Als sie den Antiquitätenladen endlich erreichten, war Abigail mehr als wütend. Sie verabscheute es aus tiefstem Herzen, an der Hand genommen und wie ein Kind vorwärts gezogen zu werden. Sie hatte von Natur aus einen forschen Gang, aber sie hatte mehr als einmal ihre Hand aus der seinen befreien müssen, um nicht von jemandem umgerannt zu werden, dem Jack ausweichen konnte, weil er zwei Schritte vor ihr ging.

Bevor Jack die Tür des Ladens öffnen konnte, ließ sie ihren Rock herunter und zupfte ihn am Ärmel. »Warum sind wir hier?« fragte sie.

Da er diese Frage erst ein paar Häuserreihen zuvor beantwortet hatte, sah er sie an, als wäre sie taub. »Um die Königin der Katzen aufzusuchen«, erwiderte er so langsam, als spräche er zu einer Stummen.

»Das weiß ich!« rief sie ärgerlich, im Begriff, vor Enttäuschung mit dem Fuß aufzustampfen. »Aber warum suchen wir sie auf?«

»Ich weiß selbst nicht, warum, Miss Danforth«, erwiderte er etwas freundlicher. »Ich weiß nur, daß Charles oft von ihr gesprochen hat und hier in der Nähe umgebracht wurde. Sie weiß vielleicht etwas oder kennt jemanden, der etwas weiß.« Er nahm seine Kappe ab und öffnete die Tür, und bevor Abigail noch etwas sagen konnte, befanden sie sich im Innern des Ladens.

Exotische Düfte, zu stark, um sie auseinanderzuhalten, umnebelten ihre Sinne, als Jack die Tür hinter ihnen schloß. Abigail meinte, einen Hauch von Sandelholz zu riechen, doch die in der Luft hängende Mischung aus Gewürzen und aromatischen Düften war zwar nicht unangenehm, aber so seltsam, daß sie den Eindruck hatte, in ein anderes Land versetzt worden zu sein, und nicht nur einen Antiquitätenladen betreten zu haben. Ein Chinesenjunge mit steinerner Miene, der eine hohe schwarze Seidenkappe trug und einen Zopf besaß, der so lang war, daß er darauf hätte sitzen können, winkte ihnen stumm zu folgen.

Das träge Klingeln der Glockengeläute schien aus allen Ecken auf sie einzudringen, obwohl es in dem engen, übervollen Raum keinen Luftzug gab, der sie hätte in Bewegung versetzen können. Das Gefühl, sich am falschen Ort zu befinden, vertiefte sich mit jedem Schritt, mit dem sie weiter in den düsteren Raum vordrangen.

Immer noch undefinierbar und doch nicht unangenehm, veränderten sich die Gerüche und verstärkten sich, als sie dem Jungen eine schmale Treppe hinab in den hinteren Teil des Ladens folgten. Ein Korridor führte zu einem Perlenvorhang, den der Knabe beiseite hielt, damit Abigail den nur von einzelnen Kerzen schwach erhellten Raum betreten konnte. Sie blinzelte erstaunt.

Eine gewaltige weibliche Buddhagestalt thronte mit gekreuzten Beinen auf einem gepolsterten Podest mit riesigen Satinkissen. Verflochten mit ihrem dichten schwarzen Haar, mit einem juwelenbesetzten Aufbau, der Schnüre von erlesenen Edelsteinen und kostbaren Perlen trug, war ihr Kopfschmuck das kunstvollste Gebilde, das Abigail je gesehen hatte. Sie konnte kaum erkennen, wo der Kopfschmuck endete und die baumelnden Ohrgehänge anfingen. Ihr schweres Atmen hielt den Kopf der Frau in Bewegung, so daß ständig etwas an ihr klimperte und klapperte. Abigail konnte sich insgeheim die Frage nicht verkneifen, wie sie mit dem Perlenvorhang zurechtkam, ohne ihren

Kopfschmuck zu verlieren. Oder wie die riesige Frau sich überhaupt bewegte.

Ihre Augen und ihr Mund schienen in das Gesicht geritzt, wie man Schnitte in Brotteig macht. Fleischwülste machten es unmöglich, ihr Alter zu schätzen. Ein Kimono, der die Ausmaße eines Zeltes hatte und in winzig kleinen Stichen aus Seidengarn mit unzähligen Vögeln und Bäumen bestickt war, konnte das Gebirge ihres Körpers nicht verbergen.

Obwohl sie fest entschlossen war, sich die Furcht nicht anmerken zu lassen, die sie in Gegenwart einer so exotischen Person empfand, blinzelte Abigail erneut, als die alterslose Frau ihre Hand aus der Tiefe ihres Kimonoärmels streckte und ihnen bedeutete, Platz zu nehmen. Ihre goldglitzernden Nägel waren so lang, daß sie sich wie die Hörner eines Widders nach innen rollten.

Abigail ließ sich auf einen Stapel Seidenkissen sinken, Jack nahm unweit von ihr auf einem anderen Stapel Platz. Sie spürte einen Anflug von Besorgnis, als sie entdeckte, daß hinter der Königin der Katzen Rauchwolken in die Luft quollen, bis sie merkte, daß er aus Töpfen aufstieg, in denen stark riechender Weihrauch verbrannt wurde. Der Knabe kniete an der Seite der Königin auf Kissen.

Unterstrichen durch das Geklimper ihres Kopfschmucks, klang die Stimme der Königin nasal, angesichts ihrer Körperfülle überraschend hoch und genauso angestrengt wie ihr Atmen: »Ich grüße euch.«

Jack verneigte sich. »Ich grüße Euch, Majestät.«

Abigail nickte förmlich mit dem Kopf, wie bei der Vorstellung eines neuen Bekannten.

Man konnte unmöglich erkennen, ob die Frau lächelte,

aber es hätte der Fall sein können. Sie wandte sich an Jack und fragte: »Du Freund Charles Davenport?«

»Ja«, erwiderte Jack. »Wir hatten gemeinsame politische Interessen.«

Ihr anerkennendes Nicken brachte ihren klirrenden Kopfschmuck ernsthaft in Gefahr. Schwer atmend blickte sie Abigail an. Sie brauchte nicht zu sprechen.

»Ich kannte Mr. Davenport zu seinen Lebzeiten nicht«, antwortete Abigail, als hätte man ihr eine direkte Frage gestellt.

Die Königin zuckte leicht die Achseln, was alles an ihr in Bewegung versetzte.

»Mr. Davenport wurde hier in der Nähe getötet«, sagte Jack.

»Viele Leute hier in der Nähe getötet«, sagte die Königin, wobei sie die englischen Wörter zu einzelnen Silben zerhackte. »Ah Hop gestern hier in der Nähe getötet.« Sie zuckte die Achseln.

»Wenn ich das, was Sie sagen, korrigieren darf, ohne Sie zu kränken, Mr. London«, wandte sich Abigail mit einem leichten Lächeln an den jungen Schriftsteller. »Vielleicht sollten wir sagen, daß Mr. Davenport hier in der Nähe ermordet wurde.«

»Viel Mord in Chinatown, Miss Danforth«, erwiderte die Königin gleichmütig.

»Ich möchte Mr. Davenports Mörder finden«, sagte Abigail ernst.

Die Königin sah Abigail mißtrauisch an. »Ganz San Francisco glauben, Charles' Tod Unfall«, sagte sie. Sie zog eine Hand aus ihrem weiten Kimonoärmel und zeigte mit einer ihrer Krallen auf Abigail. »Warum nicht du?«

»Ich habe ein Zeichen erhalten«, sagte Abigail bestimmt.

»Zeichen?« fragte die Königin sarkastisch. »Was für Zeichen?« Sie reckte den Kopf, so daß ihr Kopfputz in Schräglage geriet, starrte an die niedrige Decke und breitete die Arme aus. »Himmel spricht?«

Gekränkt von dem gönnerhaften Verhalten der massigen Frau, erwiderte Abigail hochmütig: »Man hat mir einen abgehackten Hahnenkopf geschickt.«

»Aaaah, Kriiieeg!« seufzte die Königin zufrieden.

»Der Junge, der ihn mir gebracht hat, wurde von einem Wagen überfahren«, fuhr Abigail, etwas besänftigt von der Reaktion der Königin, fort. »Niemand würde mir drohen, wenn ich nur einen Unfall untersuchte.« Sie zuckte die Achseln. »Es muß sich um Mord handeln.«

»Jaaa«, sagte die Königin gedehnt und ließ ihre Hände wieder in den Kimonoärmeln verschwinden.

»Mr. London scheint der Ansicht zu sein, daß Sie mir bei der Suche nach dem Mörder behilflich sein können«, sagte Abigail mit einem Blick auf Jack.

»Ich?« Das Wort schien vier Silben zu haben, so argwöhnisch sprach es die Königin aus.

»Ja«, sagte Jack. »Charlie hat oft von Ihnen gesprochen. Er hat mir nie erzählt, wie oder weshalb Sie sich begegnet sind. Nur, daß Sie diese fabelhafte Person seien, die er kannte.«

»Charlie fabelhaft«, erwiderte sie bestimmt.

»Können Sie mir helfen?« fragte Abigail.

»Ich weiß nicht«, stieß sie keuchend hervor. »Ich erzähle Geschichte.« Sie zuckte die Achseln und brachte wieder ihren Kopfschmuck zum Klirren. »Du sagen, ob hilft.«

»Wo haben Sie Charlie kennengelernt?« fragte Jack.

»Selbe Geschichte«, erwiderte die Königin mit einer Art heiserem Lachen.

Abigail nahm eine bequemere Haltung auf den Kissen ein.

Völlig unerwartet, mit einer einzigen ausladenden Geste, zog die Frau die Hand aus dem Ärmel, hob sie über den Kopf und zerteilte damit die Luft wie mit einem Beil. »So, sie bringen Mann um!« schrie sie.

Abigail zuckte zusammen.

Keuchend vor Anstrengung fuhr die Königin in bitterem Ton fort. »Ich habe nur einen Sohn. Schwarzer Panther beschützt mich.« Wieder hob sie den Arm und durchschnitt damit die Luft. »So, sie bringen Schwarzen Panther um!« rief sie, als ihr Arm herabsauste.

Abigail warf Jack einen Blick zu. Er starrte die Königin wie hypnotisiert an.

»Schwarzer Panther nur haben ein Mädchen.« Die Königin machte eine Pause, um Atem zu holen, ehe sie traurig fortfuhr: »Sie nehmen Tiger Rose.« Wieder hielt sie inne, um Luft zu schöpfen. »Sie verkaufen als Sklavin!« rief sie verzweifelt.

Abigail schauderte.

»Charlie sie retten«, fuhr die Königin fort.

»Wirklich?« rief Abigail und sah Jack an. »Wie denn?«

»Holt Tiger Rose«, sagte die Königin fröhlich. »Von Schiff nach Hong Kong.«

»Wer sind sie, Majestät?« fragte Abigail.

»Suey Tong.«

Der Mut verließ sie, noch während sie die Frage stellte. »Glauben Sie, daß sie Charles umgebracht haben?«

»Ich bin Feind«, erwiderte die Königin mit einem unverbindlichen Schulterzucken. »Charlie ist mein Freund. Er auch Feind von Suey Tong.«

»Warum sind Sie nicht zur Polizei gegangen?« fragte Abigail.

Diesmal war das Gelächter der Königin klar zu erkennen.

»Ach so!« Abigail erinnerte sich an Jacks Worte. »Der Läufer kann den Fluß nicht überqueren!«

»Du spielen Schach?« fragte die Königin, als sie sich wieder beruhigt hatte.

»Nein, Ma'am.« Abigail errötete. »Ich weiß nicht, wie man es spielt.«

»Kluges Kind, das weiß, was es nicht weiß.« Die Königin nickte beifällig.

Da sie Zeit gewinnen wollte, um ihre Gedanken zu sammeln, sagte Abigail höflich: »Ich würde gern mehr erfahren.«

Mit einer Handbewegung erteilte die Königin dem knienden Jungen an ihrer Seite auf chinesisch einen Befehl.

Er sprang auf und sauste gehorsam davon.

»Chinesisches Schachbrett in zwei Teilen«, fuhr die Königin fort. Als ihre Hand durch die Luft schnitt, um die Trennung zu veranschaulichen, wies eine goldene Kralle auf eine imaginäre Trennungslinie, und sie sagte: »Fluß.«

Abigail nickte zum Zeichen, daß sie verstanden hatte.

»Läufer mächtig«, fuhr die Königin fort. »Kann nicht überqueren. Bauer schwach. Überqueren Fluß. Werden Gauner. Gehen zurück. Stärker als Läufer.«

»Sie überqueren den Fluß nicht?« fragte Abigail, die versuchte, aus der Allegorie schlau zu werden.

»Lilienfüße, Miss Danforth«, sagte die Königin. Mit einer vielsagenden Geste zeigte sie auf ihre enorme Leibesfülle. »Ich gehe nirgendwohin.«

Abigail erschrak innerlich. Sie hatte von der äußerst

schmerzhaften Praxis des Füßebindens gehört. Wenn ein Mädchen zwischen drei und acht Jahre alt war, wurden ihre Zehen unter den Fuß gepreßt, der Fuß geradegezogen, bis er in einer Linie mit dem Bein verlief, und eine Bandage von den Zehen bis zum Knöchel fest darum gewickelt, so daß ein normales Wachstum verhindert wurde. Frauen mit gebundenen Füßen konnten nur mit Mühe stehen oder gehen. Doch diese Praxis machte die Mädchen aus den höheren Gesellschaftsschichten zu begehrten Heiratsobjekten, denn die Chinesen liebten den Lilienfuß, bewerteten ihn, zusammen mit den zur Untätigkeit verdammenden Fingernägeln, als ein Zeichen von Reichtum, denn die Frauen konnten nur wenige Arbeiten selbst verrichten und brauchten viele Dienstboten. Es lag Abigail auf der Zunge zu fragen, ob Charles ein Bauer gewesen sei, als der Knabe zurückkehrte, vor die Königin trat und so ihr Gespräch unterbrach. Verärgert über seine Unverschämtheit sah sie Jack an.

Er zuckte die Achseln, als die Königin dem Jungen weitere Anweisungen auf chinesisch erteilte.

Er drehte sich um und ging auf Abigail zu, eine kleine schwarze Schachtel in den Händen haltend.

»Für Sie, kluge Frau«, sagte die Königin. »Charles mir gegeben, Nacht er starb.«

Der Knabe reichte Abigail das Kästchen und kniete sich wieder auf die Kissen.

»Öffnen Sie!« befahl die Königin.

Jack schob sich näher an Abigail heran, um den Inhalt des Kästchens besser sehen zu können.

Abigail öffnete die Schachtel und hielt vor Entzücken die Luft an.

»Es ist ein Katzenauge!« rief Jack. »So ein großes Exemplar habe ich noch nie gesehen.«

Eingefangen von den vier goldenen Spitzen eines filigran geschmückten Medaillons, funkelte selbst in dem schwach erhellten Raum aus den gelben Tiefen des Steins ein Lichtstrahl auf, der ihn in zwei Hälften teilte. »Aber Charles hat ihn doch Ihnen gegeben, Majestät!« rief Abigail. »Warum geben Sie ihn mir?«

Die Königin schüttelte den Kopf, und das Klirren ihres Kopfschmucks übertönte beinahe ihre Worte. »Charles mir geben zum Aufbewahren. Nicht als Geschenk.« Sie seufzte tief. »Alles ist Verrat, Miss Danforth.« Sie atmete schwer. »Katzenauge sieht die Wahrheit. Ich sehe tief, aber kann nicht weit genug sehen.« Sie blickte Abigail feierlich an. »Du suchen Wahrheit, kluge Frau. Finde sie im Katzenauge.«

»Oh, Majestät«, rief Abigail, während sie den Stein anstarrte. »Ich weiß nicht, wie ich Ihnen danken soll.«

»Nutze ihn gut«, sagte die Königin. »Jetzt geht. Ich bin müde.«

Abigail und Jack erhoben sich und nahmen in aller Höflichkeit Abschied. Die Hand des Knaben hielt den Perlenvorhang, und Abigail wollte soeben hindurchgehen, doch die Königin rief: »Miss Danforth!«

Abigail wandte sich um und warf einen letzten Blick auf die Königin der Katzen auf ihrem Kissenthron. Ihre goldenen Krallen glitzerten im Kerzenschein, und sie hob warnend einen Finger. »Der, der abdrückt, nicht immer der Mörder.«

Sie folgten dem Jungen mit dem undurchdringlichen Gesicht den gleichen Weg hinaus, den sie hereingekommen waren, und Jack wartete, bis sie wieder auf der von Menschen wimmelnden Straße standen, bevor er sprach. »Ich fürchte, das hilft Ihnen nicht viel weiter, Miss Danforth«, sagte er einfältig, als sie vor dem Laden standen.

»Ganz im Gegenteil, Mr. London«, sagte Abigail und schwang ihr Retikül, in dem sich das Kästchen mit dem Katzenauge befand. »Ich habe einen unschätzbaren Gewinn erzielt.« Sie runzelte die Stirn. »Vielleicht sollte ich es Miss Cunningham geben?« fragte sie. »Schließlich stammt es von ihrem Verlobten.«

Jack schüttelte heftig den Kopf. »Jetzt gehört es Ihnen«, sagte er entschieden. »Sie müssen es irgendwie einsetzen, um den Mord an ihm aufzuklären. Es ist kein einfaches Schmuckstück, das man als Liebespfand gibt.«

»Ich weiß nicht, wie ich Ihnen danken soll, Sir ...«

Jack tippte an den Rand seiner Kappe. »Das Vergnügen ist ganz auf meiner Seite, Miss.« Bevor er ihre Hand ergriff, um sie zu dem wartenden Kinkade zu geleiten, sagte er: »Lassen Sie es mich einfach wissen, wenn ich wieder etwas für Sie tun kann.«

Peter begann zu argwöhnen, daß man ihn getäuscht hatte, als der Kutscher des Brougham, dem er folgte, erst einmal, und ein paar Häuserblocks weiter, erneut links abbog. Dann beschrieb er, nur ebene Strecken wählend, in gemäßigtem Tempo ein riesiges Viereck. Als sie zum zweiten Mal links abbogen und wieder bei dem ersten Häuserblock anlangten, wußte er, daß man ihn irregeführt hatte. Er schrie seinen Fahrer an, er solle bei der nächsten Gelegenheit neben dem Brougham halten, sprang aus seiner Kutsche, erhob sich mitten auf der Straße auf Zehenspitzen und spähte ins Innere.

Er war wütend, daß man ihn hereingelegt hatte, und wurde von Panik erfaßt. Was würde Halston tun, wenn er davon erfuhr? Er machte einen Sprung vorwärts und packte die Zügel des Pferdes, das ihn so beleidigt hatte. Während er drohend die Faust schüttelte, überhäufte er den Kutscher mit wüsten Flüchen. Der Verkehr geriet ins Stocken, und die Leute drehten die Köpfe, um die Szene zu beobachten. Der Anblick eines wutentbrannten Fußgängers, der einem Kutscher, der hoch über ihm thronte, Prügel androhte, war zwar nicht ungewöhnlich, doch recht unterhaltsam.

Der Kutscher erkannte Peter nicht. Er sah und hörte nur einen Verrückten, der ihm mit der Faust drohte, und durch einen harten Peitschenschlag auf das Hinterteil seines Pferdes brachte er es dazu, in flotter Gangart davonzutraben.

Peter, der sich noch immer am Geschirr des Pferdes festhielt, lief mit wehenden Rockschößen ein paar Schritte neben dem Gefährt her, als dessen Geschwindigkeit jedoch zunahm, merkte er schnell, daß er keine Chance hatte. Er ließ das Geschirr los und rannte, immer noch fluchend, zu seinem eigenen Wagen zurück.

»Soll ich ihn verfolgen, Sir?« fragte der Kutscher.

»Nee!« erwiderte Peter und kletterte in die Kutsche. Er ließ sich auf den Sitz fallen und dachte eine Minute nach. Er hatte nicht vor, unbedingt nach den Personen, die er verfolgen sollte, zu suchen. Sie konnten überall in dieser gottverdammten Stadt sein. Sein Nachmittag war in den Binsen. Es war eine Ewigkeit her, seit er sein letztes Bier getrunken hatte. Außerdem konnte er ohnehin machen, was er wollte. Er wußte ganz genau, daß er eine Standpauke zu erwarten hatte. Oder sogar entlassen würde. Also konnte er die kommenden Schläge ebensogut mit ein paar Gläsern abmildern. »Fahren Sie mich zum Pig's Whistle«, rief er dem Kutscher zu. »Ich muß ein wenig ausspannen.«

14. Kapitel

Wer ist da?« rief Jacqueline und legte den Kamm auf die Frisierkommode. Sie hatte nur ein paar Haarnadeln feststecken müssen, um Abigails Haar wieder in Ordnung zu bringen, nachdem sie den Hut abgesetzt hatte.

»Öffne die Tür«, sagte Abigail mit einem Wink, da keiner von ihnen aus der genuschelten Antwort schließen konnte, wer es war.

Neugierig, um wen es sich handeln könnte, blieb Abigail in der Tür zum Ankleidezimmer stehen, während Jacqueline die Tür zum Flur öffnete. Sie war nicht wenig überrascht, als Lillian, Mrs. Bradshaws Zofe, eintrat.

»Verzeihen Sie, Miss«, sagte das schlanke Mädchen leise und blieb in der Nähe der Tür stehen. »Mrs. Bradshaw wünscht, daß Sie sie, so bald es Ihnen möglich ist, in ihrem Wohnzimmer aufsuchen.«

Verblüfft, weil das Ganze den Charakter einer Aufforderung zu haben schien, fragte Abigail: »Verstehe ich Sie richtig, daß ich auf der Stelle mit Ihnen kommen soll?«

»Wenn es Ihnen keine Umstände macht«, erwiderte Lillian mit schüchternem Lächeln. »Ich könnte Sie hinbringen.«

Abigail wandte sich mit einem Schulterzucken an Jacqueline. »Ich bin doch fertig, oder?« fragte sie.

»Ja, Miss«, antwortete Jacqueline nicht ohne einen gewissen Stolz darauf, wie frisch ihre Herrin nach ihrem Ausgang noch immer aussah, in ihrer modischen Bluse mit dem Herrenkragen und der Krawatte, die so gut zu ihrem hübsch geschnittenen Leinenrock paßten.

»Dann lassen Sie uns gehen«, sagte Abigail, öffnete die Tür und bedeutete Lillian, im Flur voranzugehen. Sie hatte sich zwar bei zahlreichen Gelegenheiten während und nach den Mahlzeiten mit ihrer Gastgeberin unterhalten und häufig ihren Dank für die erwiesene Gastfreundschaft ausgesprochen, doch hatte sie nie ein privates Gespräch mit ihr geführt oder dergleichen erwartet. Zu beobachten, wie die Dame ihren riesigen Haushalt offenbar mühelos bewältigte und ihren herrischen Ehemann mit äußerstem Geschick handhabte, hatte ihr höchste Achtung vor Mrs. Bradshaws Fähigkeiten eingeflößt, und sie war einigermaßen neugierig, wozu es nun ihrer Anwesenheit bedurfte.

Mrs. Bradshaw saß an ihrem Schreibtisch und blickte nicht auf, als sich die Tür öffnete. »Wie reizend von Ihnen, daß Sie mich aufsuchen, obwohl Sie gerade erst von meinem Wunsch erfahren haben, meine Liebe«, sagte sie, während sie ihre Unterschrift unter eine Mitteilung setzte. Sie sah auf, als Abigail den Schreibtisch erreichte. »Ach, wie hübsch Sie heute morgen aussehen.« Sie lächelte und steckte ihre Schreibfeder in den silbernen Federhalter. »Ich bewundere euch junge Leute so und die moderne Art, euch zu kleiden. Haben Sie sich von Ihren Kopfschmerzen wieder ganz erholt?«

Abigail war im Begriff ja zu sagen, aber sie war nicht schnell genug.

»Sie fragen sich wahrscheinlich, warum ich Sie so kurzfristig zu mir gebeten habe«, fuhr Mrs. Bradshaw rasch in ihrer sprunghaften Art fort, ohne zu bemerken, daß Abigail ihre Frage nicht beantwortet hatte. »Und mit gutem Recht. Es muß sich wie eine Vorladung von Mr. Bradshaw angehört haben. Das habe ich nicht bezweckt. Nur, solange Sie verfügbar sind ...« Sie hielt einen Augenblick inne und taxierte Abigail mit ihrem Blick. »Sie haben doch gesagt, es ginge Ihnen heute morgen besser, oder?« Wieder wartete sie die Antwort nicht ab und fuhr, offensichtlich zufrieden mit dem, was sie sah, fort: »Ich habe eine äußerst wichtige Besorgung zu erledigen, und plötzlich habe ich niemanden, den ich damit beauftragen kann. Ich falle meinen Gästen nicht gern zur Last, aber Sie würden mir einen großen Dienst erweisen, wenn Sie sich die Zeit nehmen könnten, mir diesen einen Gefallen zu tun.« Sie sah Abigail mit einem bezaubernden Blick an und fügte hinzu: »Ich verspreche Ihnen, keine Gewohnheit daraus zu machen, Sie um Gefälligkeiten zu bitten.«

Da Abigail nicht zum Sitzen aufgefordert worden war, blieb sie stehen und antwortete: »Es ist mir ein Vergnügen, Ihnen jeden Gefallen zu erweisen, um den Sie mich ersuchen, Mrs. Bradshaw.«

Mrs. Bradshaw wedelte mit der Hand. »Wirklich, meine Liebe?«

Sie knipste ihr strahlendes Lächeln an.

»Natürlich«, sagte Abigail, die allmählich der Floskeln ihrer Gastgeberin überdrüssig wurde.

»Hervorragend!« rief Mrs. Bradshaw aus tiefstem Herzen. »Es sieht nach Regen aus, deshalb habe ich den geschlossenen Landauer bestellt. Er wird vor dem Haus bereitstehen, wenn Sie soweit sind. Es wird nicht nötig sein, Jacqueline – heißt sie nicht so? – mitzunehmen. Oder Kinkade, denn Joseph ist unser ältester und zuverlässigster Kutscher und ganz bestimmt nüchtern.« Wieder setzte sie ihr munteres Lächeln auf. »Sie werden so sicher sein wie in Abrahams Schoß.«

Abigail wußte sehr genau, daß keine Wolken am Himmel waren, ließ die Bemerkung jedoch unwidersprochen. Aber sie brauchte weitere Informationen. »Dürfte ich fragen, was ich für Sie tun soll?« fragte sie höflich.

Mrs. Bradshaw errötete. »Ach ja, natürlich«, stammelte sie. »Der Zweck der Besorgung«, murmelte sie vor sich hin. »Wissen Sie, meine Liebe, Mr. Bradshaw hat nächste Woche Geburtstag.« Sie lächelte. »Wie Sie sich vorstellen können, ist er nur schwer zufriedenzustellen.« Sie streckte ihre zarte Hand nach Abigail aus. »Verstehen Sie mich nicht falsch, er ist kein schwieriger Mensch; nur hat er alles, was er braucht, jedenfalls behauptet er das, und deshalb finde ich es schwierig, etwas zu finden, was ihm gefällt. Das ist alles«, sagte sie strahlend. Sie zog ihre Hand zurück und sah Abigail an. »Ich glaube, so kann man es ausdrücken. Jetzt ...« fuhr sie fort, ehe Abigail etwas sagen konnte, »habe ich eine Überraschung für ihn, aber nun ist bei der Lieferung etwas schiefgelaufen. Ich habe keine Zeit, selbst hinzugehen, und ich brauche jemanden, der absolut zuverlässig und aufgeweckt ist; und Aufgewecktheit muß man Ihnen ja wohl bescheinigen, Sie kluges Mädchen.« Wieder sah sie Abigail an.

»Sie beschämen uns doch alle mit Ihren schnellen Antworten, wenn wir nach dem Essen Rätsel lösen. Oh, ja!« rief sie kopfschüttelnd. »Aber ich schweife ab. Das macht Mr. Bradshaw ganz verrückt, also, was wollte ich gerade sagen?«

Abigail empfand größtes Mitgefühl für Mr. Bradshaw. Bis jetzt wußte sie nur, daß sie gleich nach Beendigung ihres Gespräches mit Joseph wegfahren sollte. »Sie waren dabei, mir zu erzählen, warum …«

»Ach ja, Ihr Saphirschmuck«, unterbrach sie Mrs. Bradshaw.

»Mein Saphirschmuck?« fragte Abigail und fuhr sich an die Kehle, wo sich das Halsband, das sie von ihrer Mutter geerbt hatte, manchmal während einer Abendgesellschaft befand. »Ich fürchte, ich verstehe Sie nicht.«

»Mr. Bradshaw hat Ihr Halsband bewundert, meine Liebe, und es ist mir gelungen, ein Paar Manschettenknöpfe für ihn ausfindig zu machen. Da sie in Privatbesitz sind, wollte ich sie mir gestern zeigen lassen. Der Händler mußte absagen, und heute habe ich buchstäblich keine Minute Zeit, um ihn aufzusuchen. Ich dachte, falls Sie heute vormittag noch nichts vorhaben, würden Sie mir den Gefallen tun und einen Blick darauf werfen, ob sie geeignet sind.«

Abigail fühlte sich geschmeichelt, mit einer so verantwortungsvollen Aufgabe betraut zu werden, und ihr Ärger über Mrs. Bradshaws gekünsteltes Verhalten schwand. Sie erklärte sich bereit, den Händler aufzusuchen, sobald Joseph ihr sagte, sie seien am Ziel, und eilte davon, um ihren Auftrag auszuführen.

Die Geschichte hatte selbst in Mrs. Bradshaws Ohren fadenscheinig geklungen. In der Hoffnung, Abigail würde ihre Anweisungen trotz ihrer mageren schauspielerischen Leistung ausführen, begab sie sich zu Bett.

Erst als Abigail in dem abgeschlossenen Wagen saß, ging ihr auf, daß niemand außer Mrs. Bradshaw wußte, wohin sie fuhr. Jacqueline war nicht mehr dagewesen, als sie in ihre Räume zurückgekehrt war, und sie hatte sich selbst Jacke, Umhang, Handschuhe, Fächer, Retikül, Muff und Sonnenschirm holen müssen. Sie hatte es zu eilig gehabt, um Kinkade zu läuten; sie hatte auch gar nicht daran gedacht, weil sie keine Anweisungen für ihn hatte. Und auch Maude war nicht da.

Sie bemerkte sehr wohl den Sonnenschein, als Joseph ihr in den geschlossenen Wagen half, und ihre Begeisterung über den Auftrag ließ in dem Maße nach, wie ihr Unbehagen zunahm, denn allmählich stellten sich Zweifel an Mrs. Bradshaws Geschichte ein. Warum hatte sie den Händler nicht gebeten, sie zu Hause aufzusuchen? Um seinen Besuch zu erklären, hätte man irgend etwas erfinden können. Dann aber zuckte sie die Achseln. In Anbetracht von Mr. Bradshaws totaler Kontrolle über alles, was in seinem Haus vorging, würde kein Besuch eines Händlers unbemerkt bleiben. Welche Geschichte man auch auftischte, er würde die Wahrheit herausbekommen. Sie seufzte. Warum hielten Männer es nur für nötig, auch die geringste Kleinigkeit ihres Haushalts zu überprüfen? Aber trotz all der Fragen, die ihr durch den Kopf gingen, während die Kutsche ihrem Ziel immer näher kam, kam es Abigail nicht in den Sinn, sich zu fragen, warum sie für ihre Gastgeberin eine Entscheidung treffen sollte, bei der es um eine erhebliche Geldsumme ging. Höchst verwunderlich, daß man ein so junges Mädchen wie sie mit einem solchen Auftrag betraute.

Aber sie fing an, sich zu fragen, wo man sie eigentlich hinbrachte, als die Geräusche einer geschäftigen Stadt an ihre Ohren drangen. Straßenverkäufer priesen lauthals ihre Waren an, Straßenbahnen klingelten in der Ferne, während eine Unzahl von Wagenrädern und Pferdehufen über das Kopfsteinpflaster holperten. Endlich verlangsamte Joseph das Tempo und brachte die Kutsche mit quietschenden Bremsen zum Stehen. Obwohl der Landauer von guter Qualität war, stand er so schräg, als hätte man ihn an einem steilen Abhang geparkt.

Abigail, deren Fächer, Retikül und Muff am Handgelenk baumelten, ergriff den Sonnenschirm und war dankbar für Josephs starke Arme, mit denen er ihr aus der Kutsche half. In den Straßen herrschte emsiges Treiben, und sie hatte nicht das Gefühl einer drohenden Gefahr, bis Joseph sie, anstatt sie sofort loszulassen, fest am Arm gepackt hielt und sie einem anderen Mann übergab, der wie aus dem Nichts aufgetaucht war. Wortlos schoben sie sie in aller Eile auf die geöffnete Tür einer zweispännigen Kutsche zu, die ein Stück bergab vor dem Landauer parkte. Verblüfft, mit welcher Geschwindigkeit man sie gefangengenommen hatte, rief Abigail um Hilfe, doch ihre Stimme ging im Lärm der Stadt unter.

Als kräftige Hände sie in die dunkle Kutsche stießen und die Tür zuschlugen, machte Abigail sich klein, um ihren Hut unterzubringen. Sie drehte sich automatisch so, daß sie auf dem nach vorn gerichteten Sitz landen würde, doch bevor sie sich auf den Kissen niederlassen konnte, verspürte sie einen heftigen Schlag auf ihrem Hinterteil. Es tat nicht weh, aber sie erschrak, weil sie gedacht hatte, sie sei allein. Sie schrie erstaunt auf, denn die Kutsche setzte sich mit einem Ruck in Bewegung, und sank auf den der Fahrtrichtung entgegengesetzten Sitz. Mit klopfendem Herzen packte sie ihren Sonnenschirm, den sie notfalls als Waffe benutzen wollte, und spähte in das Dunkel, das sie umgab, um die

Person, die sie gefangengenommen hatte, zu erkennen. »Wer sind Sie?« fragte sie mit vorgetäuschter Tapferkeit.

Ihre Frage wurde vom Klirren des Geschirrs und Hufgeklapper beantwortet, als die Kutsche schneller fuhr.

Obwohl sie nicht so recht wußte, ob sie es wagen sollte, aus dem schnell fahrenden Gefährt zu springen, faßte Abigail nach dem Türgriff, um ihn auszuprobieren.

Die Spitze eines schwarzen Spazierstocks schoß aus dem Dunkel hervor und versetzte ihrer Hand einen empfindlichen Schlag.

Abigail zuckte zusammen und zog ihre Hand zurück. Obwohl der Schlag nicht allzu schmerzhaft war, war er eine Warnung. Da sie erkannte, daß sie in der Falle saß und ihrem Kidnapper auf Gedeih und Verderb ausgeliefert war, bemühte sie sich, die aufsteigende Panik zu ersticken.

Sie richtete sich auf, nahm eine königliche Haltung ein, als sei sie eine Prinzessin auf ihrem Thron, räusperte sich, um jede Spur von Angst aus ihrer Stimme zu vertreiben, und wiederholte kühl: »Wer sind Sie?«

»Es ist nicht nötig, daß Sie meinen Namen kennen«, erwiderte eine herrische Stimme.

Abigail versuchte, sich zu beruhigen, anstatt in das Dunkel zu starren, aus dem die Stimme kam, und blickte sich um, um zu sehen, ob noch weitere Personen anwesend waren. Mit einigem Erstaunen stellte sie fest, daß der schwarze Umhang ihres Entführers nur einer Dame gehören konnte. Während ihre Augen sich an die Dunkelheit gewöhnten, bemühte sie sich, ihren Gegner zu erkennen, und glaubte plötzlich, das Aufblitzen von Jett auszumachen. Überrascht rief sie: »Sind Sie es, Mrs. Davenport?«

»Mir wäre es lieber, wenn Sie meinen Namen nicht erwähnten«, war die Antwort.

»Aber Mrs. Davenport ...«

»Wenn Sie meinen Namen noch einmal nennen, Miss Danforth, werde ich Sie persönlich aus dieser Kutsche werfen lassen, gleichgültig durch welchen anstößigen Stadtteil wir gerade fahren.«

»Aber warum haben Sie das getan? Wohin fahren wir?« fragte Abigail zutiefst bestürzt. »Warum haben Sie mich entführt? Warum wollten Sie bei Madam Salaam nicht mit mir sprechen?«

»Seien Sie still, Kind!« Mrs. Davenport unterstrich ihren Befehl, indem sie mit ihrem Stock auf den Boden der Kutsche stieß. »Ermüden Sie mich nicht mit Fragen!«

»Aber ich habe mich so bemüht, Sie aufzusuchen. Sie hätten doch nur ...«

»Sie haben keine Ahnung, was ich hätte tun müssen!«

»Aber ich ...«

»Mit Ihnen gesehen zu werden, würde mein Leben ernstlich in Gefahr bringen.«

»Ich verstehe nicht.«

»Natürlich verstehen Sie nicht! Deshalb sollen Sie ja auch still sein und zuhören!« befahl Mrs. Davenport.

Abigail unterdrückte ihre Neugier und schluckte die Tatsache, daß Fragen zu stellen nicht immer der beste Weg war, um an Informationen zu gelangen. »Ja, Ma'am«, erwiderte sie demütig.

»Und nun setzen Sie sich zu mir.« Mrs. Davenport klopfte auf den Sitz neben sich. »Dann müssen wir einander nicht anschreien.«

Mit einer Anmut, die viel Übung verriet, tauschte Abigail in der schwankenden Kutsche den Platz, aber eine Weile fuhren sie dahin, ohne ein Wort zu wechseln. Die Dame hatte für dieses Gespräch eine Menge Unannehmlichkeiten auf sich genommen, und Abigail wollte es nicht durch müßiges Geplauder verderben. Ihre Geduld wurde schon bald belohnt.

»Ich habe lange und sorgfältig nachgedacht, ob ich mit Ihnen sprechen soll, Miss Danforth«, begann die Dame schließlich. »Sie sind noch so jung, und einiges, was ich zu sagen habe, ist für Ihr Alter eigentlich ungeeignet.«

Abigail öffnete den Mund, um zu protestieren.

Ehe sie etwas sagen konnte, fuhr Mrs. Davenport fort. »Ich möchte nicht diejenige sein, die Ihnen die Unschuld raubt.«

Abigail wußte nicht, was sie antworten sollte.

Offensichtlich erwartete Mrs. Davenport auch keine Antwort, denn nach einer kurzen Pause fuhr sie mit bebender Stimme fort: »Charles war mein Liebling. Er war ein freundlicher, sanfter Mensch.« Sie hielt inne, um ihrer aufsteigenden Gefühle Herr zu werden. »Er war kein Mann, der andere beherrschen wollte oder sich rücksichtslos über die Gefühle einer Frau hinweggesetzt hätte ...« Während sie sich mit einem schwarzgeränderten Taschentuch die Augen tupfte, machte sie erneut eine Pause, um ihre Fassung wiederzugewinnen.

Abigail gab ein paar Laute des Bedauerns von sich, blieb sonst jedoch still.

»Haben Sie zufällig Brüder, Miss Danforth?«

»Ja, Ma'am«, erwiderte Abigail. »Zwillinge.«

»Älter oder jünger?«

»Älter.«

»Aha«, rief sie. »Dann sind Sie vielleicht mit der Praxis vertraut ...« Mrs. Davenport hielt erneut inne.

Das Schweigen dauerte so lange, daß Abigail gezwungen

war, etwas zu sagen. »Verzeihen Sie, Ma'am, aber ich verstehe nicht. Von welcher Praxis sprechen Sie?« fragte sie.

»Haben Sie Nachsicht mit mir«, sagte Mrs. Davenport hastig. »Ich weiß nicht, wie ich Ihnen das, was ich sagen möchte, auf zartfühlende Weise beibringen kann, meine Liebe.«

»Mord ist keine zarte Angelegenheit, Mrs. – äh – Ma'am«, verbesserte Abigail sich rechtzeitig. »Ich bezweifle, daß Sie mich schockieren könnten.«

»Nun gut.« Mrs. Davenport holte tief Atem, bevor sie fortfuhr.

»Hat Ihr Vater Ihre Brüder zufällig in ihre Männlichkeit eingeführt, indem er sie in ein Bordell mitgenommen hat?«

Von der Frage völlig aus der Fassung gebracht, errötete Abigail bis unter die Haarwurzeln. »Das kann ich wirklich nicht sagen«, stammelte sie.

»Eine entsetzliche Praxis!« rief Mrs. Davenport. »Erniedrigend für den Jungen, da die Liebe zu einem Sport degradiert wird. Und demütigend für das Mädchen. Als die Zeit für Charles' Initiation kam, wagte ich, seinem Vater zu widersprechen.« Abigail konnte im Dunkel der Kutsche nicht sehen, wie Mrs. Davenport bei der Erinnerung traurig den Kopf schüttelte. »Wir hatten einen gräßlichen Streit.«

Obwohl sie mit den Einzelheiten des Tabuthemas nicht vertraut war, waren Abigails Wangen hochrot vor Verlegenheit.

»Aber mein Mann fand, es könne nichts schaden.« Sie machte eine kurze Pause und fuhr dann fort: »Und man muß seinem Ehemann schließlich gehorchen.«

»Ja«, sagte Abigail und fragte sich erneut, ob sie je den Wunsch verspüren würde zu heiraten.

»Und wenn man dann gehorcht hat, muß man manchmal den Schaden wieder gutmachen.« Wieder hielt sie inne. »Sehen Sie, Charles dachte, er hätte eine Art Prüfung nicht bestanden, weil er mit dem Mädchen nur gesprochen hatte, weiter nichts.« Sie seufzte, als wolle ihr das Herz brechen. »Mir ist natürlich klar, daß es ungewöhnlich ist, wenn ein Sohn so offen mit seiner Mutter über derartige Dinge spricht, aber wie ich schon sagte, Charles war eben ein ungewöhnlicher Mensch.« Sie tupfte sich mit ihrem schwarzgeränderten Taschentuch die Augen. »Das Mädchen war erst zwölf. Ein hübsches chinesisches Sklavenmädchen. Mein Sohn belog seinen Vater, erzählte, es sei sehr schön gewesen, und besuchte sie häufig – um mit ihr zu reden. Sein Vater billigte sein Verhalten, solange er dachte, es gehe seinem Sohn um – sagen wir – den Genuß, als Charles jedoch vorschlug, das Mädchen freizukaufen, wurde er wütend.« Mrs. Davenport führte ihr Taschentuch zum Mund, um einen gequälten Aufschrei zu ersticken, und wartete einen Moment, um ihre Fassung wiederzugewinnen.

»Also rettete Charles sie gegen den Willen seines Vaters«, sagte Abigail nachdenklich.

»Woher wissen Sie das?« rief Mrs. Davenport.

»Wenn Sie verzeihen, Ma'am, das kann ich nicht sagen«, sagte Abigail in respektvollem Ton. »Ich habe meine Methoden.« Unfähig, ihre Neugier zu unterdrücken, fragte sie: »Hat Ihr Mann ihn deshalb enterbt?«

Mrs. Davenport fuhr zurück. »Gibt es auch Dinge, die Sie nicht wissen, Miss Danforth?« fragte sie scharf.

»Miss Cunningham hat es mir erzählt«, erwiderte Abigail und überlegte, ob Charles seiner Mutter wohl von Maude erzählt hatte.

»Ach, Miss Cunningham!« rief Mrs. Davenport. »Ein interessantes Mädchen. Ich fand sie sehr angenehm, das eine Mal, als wir uns begegnet sind. Sie wäre eine wunderbare Frau für meinen Sohn gewesen.«

Abigail erinnerte sich an Maudes Behauptung, Charles' Mutter nie kennengelernt zu haben, und fragte sich, warum sie sie angelogen hatte.

»Um Ihre Frage zu beantworten«, fuhr Mrs. Davenport fort, »ich weiß nicht, was meinen Mann letztlich dazu gebracht hat, unseren Sohn zu enterben. Ich weiß nur, daß sie sich gestritten haben, seit Charles sprechen konnte. Mein Mann ist ein Selfmademan, Miss Danforth. Die Comstock-Mine hat ihn reich gemacht. Er hat ein hartes, gefährliches Leben geführt. Als sein Sohn geboren wurde, waren Reichtum und gesellschaftlicher Status natürlich schon vorhanden. Das allein war bereits ein Grund für ihre unterschiedliche Einstellung zum Leben.«

Abigail konnte ihre Neugier nicht länger zurückhalten. »Warum wollten Sie mich sehen?« fragte sie.

Mrs. Davenport holte tief Atem und stieß die Luft wieder aus, bevor sie sagte: »Mein Sohn hat entdeckt, daß mein Mann erpreßt wurde.« Sie reckte entschlossen das Kinn und fuhr fort: »Er war auf dem Weg zu einem dieser üblen Lokale an Barbary Coast, um den Erpresser für immer zu bezahlen, in der Nacht, als er umkam.«

»Aber warum – ich meine – wenn sein Vater ihn enterbt hatte ...?«

»Trotz all ihrer Meinungsverschiedenheiten liebte Charles seinen Vater. Er hoffte, die Tat würde ihm wieder sein Wohlwollen verschaffen«, sagte sie mit einem zitternden Seufzer. »Statt dessen hat sie ihn das Leben gekostet.«

»Haben Sie nie mit Mr. Davenport über diese Angelegenheit gesprochen?« fragte Abigail vorsichtig.

»Oh, lieber Gott, nein!« entfuhr es Mrs. Davenport. »Er würde meine Arbeit bei der Mission zugunsten dieser armen Sklavenmädchen nie gutheißen und darf nie erfahren, daß ich über die Umstände von Charles' Tod Bescheid weiß. Außerdem würde ich mich nie in Mr. Davenports Geschäftsangelegenheiten einmischen.« Sie ergriff Abigails Hand. »Bis Miss Cunningham zurückkehrte, und Sie mit ihr, hatte ich die Hoffnung aufgegeben, je herauszufinden, wer meinen Sohn umgebracht hat. Wenn es bei Ihren Nachforschungen hilft, er war unterwegs, um einen gewissen Mr. Samuel Turner in einem Varietétheater mit dem Namen Grüner Papagei zu treffen, oder vielleicht war es auch Blau, auf jeden Fall war es irgend etwas mit Papagei.«

»Sie haben die Polizei nicht informiert …?«

»Wie Sie aus meinen Worten ersehen können, handelt es sich um eine delikate Angelegenheit«, erwiderte Mrs. Davenport. »Ich hatte Angst, sie würden versehentlich ein wenig zu genau nachforschen und meinem Mann unnötigerweise schaden.« Nachdem sie Abigails Hand vielsagend gedrückt hatte, gab sie sie frei. »Finden Sie den Mörder meines Sohnes, Miss Danforth«, sagte sie ernst. »Ich werde Sie fürstlich entlohnen.«

Jason wußte aus Erfahrung, daß es nur eine Katastrophe nach sich ziehen würde, eine tintengefüllte Feder von sich zu schleudern; beim Aufprall würde sie zwangsläufig seine Kleidung verderben, Spritzer auf unzähligen Blättern von teurem, geprägtem Pergament hinterlassen und das feingemaserte, mit Einlegearbeiten versehene Holz seines Schreibtisches beschmutzen, wenn nicht sogar unauslöschliche Flecken auf dem Teppich verursachen. Deshalb klemmte er die Feder in den Halter und ließ seinen Ärger an dem unschuldigen Papier aus, indem er nach seinem letzten vergeblichen Versuch, einen Brief an Miss Danforth aufzusetzen, diesen zu einer Kugel zusammenknüllte und in den Papierkorb warf. Sie fiel daneben.

Es war alles Mallorys Schuld. Hätte der Mann nicht darauf bestanden, er solle sich nach Abigails Zustand erkundigen, weil sie nicht zum Abendessen erschienen war, hätte er dies bestimmt von sich aus getan. Sicherlich wären ihm die Worte leichter aus der Feder geflossen, hätte man ihm nicht so viele Anweisungen erteilt. Wie sollte er neugierig, ernst, zärtlich, galant und verführerisch in einem einzigen kurzen Brief sein? Wie sollte er herausfinden, ob sie wirklich unpäßlich gewesen war? Mallory hatte mit all seinen Anordnungen den Brief schon verdorben, noch ehe er geschrieben war. Die Muse weigerte sich, ihn zu küssen.

Während er seine tintenverschmierten Finger mit einem zusehends schmutziger werdenden Taschentuch rieb, dachte er an all die Orte, wo er jetzt lieber wäre, als an seinem Schreibtisch vor einem leeren Stück Papier, ohne daß ihm etwas einfiel. Plötzlich spürte er die Würfel in seinen Händen, hörte das Klick und Plopp, wenn sie aufkamen – diesen atemberaubenden Moment, bevor er wußte, ob die Augenzahl der Summe entsprach, die er brauchte. Er fühlte die Glätte der Figuren, wenn er sie vorrückte. Er sah das Geld vor sich, daß man gewinnen konnte. Die erregende Gefahr zu verlieren. Backgammon!

Ungeachtet seines Abkommens mit Mallory, das ihm untersagte zu spielen, fehlte ihm nur ein wenig Glück. Dann könnte er seine Schulden selbst bezahlen. Er wäre nicht mehr auf Mallory und seine Anordnungen angewiesen. Er könnte alle Briefe schreiben, die er wollte, und das ausdrücken, was er ausdrücken wollte, und nicht das, was jemand ihm befahl.

Jason läutete seinem Diener.

15. Kapitel

Halston zwang sich beim Öffnen der Tür, die Hand an der Seite zu lassen, wie es sich gehörte. Unter Krämpfen im Magen, der dringend massiert werden mußte, ließ er Abigail ein. Als Mrs. Bradshaw befohlen hatte, den Wagen anspannen zu lassen, hatte er vermutet, es sei für sie selbst, und hatte nicht dafür gesorgt, daß man ihm folgte. Er war völlig überrascht, als Miss Danforth ausgehfertig in ihrem Umhang erschien, nachdem sie erst vor einer knappen Stunde zurückgekehrt war. Er hatte noch nichts von Peter über ihre morgendliche Eskapade gehört. Sie zu fragen, wo sie gewesen sei, war absolut unmöglich. Er würde sich damit begnügen müssen, Joseph zu fragen. Gott weiß, wann er dazu Zeit haben würde. Er haßte es, die Ställe aufzusuchen. Sie stanken. Noch mehr haßte er es, Joseph ins Haus zu bitten. Er stank ebenfalls. Sein Büro würde durch und durch nach Pferden riechen, nachdem der Mann gegangen war.

Abigail bemerkte nichts, als er die Tür hinter ihr schloß. »Wo finde ich Mrs. Bradshaw?« fragte sie.

»Ich glaube, in ihren Räumen, Miss«, erwiderte er. Während er sie in ihrer ungestümen, wenig damenhaften Art die Treppe hinauflaufen sah, fuhr seine Hand zu seinen schmerzenden Eingeweiden.

Nachdem sie die Erlaubnis erhalten und die weitläufigen Räume betreten hatte, fand Abigail Mrs. Bradshaw an ihrem Schreibtisch beschäftigt vor. »Was kann ich für Sie tun, meine Liebe?« fragte sie, ohne aufzusehen.

»Ich dachte, Sie würden gern erfahren ...«

»Ich muß feststellen, daß es wirklich schwierig ist, eine Haushälterin zu finden«, unterbrach Mrs. Bradshaw sie, während sie mehrere Blätter Papier hochhob und damit in der Luft wedelte. »Ich habe genug Lebensläufe gelesen, um daraus einen Roman mit Überlänge zu machen.« Sie ließ die Blätter auf ihren vollgestopften Schreibtisch fallen und fuhr fort: »Aber keine besitzt die erforderlichen Fähigkeiten.«

»Ich dachte, Sie wüßten gern, daß ich ...«

»Meine liebe Miss Danforth«, fiel ihr Mrs. Bradshaw erneut und mit erstaunlich kräftiger Stimme ins Wort. »Mein Mann hält nichts von meiner Arbeit bei der Mission.« Sie zuckte die Achseln. »Es bleibt mir nichts anderes übrig, als meine Tätigkeit dort geheim zu halten. Was er nicht weiß, kann ihn auch nicht aufregen. Habe ich recht?« Sie lächelte strahlend. Ihre Aufmerksamkeit wieder dem Schreibtisch zuwendend, fuhr sie fort: »Wenn ich nicht bald eine Haushälterin finde, wird Halston kündigen, fürchte ich.«

Sie schüttelte den Kopf. »Dann säße ich wirklich in der Tinte.«

»Ich verstehe«, sagte Abigail und erlaubte sich, unaufgefordert in dem Sessel neben dem Schreibtisch Platz zu nehmen. »Dürfte ich Sie um einen riesigen Gefallen bitten?«

»Ich fürchte, das hängt davon ab, um was für einen Gefallen es sich handelt, meine Liebe.«

»Wäre es möglich, daß Sie mich zu einer weiteren Besorgung schicken?«

Mrs. Bradshaw lehnte sich in ihrem Sessel zurück und sah Abigail prüfend an. »Und was für eine Besorgung sollte das sein?« fragte sie.

Abigail zuckte die Achseln. »Ich muß jemanden treffen.«

»Warum?« fragte Mrs. Bradshaw. »Warum können Sie diese Person nicht hierher bitten?«

Abigail sah sie offen an. »Darf ich nur soviel sagen, daß es mit Informationen zu tun hat, die Mrs. Davenport ...«

»Ich verstehe«, unterbrach Mrs. Bradshaw sie. »Und wer ist diese Person?«

Abigail sah zur Seite, um dem bohrenden Blick zu entgehen. »Das möchte ich lieber nicht sagen, wenn Sie verzeihen Ma'am.«

»Gut, gut.« Mrs. Bradshaw lenkte seufzend ein. »Vielleicht ist es auch besser für mich, wenn Sie es für sich behalten.«

»Dann sind Sie einverstanden?« fragte Abigail erleichtert.

»Wann wollen Sie diesen Auftrag für mich erledigen?« fragte Mrs. Bradshaw in ironischem Ton.

»Ich weiß noch nicht«, erwiderte Abigail. »Zuerst muß Kinkade einen Zeitpunkt mit ihm vereinbaren.«

»Ja«, sagte Mrs. Bradshaw mit einem schmerzlichen Lächeln. »Dienstboten können sich viel freier bewegen als unsereiner, nicht wahr? Da fragt man sich doch, worin unsere Freiheit eigentlich besteht, hm?«

Erstaunt über die nachdenkliche Bemerkung der so oberflächlich erscheinenden Frau, sah Abigail sie mit zunehmendem Respekt an. Sie erhob sich, um zu gehen.

Während Mrs. Bradshaw eine federleichte Hand auf Abigails Arm legte, blickte sie ihr direkt in die Augen. »Erzählen Sie auf keinen Fall meinem Mann von dieser Sache«, sagte sie ernst.

»Nein, Ma'am«, erwiderte Abigail ebenso ernst. »Es ist auch für mich besser, wenn er nichts davon erfährt.«

Abigail hatte bereits die Hand auf der Türklinke, als Mrs. Bradshaw ihren Namen rief. Sie blieb stehen. »Übrigens, meine Liebe«, sagte Mrs. Bradshaw abschließend, ihre Aufmerksamkeit bereits wieder auf die Papiere auf ihrem Schreibtisch gerichtet. »Vielleicht interessiert es Sie, daß Tina alles meiner Zofe Lillian weitererzählt.«

Halston hatte die Sprechmuschel des Telefons im Würgegriff. Während er sie vor seinem Gesicht in die Luft hielt, als umklammerte er Peters Kehle, schrie er angewidert: »Sie sind ja betrunken!«

Er klemmte den Hörer in seine Halterung, knallte das Telefon auf den Schreibtisch und massierte seinen verkrampften Magen. Dieser lange Tag war kein guter Tag gewesen. Und er würde vermutlich auch nicht besser. Zum Glück war das Abendessen nicht nur ohne Zwischenfall verlaufen, sondern Mr. Bradshaw hatte leicht das Glas erhoben und ihm anerkennend zugenickt wegen seiner richtigen Einschätzung des Cabernet Sauvignon aus dem Lower Napa Valley, der sich als lange genug gereift erwiesen hatte, um kredenzt zu werden. Joseph hatte den Vormittag damit verbracht, irgendwo in der Market Street zu stehen und auf eine Kutsche zu warten, die Abigail von einer mysteriösen Fahrt zurückbringen sollte. Und jetzt das. Was würde Mr. Bradshaw sagen, wenn er erfuhr, daß Miss Danforth nicht nur einmal, sondern zweimal aus dem Haus entkommen und ihren Beobachtern entwischt war?

»Meine eigene Frau!« tobte Bradshaw. Bei Halstons Bericht hätte ihn fast der Schlag gerührt. Wutschnaubend in seinem Arbeitszimmer auf und ab zu gehen, hatte seinen Zorn nicht besänftigt; er war die Treppe heraufgestürmt, hatte an die Tür des Boudoirs seiner Frau geklopft und war, ohne die Antwort abzuwarten, eingetreten. Wenn sie ihm soeben erklärt hätte, sie liebe einen anderen, er hätte sie nicht finsterer anstarren können, so betrogen kam er sich vor.

Obwohl Mrs. Bradshaw geargwöhnt hatte, ihr Mann würde sie aufsuchen, weil Miss Danforth ohne Ankündigung das Haus verlassen hatte, hätte sie nie gedacht, daß seine Verstimmung darüber so weit gehen könnte. Lillian hatte eiligst das Zimmer verlassen, nachdem sie ihrer Herrin in einen malvenfarbenen, üppig mit französischer Spitze besetzten Satinmorgenmantel geholfen hatte.

»Ach, Mr. Bradshaw, bitte schimpf nicht mit mir«, sagte Mrs. Bradshaw wie ein artiges Kind und drehte die Locke am Ende ihres Zopfes um den Finger.

»Wie konntest du mir das antun?« fragte er und sah wütend auf sie herab. Bei dem Gedanken, was der Alte sagen würde, wenn er davon erfuhr, wappnete er sich gegen den Einfluß, den ihre Schönheit auf ihn ausübte, vor allem, wenn sie für die Nacht gekleidet war.

Sie trat einen Schritt zurück, während sie mit den Händen nach dem Sessel neben ihrem Schreibtisch tastete.

»Aber was habe ich denn getan, Sir?« fragte sie, ließ sich auf den gepolsterten Sitz sinken und sah unschuldig zu ihm auf.

»Tu nicht so, als wüßtest du das nicht, Mrs. Bradshaw!« Er funkelte sie zornig an.

Mit engelsreinem Blick schüttelte sie verneinend den Kopf. »Nein, Sir, ich weiß es wirklich nicht«, sagte sie feierlich.

Da er dem Charme seiner Frau nur mit Mühe widerstehen konnte, jedoch beim Thema bleiben wollte, wandte Bradshaw sich so zürnend ab, wie ihm eigentlich gar nicht zumute war, und trat an eines der Fenster, vor denen man bereits die Vorhänge zugezogen hatte. Von dieser sicheren Entfernung aus drehte er sich zu ihr um. »Wie kannst du es wagen, ohne meine ausdrückliche Erlaubnis Miss Danforth zu einer Besorgung zu schicken?« rief er grollend, nachdem seine Wut durch die Bewegung zurückgekehrt war.

Sie zuckte leicht die Achseln. »Ich dachte nicht, daß dich das stören würde.«

»Sie steht unter meinem Schutz«, sagte er und drohte ihr mit dem Finger. »Natürlich stört es mich.« Er ging ein paar Schritte zum Kamin, um seine Wut am Leben zu erhalten, und fragte: »Wohin ist sie gefahren?«

Ihre Hand, die nervös an ihrem Zopf gedreht hatte, ruhte jetzt in ihrem Schoß. Ihr Blick folgte, und stumm starrte sie auf ihre sittsam gefalteten Hände.

Sein Herz schmolz in alarmierendem Maße, und er mußte alle Kräfte aufbieten, um nicht zu ihr zu eilen und sich vor ihr auf die Knie zu werfen. »Sprich, Frau!« schrie er.

Bei der ungewohnten Schärfe seines Tons fuhr sie leicht zusammen. »Ich habe Miss Danforth gebeten, etwas für mich zu erledigen«, sagte sie so leise, daß er sie kaum verstehen konnte.

»Treib nicht deinen Scherz mit mir, Mrs. Bradshaw!« rief er und ging wieder zum Fenster. »Wo genau sollte sie das erledigen?«

Sie warf ihm einen schüchternen Blick zu. »Das würde ich lieber nicht sagen, Sir.«

Er starrte sie sprachlos an. In den fünfundzwanzig Jahren ihrer Ehe war sie die gehorsamste aller Ehefrauen gewesen. Sie hatte ihm nichts abgeschlagen. Daß sie sich nun ausgerechnet in dieser Angelegenheit widersetzte, brachte ihn aufs neue in Wut. Da er gesehen hatte, wie Abigail dem Speisenaufzug entstiegen war, und deshalb von ihrer Schuld überzeugt war, vermutete er, daß das Mädchen auch seine Frau in ihre schändlichen Pläne verwickelt hatte. Bevor er den Schock über ihre Weigerung verwunden hatte und antworten konnte, klopfte es an der Tür.

»Oh, Sir«, rief sie. »Du hast doch nicht etwa nach dem armen Mädchen geschickt.«

»Herein!« rief er ärgerlich, ihre Bemerkung überhörend.

Abigail trat ein; sie fragte sich, warum man sie zu dieser späten Stunde noch hatte rufen lassen. Mit einem schnellen Blick stellte sie fest, auch wenn es nicht von Bedeutung war, daß ihr Morgenmantel zwar aus schwererem Samt, aber vom gleichen Mauve wie der Mrs. Bradshaws war. Sie hatte die Tür bereits hinter sich geschlossen, als sie Mr. Bradshaw am anderen Ende des Raumes am Fenster entdeckte. Sofort auf der Hut, überlegte sie, wieviel Mrs. Bradshaw ihm wohl erzählt hatte.

»Wo waren Sie heute, mein Fräulein?« fragte Bradshaw, ohne sie zum Sitzen aufzufordern.

Abigail wurde wütend. Obwohl sie wußte, daß es in ihrem Interesse lag, fügsam zu sein, war es ihr zutiefst zuwider, in diesem autoritären Ton angeredet zu werden. »Ich habe etwas für Mrs. Bradshaw erledigt«, antwortete sie und reckte leicht das Kinn.

»Zum Teufel!« explodierte Bradshaw, da ihn ihr herausforderndes Benehmen überzeugte, daß sie seine Frau angestiftet hatte. »Ich lasse mir diese frechen Antworten nicht gefallen!« Er starrte Abigail finster an. »Ich kenne Ihre Tricks, Miss«, schrie er. »Mich führen Sie nicht hinters Licht!«

»Oh, bitte fluche nicht, Mr. Bradshaw!« beschwor ihn seine Frau. Sie wandte sich an Abigail, die Hände gefaltet und stumm um Verzeihung bittend. »Ach, das ist alles wirklich sehr unschön.«

»Ich wollte nicht unhöflich sein, Sir«, sagte Abigail kühl, während sie zu Mrs. Bradshaw trat. »Ich habe Ihnen die Wahrheit gesagt. Ich habe etwas für Mrs. Bradshaw erledigt.«

Während er sie so neben seiner Frau stehen sah, hatte Bradshaw den Eindruck, daß sie sich gegen ihn verbündeten, und sein Ton klang noch schärfer als beabsichtigt: »Hatte ich Ihnen nicht ausdrücklich gesagt, daß ich jederzeit wissen muß, wo Sie sich aufhalten?«

Abigail zuckte lässig die Achseln. »Aber Sir, ich dachte, wenn ich eine Besorgung für Mrs. Bradshaw mache, wäre es das gleiche, als wenn Sie mich gebeten hätten, etwas für Sie zu tun«, sagte sie ruhig und mit einer Handbewegung in die Richtung seiner Frau.

Wütend über die Gelassenheit des jungen Mädchens, wohl wissend, daß sie sich eines unerhörten Ungehorsams schuldig gemacht hatte, aber unfähig, ihr dies im Moment nachzuweisen, klopfte Bradshaw sich an die Brust. »Sehe ich aus wie meine Frau?« fragte er zornig und näherte sich den beiden Frauen. »Ja? Sehe ich aus wie Mrs. Bradshaw?«

rief er, während er drohend auf Abigail hinabsah und sich gegen die Brust trommelte. Er machte auf dem Absatz kehrt, ging zum Fenster, wandte sich zu ihnen um und fragte: »Kann man mich vielleicht mit ihr verwechseln?«

Mit weit aufgerissenen Augen, peinlich berührt vom Wutausbruch ihres Gatten, biß Mrs. Bradshaw sich auf die Lippen.

Das gleiche tat Abigail, aber nur, um nicht in Lachen auszubrechen. Wenn ihr Vater wütend gewesen war und in seinem Zorn etwas Lächerliches gesagt oder getan hatte, war es manchmal vorgekommen, daß sie von einem nervösen Kichern erfaßt worden war. Sie hatte diesem Lachen aber nur einmal freien Lauf gelassen und danach gelernt, nie über einen zornigen Mann zu lachen. »Nein, Sir«, erwiderte sie düster, nachdem sich ihre Lachlust gelegt hatte.

Während sie nach der Tasche in den üppigen Falten ihres Morgenrocks suchte, brach Mrs. Bradshaw in Tränen aus.

»Hör sofort damit auf, Mrs. Bradshaw!« rief ihr Mann gereizt. »Du weißt, ich kann es nicht ertragen, wenn du weinst.«

Abigail erstarrte. Hilflose Tränen waren auch ihr ein Greuel. Vor allem, wenn sie unnötig waren. War die Frau schließlich nicht schlau genug gewesen, den wahren Grund der Besorgung durch eine perfekte Geschichte zu verbergen? Warum sträubte sie sich so, sie ihm zu erzählen? Hatte er vielleicht gar nicht Geburtstag? Abigail verließ der Mut. Sie sah Mr. Bradshaw an und hoffte, er würde etwas tun, damit seine Frau aufhörte, so schrecklich zu weinen.

Bradshaw, der Abigails kühlen Blick fälschlicherweise als Kritik an seinen gefühllosen Bemerkungen gegenüber seiner Frau auffaßte, hätte ihr nur zu gern einen Dämpfer aufgesetzt. Statt dessen knurrte er: »Hör auf mit dem Geheule, Gracie!«

Da sie vor kurzem erst genau das gleiche geäußert hatte, war Abigail erneut versucht zu lächeln, unterließ es jedoch.

»Es war eine ganz harmlose Besorgung, Sir«, sagte Mrs. Bradshaw, während sie ein Taschentuch hervorholte.

»Wenn es so harmlos war, weshalb hat Joseph Miss Danforth dann gezwungen, in eine andere Kutsche zu steigen?« fragte Bradshaw.

»Joseph hat mich nicht gezwungen, Sir«, sagte Abigail entschieden.

Bradshaw runzelte die Stirn, strich sich nachdenklich seinen Backenbart und sah Abigail an. »Das hat er aber gesagt.«

»Also wirklich, Mr. Bradshaw«, sagte seine Frau und tupfte sich die Augen. »Bedeutet dir das Wort eines … eines … *Kutschers* mehr als das von Miss Danforth?«

»Wenn ich bemerken darf, Sir«, sagte Abigail sanft, »Joseph irrt sich.« Sie warf der Frau im Sessel einen Blick zu. »Ich habe nur Mrs. Bradshaws Anweisungen befolgt.«

Bradshaw blieb unnachgiebig und sagte in unerbittlichem Ton: »Eine von euch beiden sagt mir jetzt auf der Stelle, was diese verflixte, geheimnisvolle Besorgung war, oder ich …«

Bevor er seinen Satz beenden konnte, sprang Mrs. Bradshaw auf und lief zu ihm hinüber. Sie klammerte sich an seinen Arm und blickte ihm in die Augen. »Ich flehe dich an, zwinge mich nicht, es zu sagen«, beschwor sie ihn.

Abigail wand sich innerlich, beschämt über dieses kriecherische Verhalten. Zugleich fragte sie sich, ob Jason sich nach der Hochzeit als ebenso herrisch erweisen würde.

Bradshaw schob seine Frau von sich und blickte, starr aufgerichtet, auf sie herab.

Mrs. Bradshaw drehte ihrem Mann den Rücken zu und ging langsam auf Abigail zu. Abigail hätte geschworen, ein Augenzwinkern gesehen zu haben, doch es war so blitzschnell vorbei, daß sie nicht sicher war. Als Mrs. Bradshaw ihren Schreibtisch erreicht hatte, wandte sie sich langsam und theatralisch zu ihrem Mann um. Die Hände auf den Hüften, die Fäuste geballt, seufzte sie tief, ehe sie wie vor einem großen Publikum vielsagend verkündete: »Miss Danforth hat mir den großen Gefallen getan, an meiner Stelle dein Geburtstagsgeschenk abzuholen.«

Hätte sie ihm eine Ohrfeige gegeben, Bradshaw hätte nicht verblüffter sein können. »Paaah!« rief er und errötete. »Ich habe doch gar nicht Geburtstag!«

»Dein Geburtstag ist am nächsten Mittwoch, Nathaniel«, sagte sie freundlich.

Zutiefst errötend, blickte er an die Decke und sagte mit schroffer Stimme: »Richtig.«

Abigail wagte nicht, Mrs. Bradshaw anzusehen, aus Angst, in ausgelassenes Lachen auszubrechen. Ihre Bewunderung für das Geschick, mit dem die Frau ihren Mann an der Nase herumführte, kannte keine Grenzen.

Die Hände auf dem Rücken, bemühte sich Bradshaw, seine Fassung wiederzuerlangen und kehrte zum Kamin zurück. »Warum hast du Miss Danforth geschickt?« fragte er.

»Ich war unpäßlich«, erwiderte seine Frau sittsam.

»Warum konntest du keinen Dienstboten schicken?« fragte er mit einer Handbewegung.

Mrs. Bradshaw lächelte Abigail an. »Ich brauchte jemanden, dem ich vertrauen konnte, Sir.«

Bradshaw hörte auf, hin und her zu gehen. Er legte wieder die Hände auf den Rücken und sah seine Frau an: »Lügst du mich an, Mrs. Bradshaw?«

Mrs. Bradshaw richtete sich steil auf. »Es ist nicht meine Gewohnheit zu lügen, Mr. Bradshaw«, antwortete sie.

Während sie mitanhörte, wie geschickt und mühelos die gute Frau log, gab Abigail die Hoffnung auf, jemals unterscheiden zu können, ob jemand log oder nicht. Sie verschränkte ihre Finger hinter dem Rücken und trug ihr Teil zu dem Schwindel bei: »Sie sagt die Wahrheit, Sir.«

»Schweigen Sie still, Mädchen!« sagte er. »Sie haben schon genug angerichtet.« Immer noch argwöhnisch, wandte er sich an seine Frau. »Zeige es mir!« befahl er.

Abigail hielt den Atem an. Sie hatte nicht erwartet, daß er einen Beweis verlangen würde, und fragte sich, wie Mrs. Bradshaw sich diesmal herausreden würde.

»Aber es ist dein Geburtstagsgeschenk.« Mrs. Bradshaw verzog das Gesicht. »Eine Überraschung.«

»Zeig es mir!« befahl er erneut. »Rasch, rasch«, setzte er hinzu, bevor er seine Meinung ändern konnte. »Und keine Tränen mehr.«

»Sie sind noch nicht als Geschenk verpackt«, sagte Mrs. Bradshaw mit einem tiefen Seufzer. Langsam und widerstrebend öffnete sie die mittlere Schublade ihres Schreibtischs. Sie griff hinein, schob einen Stapel Briefpapier beiseite und förderte ein kleines viereckiges Päckchen zutage, das in das Papier eines Juweliers gewickelt war. Sie legte es auf die Handfläche ihrer rechten Hand und hielt die linke Hand gewölbt darunter. Dem Blick ihres Mannes standhaltend, ging sie langsam auf ihn zu und reichte ihm das Päckchen, so wie ein Bettler flehend seine Kappe hinhält.

Mit finsterer Miene nahm Bradshaw das Päckchen und wickelte es aus.

»Vorsichtig, Sir«, sagte seine Frau sanft. »Sie sind so verpackt, daß einer auf dem anderen liegt, damit sie nicht verkratzt werden.«

Der letzte Teil der Papierhülle fiel auseinander, und Bradshaw hielt den Atem an. Mit hochrotem Kopf und dem Gefühl, ein Schuft zu sein, rollte er das Papier zusammen und streckte das zerknitterte Päckchen seiner Frau entgegen. Er verspürte abwechselnd den Wunsch, sich ihr zu Füßen zu werfen und sie um Verzeihung zu bitten, sie in die Arme zu nehmen und sie zu Bett zu bringen, wandte sich jedoch ab und ging, die Hände auf dem Rücken, auf die zugezogenen Vorhänge zu.

Ohne auf den erregten Zustand ihres Mannes zu achten, nahm Mrs. Bradshaw wieder an ihrem Schreibtisch Platz. »Miss Danforth kennt sich mit Saphiren aus, wie du zweifellos an dem Halsband sehen konntest, das sie ab und zu trägt«, sagte sie ruhig. »Ich hatte das Gefühl, ich könnte ihr zutrauen, die Qualität der Steine zu beurteilen, die ich für dich ausgesucht hatte.« Bradshaw drehte sich um und sah seine Frau an, räusperte sich dann und sagte abrupt: »Sie können gehen, Miss Danforth.«

Abigail ging zur Tür.

»Bevor Sie gehen, meine Liebe.« Mrs. Bradshaw streckte die Hand aus und hielt Abigail mit einer kaum spürbaren Berührung zurück. »Mein Mann hat es wie immer gut gemeint.« Sie wandte sich zu ihm um und fuhr mit ihrem gewohnt munteren Lächeln fort: »Nicht, daß ich mir wieder deinen Zorn zuziehe, aber da Miss Danforth ihren Auftrag so gut ausgeführt hat, habe ich sie gebeten, eine weitere Besorgung für mich zu machen. Mit deiner Erlaubnis natürlich?«

Da er von dem gerade Vorgefallenen noch zu sehr aus der

Fassung gebracht war, um ihre Gründe zu erforschen, und er ja Joseph über ihren Aufenthalt ausfragen konnte, gab Bradshaw mit einem kurzen Nicken seine Einwilligung.

Abigail, die Mrs. Bradshaws Wink verstand, sagte: »Ich bitte um Verzeihung, daß ich Ihre Wünsche mißverstanden habe, Sir.« Sie lächelte sittsam. »Ich würde nie mit Absicht etwas tun, um Sie zu verärgern.«

Wohl wissend, daß Abigail log, wollte Bradshaw sie vor seiner Frau jedoch nicht bloßstellen und starrte sie nur mit zusammengebissenen Zähnen finster an. Mit einer Handbewegung entließ er sie.

Als die Tür hinter Abigail ins Schloß fiel, setzte Mrs. Bradshaw ihr reizendstes Lächeln auf und breitete die Arme aus.

Da er soeben den Ruf seiner teuren Frau beschmutzt hatte, indem er Abigail eine Schuld zuschrieb, hielt er sich für unwürdig, auch nur ihren Rocksaum zu berühren und floh mit einem gequälten Stöhnen aus dem Raum.

In Abigails Kopf drehte sich alles vor Müdigkeit, sie ließ ihren Morgenrock von den Schultern gleiten, warf ihn auf das Sofa und schlüpfte zufrieden zwischen die Laken ihres aufgeschlagenen Bettes. Sie griff nach oben, um das Licht auszuschalten, doch nach einem Augenblick des Zögerns griff sie statt dessen nach dem Medaillon mit dem Katzenauge und zog es aus seiner Umhüllung, um es im Licht besser betrachten zu können. Es war ein Chrysoberyll mit Cabochonschliff, der seine opalisierenden Spiegelungen aus dem Innern heraus zur Geltung brachte; der Stein saß, durch vier goldene Zacken gesichert, auf einer massiven goldenen Unterlage, die oben einen winzigen goldenen Ring trug, durch den die Kette gezogen wurde. Ein Lichtstrahl tief aus dem

Innern schien den Stein in zwei Hälften zu spalten. Doch selbst während sie diesen Lichtstrahl betrachtete, war ein Teil ihrer Gedanken nicht bei der Sache.

Die Zeitungen waren voll von Berichten über die Morde in Chinatown, über die die Königin der Katzen gesprochen hatte. Vor nicht ganz zwei Wochen hatte der Polizeichef alle Schutzleute abberufen, bis auf einen Polizisten und vier Streifenbeamte, die den Bezirk kontrollieren sollten. Wenn die Macht der Polizei derart lahmgelegt war, konnte niemand die Gangster in Schach halten. Wie sollte sie sich in ihre Reihen schmuggeln und, da sie nicht ihre Sprache sprach, herausbekommen, welcher Tong für Charles' Tod verantwortlich war? Und dann herausfinden, welcher Gangster die Tat verübt hatte? Es erschien ihr unmöglich, vor allem, da Maude eine Passage nach Hawaii auf einem Klipper gebucht hatte, der in nicht einmal zehn Tagen ablegen würde.

Außerdem war Jason nicht zum Abendessen erschienen, hatte auch nicht geschrieben. Während sie das Katzenauge in ihrem Nachthemd verstaute, löschte sie die Lampe und tauchte den Raum in ein Dunkel, das so schwarz war wie ihre Gedanken.

16. Kapitel

Eine schlaflose Nacht hatte nicht dazu beigetragen, Bradshaws Gemütsverfassung zu verbessern, ebensowenig wie das Aufundabgehen in Creighton Mallorys Büro, nachdem er dem Angestellten Zylinder, Spazierstock und Handschuhe übergeben hatte. Mallory hatte ihn immer aufgebracht. Auf der Straße großgeworden, war er von Habgier besessen. Er war verschlagen, und auch die hinterhältigsten Gedanken waren ihm nicht fremd. Er war redegewandt, und das hatte ihnen allen die jetzigen Schwierigkeiten eingebrockt. Ohne Mallorys Einfluß hätte der Alte sich niemals darauf eingelassen, Gangster zu verpflichten, die sich um den mühsamen Konkurrenzkampf in Chinatown kümmerten, und es wäre nicht zu diesen verhängnisvollen Folgen gekommen. Aber wer hatte voraussehen können, daß der Kampf eskaliert und in der Straße der

Chinesen offen zum Ausbruch gekommen war? Wer konnte ahnen, daß Charles sich in der Nähe aufhielt?

Der tragische Unfall, der sich ereignet hatte, hatte auch den alten Mann beinahe umgebracht. Er hatte eindeutig genug gelitten. Niemandem wäre damit gedient, wenn seine Rolle in der Angelegenheit bekannt würde; es würde lediglich der Name eines großen Mannes in den Schmutz gezogen, der viel dafür getan hatte, San Francisco zu zivilisieren. Tatsächlich war die Geschichte nahezu in Vergessenheit geraten, bis Miss Cunningham, mit der lästigen Miss Danforth im Schlepptau, zurückgekehrt war. Es ärgerte ihn, daß sich Abigail als ebenso unaufrichtig wie Mallory erwiesen hatte. Auch würde er ihr nicht so schnell verzeihen, daß sie sich zwischen ihn und seine angebetete Frau gedrängt hatte. Und daß sie ihn in die Lage versetzt hatte, Mallory privat zu einem Gespräch aufsuchen zu müssen, war fast mehr, als er ertragen konnte. Seine Laune verschlechterte sich zusehends, als Mallory endlich erschien.

Ohne sich für seine Verspätung zu entschuldigen, schlenderte Mallory durch den Raum zu seinem Schreibtisch und sagte in seinem hohen Genäsel: »Diese Orioles haben Boston gestern abend eine richtige Ladung verpaßt, wie?«

»Das ist kein Baseball!« rief Bradshaw angewidert. »Das ist Rowdyball, gespielt von einer Truppe von Rabauken.«

»Gut, gut«, sagte Mallory gedehnt, die Augen unter den schweren Lidern zu Schlitzen verengt. »Ich nehme an, Sie finden das Spiel erst gut, wenn jeder Spieler Akademiker ist.« Er machte es sich in dem riesigen ledernen Schaukelstuhl hinter seinem Schreibtisch bequem. Er konnte mit dem Snob, der ihm gegenüber saß, nicht viel anfangen. Bradshaw besaß kein Rückgrat. Machte sich nicht gern die Hände schmutzig, wenn es mal etwas stürmischer zuging, zum Beispiel jemand erledigt werden mußte. Aber er war der Liebling des Alten. Der Alte hatte ihn auf die Universität geschickt. Er hatte großzügig seinen Einfluß genutzt, ihn durch Kontakte unterstützt und Bradshaw geholfen, Präsident der neuen Staatsbank zu werden, alles nur, weil er sich Bradshaws Vater zu Dank verpflichtet fühlte, der schon sein Freund gewesen war, bevor er zu Reichtum gelangt war.

»Zum Teufel, Mallory!« rief Bradshaw. »Ich bin nicht zu dieser unchristlichen Zeit zu Ihnen gekommen, um mit Ihnen über Baseball zu diskutieren!«

»Nun?« Mit hochgezogener Braue zog Mallory das Wort in die Länge, während er über seinen herabhängenden Schnurrbart strich. Es freute ihn unendlich, daß Bradshaw gezwungen war, ihn aufzusuchen.

»Peter war betrunken«, sagte Bradshaw vorwurfsvoll. Er hielt es nicht für nötig, den harmlosen Auftrag zu erwähnen, den zu erledigen seine Frau Abigail gebeten hatte.

Mallory stöhnte und starrte an die Decke, als erwarte er von dort Beistand.

»Anscheinend ist der verdammte Narr meilenweit einer leeren Kutsche gefolgt, bevor er gemerkt hat, daß niemand darin saß«, fuhr Bradshaw fort.

Mallory zuckte die Achseln. »Ich werde ein Wort mit ihm reden müssen.«

»Das ist das mindeste«, sagte Bradshaw mit einer wegwerfenden Handbewegung.

»Weiter?« Mallory strich seinen Schnurrbart und wartete, daß Bradshaw zur Sache kam.

»Was sollen wir dem Alten sagen?«

»Wir«, Mallory zog das Wort in die Länge. »Wir?« sagte er noch einmal gedehnt und hob fragend die Stimme. »Seit wann wir, Bradshaw?« fragte er ironisch. »Miss Danforth wohnt in Ihrem Haus. Sie sind für ihr Kommen und Gehen verantwortlich, nicht ich.«

»Sie haben Peter ausgesucht, verdammt!« rief Bradshaw und zeigte vorwurfsvoll mit dem Finger auf Mallory.

»Kommen Sie«, sagte Mallory ölig und streckte beschwichtigend die Hände aus. »Das ist nicht der Zeitpunkt, um einander Vorwürfe zu machen.«

»Sie wissen, wie schwach sein Herz ist«, sagte Bradshaw in mißbilligendem Ton.

Mallorys amüsiertes Lachen wurde von seinem Schnurrbart verborgen und erreichte auch nicht seine Augen. »Sie trauen sich wohl nicht, ihm zu erzählen, daß Sie sie aus den Augen verloren haben, hmmmmm?« fragte er und zog den Laut genauso in die Länge wie der Alte manchmal, wenn er auf etwas hinauswollte. »Da würden Sie ganz schön dumm aussehen, trotz all Ihrer Bildung, was?«

Bradshaw starrte ihn haßerfüllt an, entschlossen, sich nicht auf einen Streit einzulassen und sich so auf Mallorys Niveau zu begeben.

»Erzählen Sie ihm gar nichts.« Mallory zuckte die Achseln, angewidert davon, daß Bradshaw sich nicht selbst zu helfen wußte.

»Nichts?« wiederholte Bradshaw, verärgert, daß er nicht selbst auf eine so einfache, wenn auch unehrliche Antwort gekommen war. »Aber es war die Idee des Alten, ihr zu folgen, anstatt sie auf frischer Tat zu ertappen und zu bestrafen«, fuhr er stirnrunzelnd fort.

»Wußte er, wann sie entwischen wollte?«

»Nein.« Bradshaw strich mit zusammengepreßten Lippen seinen Backenbart.

Mallory zuckte vielsagend die Achseln. »Miss Danforth

macht bestimmt einen neuen Versuch. Dann schnappen Sie sie eben dabei. Und das können Sie ihm dann berichten.«

Bradshaw runzelte die Stirn. »Sie sollten Peter ersetzen.«

»Peter lassen Sie mein Problem sein«, sagte Mallory in einem Ton, der nichts Gutes ahnen ließ. »Dem werde ich den Kopf zurechtsetzen.«

»Ich kann es mir nicht leisten, daß er noch einmal versagt«, sagte Bradshaw, als er sich erhob, um zu gehen. »Übrigens«, setzte er hinzu und sah auf Mallory, der immer noch in seinem Sessel saß, herab. »Wir haben Jason gestern beim Essen vermißt.« Sein Lächeln war boshaft. »Haben Sie eine Ahnung, wo er gesteckt hat?«

Mallory erhob sich, um Bradshaw zur Tür zu bringen. »Ich weiß es nicht«, sagte er beiläufig, bemüht, seinen Zorn über Jasons Abwesenheit zu verbergen. »Dieser Knabe ist unverbesserlich«, fuhr er fort, während sie den Raum durchquerten. »Ich kann es kaum erwarten, bis ich ihn vor mir habe.«

»Gar nicht so einfach, jemanden im Auge zu behalten, wie?« fragte Bradshaw mit einem ironischen Lächeln.

»Jason lebt nicht unter meinem Dach«, erwiderte Mallory sanft und öffnete die Tür. »Er ist ein junger Mann, der kommen und gehen kann, wie er will. Er ist nicht so leicht zu beaufsichtigen, wie das bei einem jungen Mädchen der Fall sein sollte.«

Bradshaw, der Mallorys Grinsen am liebsten mit einer Ohrfeige vertrieben hätte, schaffte es nur mit größter Überwindung, ihm die Hand zu reichen.

Im gleichen Moment, in dem Mallory und Bradshaw sich verabschiedeten, umklammerte Jason Aldrich die Toilette in seinem Badezimmer und übergab sich. Noch während er würgte, war er froh, daß er die Ungestörtheit seines eigenen Badezimmers erreicht hatte, bevor er sich so jämmerlich aufführte. Und er war froh, seinen Magen von Scotch, Rotwein, Champagner, Brandy und diversen Speisen zu befreien. Doch soviel er auch von sich gab, er wurde die Angst nicht los, die in seinem Innern nagte. Der verdammte Würfel war verhext gewesen, und etwa um Mitternacht hatte er mit dem Backgammon aufgehört. Auf das chinesische Fantan umzusteigen, war noch schlimmer gewesen, und ein Pokerspiel, daß schließlich im Morgengrauen begonnen hatte, hatte sich als Katastrophe erwiesen. Sein Kopf dröhnte, sowohl von seinen Berechnungen, wieviel die Nacht ihn gekostet hatte, als auch vom Alkohol. Wie sollte er bezahlen? Was würde Mallory tun, wenn er es erfuhr? Als er erschöpft auf dem Fußboden des Badezimmers lag, begann er sich zu fragen, ob eine Ehe mit der reichen Miss Danforth wirklich so schlecht wäre.

Halston öffnete die reichverzierte Haustür mit den bleigefaßten Scheiben, um Abigail hinauszulassen, und stieß einen Seufzer der Erleichterung darüber aus, daß ihre Unternehmungen nicht seine Angelegenheit, sondern die der Hausherrin waren.

In einem warmen, mit Marderpelz besetzten Mantel und mit einem riesigen Hut, der zum Schutz gegen den eisigen Wind besonders gut festgesteckt war, rannte Abigail die Vordertreppe hinab, mit dem gleichen Gefühl wie ein Gefangener, den man aus dem Gefängnis entläßt.

Kinkade hatte einen geschlossenen Brougham gemietet, um Jacks Anwesenheit besser vor neugierigen Blicken verbergen zu können. Er war so vorsichtig gewesen, ihn von einem Stall zu mieten, der etwas entfernt lag und vermutlich nicht beobachtet wurde. Er roch nach Lederpolitur, das Pferd schien brauchbar zu sein und brachte sie pünktlich zu ihrer Verabredung im Gebäude der Oakland-Fähre, wo Jack am vereinbarten Platz auf sie wartete.

Jack nahm seine Mütze ab und nahm Abigail gegenüber Platz, während der Kutscher das Pferd wieder in den Verkehr lenkte. Er hatte die Anweisung erhalten, zwar ständig zu fahren, sich jedoch nicht zu weit vom Gebäude der Fähre zu entfernen.

Da sie wußte, daß der junge Schriftsteller keine Zeit für leichtfertiges Geplauder hatte, kam Abigail, sobald die Höflichkeiten ausgetauscht waren, zur Sache. »Hat Charles jemals einen Mann namens Samuel Turner erwähnt?« fragte sie.

Während er mit der Hand durch sein dichtes Haar fuhr, dachte Jack einen Augenblick nach. »Nicht, daß ich wüßte«, sagte er achselzuckend. »Wer ist das?«

»Charles wollte ihn ungefähr zu der Zeit treffen, als er umgebracht wurde«, sagte Abigail und verbarg ihre Enttäuschung. »Im Blauen oder Grünen Papagei.«

»Sie meinen doch wohl nicht den Purpurroten Papagei?« fragte Jack mißtrauisch.

»Meine – äh – Quelle wußte die Farbe nicht genau, Mr. London«, erwiderte Abigail vorsichtig. »Aber Papagei kam auf jeden Fall in dem Namen vor.«

»Aber der Purpurrote Papagei ist an der Barbary Coast«, antwortete Jack stirnrunzelnd.

»Ja, das muß er sein!« rief Abigail eifrig.

Jack lehnte sich in seinem Sitz zurück. »Was hätte Charles in einem solchen Lokal zu suchen gehabt?« fragte er.

»Genau das muß ich herausfinden«, sagte Abigail. »Deshalb müssen Sie mich dorthin bringen.«

»Sie wollen, daß ich Sie dorthin bringe?« Jack traute seinen Ohren nicht. Allgemein als Synonym für Ausschweifungen geltend, erstreckte sich die Barbary Coast nur über ein paar Häuserblocks, die den Hang zum Telegraph Hill hinaufkrochen, doch auf dem kurzen Stück drängten sich Tanzsäle, Varietétheater, billige Schnapsbuden und Musikhallen, die von Zuhältern, Dieben und Schwindlern bevölkert wurden. Unvorsichtige Besucher wurden von obskuren Getränken außer Gefecht gesetzt, und Gentlemen, die einen draufmachen wollten, wagten sich meist nicht ungestraft in diese Gefilde. Es war absolut undenkbar, daß eine Dame diese Gegend aufsuchte. »Unmöglich!« rief Jack.

»Aber ich muß Mr. Turner suchen«, sagte Abigail ernst.

Jack schüttelte den Kopf. »Ich kann Sie nicht dorthin bringen, Miss Danforth«, sagte er und fragte sich, wer eigentlich ihre Eltern waren, daß man ihr erlaubte, einen solch unbesonnenen Schritt auch nur in Erwägung zu ziehen.

»Wie soll ich ihn sonst finden?« fragte sie stirnrunzelnd.

Jack schüttelte unnachgiebig den Kopf. »Sie verstehen mich anscheinend nicht, Miss Danforth«, sagte er ungeduldig. »Keine Dame würde je diesen Bezirk betreten.« Er sah sie streng an. »Jedenfalls keine anständige Dame.«

Abigail richtete sich auf. »Ich werde Sie als Mann verkleidet begleiten.«

Jack warf den Kopf zurück und brach in schallendes Gelächter aus.

Gekränkt über seinen Spott, zwang sich Abigail, ruhig zu bleiben, und wartete, bis sich sein Heiterkeitsausbruch legte. »Meine Verkleidung ist sehr gut, Sie werden sehen«, sagte sie, als Jack sich soweit beruhigt hatte, daß er sie trotz des Klirrens und Quietschens der Kutsche verstehen konnte.

Da sie wußte, daß sie um einiges respektabler aussehen würde als er, falls sich erweisen sollte, daß der dürftige Anzug, den er trug, sein einziger war, und davon war sie überzeugt, klang ihr Ton einigermaßen ironisch. Der eigentliche Grund, warum sie ihn jedoch unbedingt zum Begleiter haben wollte, war, daß er stämmig und kräftig aussah und sich wahrscheinlich in dem Nachtleben, von dem sie sprachen, häufig getummelt hatte und sich auf männliche Weise wehren würde, falls es Anlaß dazu geben sollte.

»Aber Miss Danforth!« protestierte Jack, entsetzt von ihrem Vorschlag. »Sie werden Dinge zu Gesicht bekommen, denen Sie nicht gewachsen sind. Sie werden in Ohnmacht fallen. Was soll ich dann tun?«

»Würden Sie beim Anblick dieser Dinge in Ohnmacht fallen?« fragte Abigail.

»Nein!« rief er und errötete tief. »Aber ich bin ein Mann.«

»Ich werde als Mann verkleidet sein«, beharrte Abigail, als sei die Sache damit abgemacht.

»Ihre Verkleidung wird Sie nicht vor Ihrer weiblichen Empfindsamkeit bewahren, Miss«, sagte Jack und schüttelte unerbittlich den Kopf.

»Höchstens beim Anblick dessen, was von einem menschlichen Körper übrigbleibt, nachdem er von einem Schuß aus einer Schrotflinte getroffen wurde, werde ich in Ohnmacht fallen«, sagte Abigail mit fester Stimme.

Jack schauderte, nicht wegen der Erinnerung, die ihre Worte in ihm weckten, sondern wegen der selbstsicheren Art, in der sie sie äußerte, keineswegs ängstlich wie ein Mädchen. Eine Weile fuhren sie schweigend dahin. »Sagen Sie mir, was Sie wissen müssen«, sagte er und beugte sich vor, um es auf andere Weise zu versuchen. »Ich werde die Antworten herausfinden und Ihnen alles berichten.«

»Nein«, sagte Abigail mit entschiedenem Kopfschütteln. »Ich muß selbst mit Mr. Turner sprechen. Oder mit der Person, die ihn zuletzt dort gesehen hat. Ich weiß nicht genau, wonach ich suche. Es könnte Ihnen etwas entgehen.«

Jack lehnte sich wieder zurück. Nie zuvor war er einem so hartnäckigen Mädchen begegnet – das so bereit war, allen Gesetzen einer geordneten Gesellschaft zu trotzen. Und doch, hatte Charlie sich nicht über seine gute Erziehung hinweggesetzt, um sich für ein besseres Leben anderer Menschen einzusetzen? Und er selbst – setzte er sich nicht auch über seine Herkunft aus einer Arbeiterfamilie hinweg mit seinem Streben nach Ruhm und Reichtum als Schriftsteller? Warum sollte es bei ihr anders sein? Warum sollte sie nicht danach trachten, Detektivin zu werden? Bisher hatte jedenfalls noch niemand den Mut gehabt, den Mord an Charles aufzuklären. Und jetzt kam sie und war bereit, an einem höchst anstößigen Ort nach Antworten zu forschen. Von Nachforschungen hielt er viel. Er zuckte die Achseln. »Es ist eine harte Sache«, sagte er nachdenklich. »Aber solange Sie immer sofort bezahlen und alles akzeptieren, werden Sie wahrscheinlich keinen Mord erleben.« Er runzelte die Stirn und hob warnend den Finger. »Aber, egal was kommt, trinken Sie keinen Alkohol!«

Abigail klatschte begeistert in die Hände. »Dann bringen Sie mich also hin?« fragte sie mit strahlendem Lächeln.

Zum Zeichen seiner Kapitulation hob er die Hände, und sein zustimmendes Lächeln enthüllte seine fehlenden Zähne; er klopfte an das Dach der Kutsche, um den Fahrer anzuweisen, zur Anlegestelle der Fähre zurückzukehren.

Nachdem Abigail Jacks Einwilligung ertrotzt hatte, klangen ihr plötzlich seine Warnungen in den Ohren, und bei der Aussicht, den schlimmen Ort bald wirklich zu besuchen, bekam sie weiche Knie. Sie betete um den Mut, in ihrem Entschluß nicht schwankend zu werden, und sie verabredeten sich für den nächsten Abend.

Sobald sie in ihrer Suite war und noch bevor sie den Mantel ablegte, läutete Abigail nach Kinkade, um ihm ein Kompliment wegen der Kutsche auszusprechen und ihm die Anweisung zu erteilen, für den kommenden Abend nochmals einen Wagen zu bestellen. »Sie brauchen mich nicht zu begleiten«, sagte sie zu ihm, während er am Fußende des Sofas stand, auf dem sie sich mittlerweile ausgestreckt hatte. »Ich werde in meinen Männerkleidern ausgehen.«

»Aber, Miss Danforth«, sagte Kinkade ernst. Zutiefst entsetzt, konnte er sich nicht enthalten zu sagen: »Das meinen Sie doch nicht im Ernst.«

»Wie bitte?« fragte Abigail zurück, beleidigt, daß er die Stirn besaß, ihr zu sagen, was sie zu tun hatte.

»Wenn ich mich nicht irre, Miss«, fuhr Kinkade in dem Bemühen fort, sich seine Mißbilligung nicht anhören zu lassen, »ist alles, was Sie an Männerkleidung besitzen, ein Ausgehjackett für den Vormittag, mit Hosen natürlich, und ein Zylinder, den sie noch schlechter tragen können.«

»Was wollen Sie damit sagen?« fragte Abigail scharf.

»Wenn Sie sich mit Mr. London für einen Abendbummel verabredet haben, können Sie keine Morgenkleidung tragen!« erwiderte er, entsetzt, daß sie das nicht wußte.

»Ach, zum Teufel!« rief Abigail mit einem ärgerlichen Kopfschütteln. Zerknirscht fügte sie hinzu: »Ich verstehe, was Sie meinen.«

Erleichtert, daß sie seinen Rat offenbar beachtete, jedoch noch nicht offiziell von ihr entlassen, blieb Kinkade, die Hände an den Seiten, stehen.

»Was soll ich bloß tun?« überlegte sie laut. »Ich habe keine Zeit, einen Schneider zu suchen und mir Kleider anfertigen zu lassen.«

Kinkade wandte seinen Blick dem Wandschirm zu, der die Tür verbarg. Er würde lieber in der Hölle schmoren, als von sich aus anzubieten, für sie einkaufen zu gehen. Er hatte ihrem Vater schon gedient, als sie noch in Windeln steckte. Sie sollte seinem Geschmack inzwischen vertrauen.

Abigail stöhnte vor Enttäuschung. Es war zum Wahnsinnigwerden, daß man sich nicht so ungehindert wie ein Mann bewegen konnte. Aber selbst die Männer kleideten sich nach unumstößlichen Regeln, gegen die man nicht ungestraft verstieß. Jedenfalls in ihren Kreisen. Kinkade hatte recht. Was wäre, wenn ein anderer Mann sie im Purpurroten Papagei sähe und sich über ihren Morgenanzug lustig machte? Sie müßte darauf reagieren und würde wegen einer so unwichtigen Sache wie Kleidung in einen Streit verwickelt, den Jack dann für sie ausfechten müßte. Sie würde vielleicht einen wichtigen Hinweis verpassen. Wenn sie sich nicht korrekt kleiden konnte, sollte sie vielleicht besser gar nicht erst hingehen. Doch selbst sie mußte einräumen, daß es unmöglich war, in ihrer normalen Kleidung in den Purpurroten Papagei zu gehen, auch nicht mit Jack als Begleiter.

Sie seufzte tief. Zu ihrer Bestürzung hatte der Gedanke, ihren Plan nicht ausführen und dieses widerliche Lokal aufsuchen zu müssen, durchaus etwas für sich, aber dieser ketzerische Gedanke beflügelte sie. Kinkade hatte das Problem aufgeworfen. Kinkade konnte es lösen. Aber würde er das tun? Ihn zu bitten, hieße, ihn in Verlegenheit zu bringen. Was würde sie tun, wenn er sich weigerte? Ihn entlassen? Das Schreckgespenst, vor sich selbst als Feigling dazustehen, trieb sie dazu, es zu riskieren. »Kinkade«, sagte sie und hüstelte leicht, um ihre Nervosität zu verbergen. »Würde es Ihnen etwas ausmachen, ein paar Einkäufe für mich zu erledigen?«

Während er überlegte, weshalb sie so lange mit ihrer Frage gewartet hatte, verwandelte ein breites Lächeln Kinkades Boxergesicht, und er schüttelte den Kopf.

»Ausgezeichnet!« rief sie mit einem erleichterten Seufzer. »Läuten Sie bitte Jacqueline und sagen Sie ihr, sie soll das Bandmaß mitbringen.«

Ein sehr ernüchterter Jason erschien an diesem Nachmittag, begleitet von zwei seiner Schwestern, im Salon Mrs. Bradshaws, um seine Aufwartung zu machen.

Da es Mrs. Bradshaws Empfangstag war, waren sowohl Abigail als auch Maude anwesend.

Seine Schwestern Maude und Mrs. Bradshaw überlassend, setzte sich Jason zu Abigail auf die Sitzbank. Seine Stirnlocke hing ihm ins Gesicht, und er sah blaß und elend aus; er entschuldigte sich für seine Abwesenheit und daß er sich nicht gemeldet hatte, und seine heisere Stimme sollte als Beweis dienen für die Behauptung, er habe sich früher als erlaubt von seinem Krankenlager erhoben, um so schnell wie möglich Abigails Gegenwart zu genießen.

Da sie sich mit solchen Dingen auskannte – übermäßiger Alkoholgenuß war ein Vergnügen, dem die müßigen Reichen ab und zu frönten- glaubte Abigail ihm kein Wort. Sie hatte ihren Bruder Rodney zu oft in ähnlicher Verfassung gesehen und kannte alle Anzeichen, die eine Nacht der Ausschweifungen hinterließ. Doch sie fand es reizend von ihm, daß er das Bedürfnis hatte, sich zu verstellen, um nicht bei ihr in Ungnade zu fallen. Um ihm zu beweisen, daß sie ihm glaubte, und ihn ein wenig aufzuziehen, nahm sie seine Geschichte mit dem größten Mitgefühl auf und machte sich einen Spaß daraus, ihm jedes Heilmittel gegen Erkältungen und Grippe zu empfehlen, von dem sie je gehört hatte.

Keine halbe Stunde später wiederholte Jason seine Vorstellung für Miss Henrietta Abernathy, die ebenso mitfühlend war, aber nicht so viele gute Ratschläge parat hatte.

17. Kapitel

Abigail nahm die Anstrengung auf sich, den ganzen Tag über reizend und sichtbar zu sein, lehnte es jedoch ab, abends die Bradshaws und Maude zum Abendessen und ins Theater zu begleiten, indem sie außergewöhnliche Müdigkeit vorschützte. Da er seine Frau nur ungern enttäuschen wollte, begnügte Bradshaw sich damit, Abigail unter Halstons wachsamen Auge zurückzulassen.

Nachdem er sich vergewissert hatte, daß Jacqueline den Anzug Abigails Schultern richtig angepaßt hatte und der Zylinder korrekt saß, fiel es Kinkade nicht schwer, Halston dazu zu bewegen, mit ihm in der Kneipe ein paar zu kippen, da er ihn einlud. Jacqueline schaffte es mühelos, Tinas Aufmerksamkeit abzulenken, indem sie sich erbot, ihr die letzte Mode aus Paris zu beschreiben.

So gelang es Abigail ohne Schwierigkeit, das Haus zu verlassen, ohne entdeckt zu werden.

»Na, wenn Sie kein flotter Bursche sind!« rief Jack, als sie in die wartende Kutsche kletterte. Er, der sein Leben lang für einen kümmerlichen Lohn gearbeitet hatte und selten mehr als einen ordentlichen Anzug besessen hatte, war beeindruckt davon, was eine großzügige Geldsumme und Kinkades Geschick zustandegebracht hatten. »Ich muß sagen, Sie geben einen überzeugenden Gentleman ab.«

Abigail spürte, wie sie unter ihrem Schnurrbart errötete, und hoffte, die so entstandene Hitze würde den Klebstoff nicht auflösen, mit dem sie ihn befestigt hatte. »Vielen Dank, Sir«, sagte sie mit so tiefer Stimme wie möglich, während sie sich auf dem ungewohnten Platz mit dem Rücken zum Pferd niederließ.

»Ich hatte gehofft, Sie würden Ihre Meinung noch ändern und den Plan aufgeben«, sagte Jack. »Es ist nämlich noch nicht zu spät«, setzte er hinzu, als die Kutsche vom Bordstein losfuhr.

»Der einzige Mensch, für den es zu spät ist, ist Ihr Freund Charles Davenport«, sagte Abigail, und obwohl sie sich nicht bemühte, ihre Stimme zu verstellen, klang die Bestimmtheit in ihren Worten entschieden männlich.

Überzeugt, daß ihre Entschlossenheit auf einer Unkenntnis der Situation basierte, auf die sie sich da einließ, und wohl wissend, daß sie ihm nicht glauben würde, wenn er ihr im voraus sagte, was sie erwartete, schüttelte Jack resigniert den Kopf. Man hörte nur das Geräusch der munter dahintrabenden Pferde und des klirrenden Geschirrs, während sie schweigend bis zum Fuß von Telegraph Hill fuhren. Jack verließ als erster die Kutsche und streckte die Hand aus, um Abigail zu helfen, doch in Anbetracht ihrer Verkleidung lehnte sie seine Hilfe ab, auch wenn es ungewohnt war, allein zurechtzukommen. Nachdem er den Kutscher ermahnt hatte, ihre Rückkehr abzuwarten, widerstand Jack der Versuchung, sie am Ellbogen zu fassen, wie er es normalerweise getan hätte, wenn er eine junge Dame begleitete, und konzentrierte sich darauf, ihr Ziel auszumachen, während sie die Straße hinaufgingen.

Da sie kaum Zeit gehabt hatte, sich in ihrem neuen Staat zu bewegen, war Abigail dankbar für die Gelegenheit, neben ihm herzugehen, ohne daß das Gewicht von schwerem Stoff von ihrer Taille herabfiel und sie beim Laufen behinderte. Während sie mit Vergnügen ihren Spazierstock schwang, bemühte sie sich, auf dem unebenen Pflaster des Bürgersteigs nicht ins Stolpern zu geraten. Heisere Musik erklang aus den Türen, an denen sie vorbeigingen, und da sie sich nur darauf konzentriert hatte, nicht den Halt zu verlieren, blieb Jack stehen und öffnete die Tür zum Purpurroten Papagei, noch ehe sie damit gerechnet hatte. Da man alte Gewohnheiten bekanntlich nur schwer ablegt, betrat Abigail vor ihm den Club und wurde auf der Stelle von Entsetzen gepackt.

Ein Klavier und Schlaginstrumente untermalten das obszöne Lied, das eine besonders unattraktive Frau mit schwankender Stimme zum Besten gab; sie hüpfte auf einer winzigen Bühne umher und hob ihre Röcke so hoch, daß man ihre Strumpfbänder sehen konnte. Abigail gefror das Mark, so schockiert war sie über die freigiebig gezeigten bestrumpften Beine der Sängerin. Jack faßte sie am Ellbogen, um sie weiterzuziehen, aber es sollte noch schlimmer kommen. An den mit Gästen besetzten Tischen, an denen sie auf ihrem Weg zu der Bar am anderen Ende des Raumes vorbei mußten, gingen sogenannte hübsche Serviermädchen ihrem Gewerbe nach. Lachend und schwatzend hielten sie sich bei den Tischen auf und servierten Getränke, wobei ihre losegeschnittenen Blusen sich öffneten und ihre nackten Brüste entblößten. Noch schockierender war, daß das Rot ihrer Lippen genau wie die Röte ihrer Wangen nur aus dem Schminktopf stammen konnte, denn die Kleidung – oder Nichtbekleidung – verriet, daß sie keinerlei Scham besaßen.

Während Abigail sich bemühte, nicht zu zeigen, wie entsetzt sie war, stach ihr zu ihrem Ärger der in der Luft liegende Zigarrenqualm in die Augen und brachte sie zum Tränen. Damit Jack nicht dachte, sie finge gleich an zu weinen, verzichtete sie darauf, ein Taschentuch hervorzuholen, und blinzelte statt dessen heftig, um gegen die Reizung anzukämpfen, während sie weiter zur Bar gingen. Das Schlagzeug trommelte, und das Klavier hämmerte, während die Sängerin mit ihrem Gehüpfe fortfuhr und noch lauter und falscher sang. Wenige Gäste in dem übervollen, lauten Raum schienen davon Notiz zu nehmen, da sie in ihre Privatgespräche vertieft waren und mit den Serviermädchen schäkerten.

Als er die beiden neuen Gäste kommen sah, setzte der Barkeeper ein breites Lächeln auf. Der Purpurrote Papagei hatte nicht häufig vornehme Herren zu Gast, und er beeilte sich, den gutgekleideten Kunden als ersten zu bedienen. »Was darf es sein, Sir?« fragte er mit öliger Zuvorkommenheit, während er sich über die Theke lehnte, um den Vortrag zu übertönen.

Halb erstickt von dem Qualm, immer noch blinzelnd und zu erregt, um zu sprechen, sah Abigail Jack stumm mit einem hilfesuchenden Blick an.

»Champagner«, erwiderte Jack schnell, den Blick auf die Bühne geheftet. Abigails entsetzte Reaktion war ihm nicht entgangen. Er war sehr beeindruckt, daß sie nicht aus dem

Lokal geflüchtet war, und konnte sich nur mit Mühe zurückhalten, den Arm um sie zu legen und sie zu trösten.

»Sie gehören zusammen?« fragte der Barkeeper mit einer hochgezogenen Augenbraue, denn der junge Dandy und der Mann aus der Arbeiterklasse schienen zwei ungleiche Gefährten.

Als sie bemerkte, worauf sich Jacks Blick richtete, errötete Abigail heftig unter ihrem Bart und nickte stumm, da sie sich nicht auf ihre Stimme verlassen konnte.

»Also Champagner.« Hocherfreut über die teure Bestellung, unterließ der Barkeeper es, Spekulationen über die Vorlieben reicher Männer anzustellen, während er die Flasche holen ging. Er hatte genug im Leben gesehen, um zu wissen, daß alles möglich war, besonders wenn jemand so viel Geld hatte, daß er nicht wußte, was er damit anfangen sollte.

Abigail holte ein paar Geldscheine aus ihrer Hosentasche und legte sie vor sich auf den Tisch, als der Barkeeper zurückkehrte. Beim Anblick des Geldes begann er ein endloses Geplapper, mit dem er das Gejaule auf der Bühne übertönte, ließ mit großer Geste den Korken knallen und schenkte feierlich zwei Gläser ein. Als er mit Abigails Wechselgeld zurückkam, bedeutete sie ihm, es zu behalten. Sie räusperte sich und sagte, in der Hoffnung, nicht zu piepsen: »Ich hätte Ihnen gern eine Frage gestellt, guter Mann.«

»Nur zu, Sir«, sagte der Barkeeper freundlich, beeindruckt von dem großzügigen Trinkgeld, und weil er sich noch mehr erhoffte.

»Könnten Sie mir sagen, ob Samuel Turner heute abend hier ist?«

Den Blick noch immer auf die Bühne gerichtet, seufzte

Jack und schüttelte über Abigails direktes Vorgehen den Kopf.

Der Barkeeper wich zurück, sein Benehmen wurde plötzlich eisig. »Warum wollen Sie das wissen?«

Bevor Abigail etwas sagen konnte, lehnte sich Jack über die Theke, damit er nicht brüllen mußte, um den Gesang zu übertönen. »Mein Freund ist Rechtsanwalt«, sagte er. »Mr. Turners Onkel ist gestorben, und wir versuchen, den guten Mann zu finden, um ihm zu einer Erbschaft zu verhelfen.«

Verärgert über Jacks Einmischung, biß Abigail die Zähne zusammen, um ihm nicht zu widersprechen, was alles noch schlimmer gemacht hätte.

Mit einem argwöhnischen Blick auf die beiden Männer schüttelte der Barkeeper den Kopf und wandte sich zum Gehen.

Abigail starrte Jack finster an, zog eine Goldmünze aus der Tasche und ließ sie auf der Theke fallen.

Jack war bestürzt, wie Abigail mit Geld um sich warf; es hätte nicht viel gefehlt, und er hätte selbst nach der Münze gegriffen.

Trotz des Lärms um sie herum, war der charakteristische Klang von Gold nicht zu verkennen, und der Barkeeper wandte sich rasch um, um zu sehen, ob er recht gehört hatte.

Während sie die Münze mit ihrer Hand bedeckte, starrte Abigail mit endlich wieder klarem Blick dem Barkeeper direkt in die Augen. »Wo ist Mr. Turner?« fragte sie.

»Er ist seit Jahren fort, Sir«, erwiderte der Barkeeper und senkte den Blick verlangend auf Abigails Hand.

Jack, der daran zweifelte, daß sie Informationen erhielt, die ihr Geld wert waren, aber entschlossen war, wenigstens etwas zu erfahren, fragte: »Ist jemand hier, der ihn kannte?«

»Ist vielleicht jemand hier, der uns etwas über Mr. Turners Aufenthaltsort sagen könnte?« verbesserte Abigail, verärgert über Jacks Einwurf.

»Gladys kannte ihn am besten«, sagte der Barkeeper und wies mit dem Kopf auf die Sängerin, während sein Blick weiterhin starr auf Abigails Hand geheftet blieb.«

»Wären Sie so freundlich, Miss – äh – Gladys zu bitten, sich zu uns zu setzen, wenn sie fertig ist?« fragte Abigail höflich, während sie die Münze in seine Reichweite schob.

»Es ist mir ein Vergnügen«, sagte der Barkeeper mit breitem Lächeln. »Nehmen Sie so lange dort drüben Platz«, fuhr er fort und wies auf einen leeren Tisch neben der Tür. »Ich schicke sie sofort zu Ihnen, wenn sie fertig ist.«

Abigail ging auf den Tisch zu.

Jack griff nach dem Eiskübel mit ihrer Champagnerflasche und den unberührten Gläsern, doch der Barkeeper sagte, das sei unnötig, ein Serviermädchen werde ihnen alles bringen.

Als sie ihren Tisch erreichten, setzte sich Jack, ohne ihr einen Stuhl zurechtzurücken. Abigail zögerte einen winzigen Moment, bis ihr bewußt wurde, daß sie selbst dafür zuständig war. Sie war unfähig zuzuschauen, was sich auf der Bühne abspielte, und hatte das Gefühl, daß man ihr ansah, wie unbehaglich sie sich fühlte. Außerstande, dagegen anzugehen, fuchtelte sie mit ihrem Spazierstock herum und versuchte, ihn gegen ihren Stuhl zu lehnen. Da er ständig umfiel, legte sie ihn quer über ihren Schoß. Sie geriet fast in Verzweiflung, als das Serviermädchen mit dem Champagner erschien und ihre Nacktheit zur Schau stellte. Jack scheuchte sie davon, bevor ihre Bemerkungen zu Abigail zu vertraulich werden konnten.

»Bitte, Sir, sagen Sie nichts«, sagte Abigail heftig errötend, als das Serviermädchen davonstolzierte.

Ungeheuer beeindruckt von Abigails Selbstbewußtsein, gehorchte Jack.

Unter donnerndem Applaus verbeugte sich Gladys und verließ bald darauf die Bühne. Zwei Jongleurinnen nahmen ihren Platz ein. Nach einer kurzen Besprechung mit dem Barkeeper kam Gladys, den wenigen Gästen, die ihren Namen riefen, fröhlich mit ihrer Federboa zuwinkend, an ihren Tisch und bestellte eine weitere Flasche Champagner.

Abigail bot der durstigen Sängerin ihr Glas an, und Gladys warf den Kopf zurück und schluckte den Inhalt herunter, als wäre es Wasser. Sie hielt Jack das Glas hin, damit er es erneut füllte, und sah Abigail argwöhnisch an. »Sie sind Rechtsanwalt?« fragte sie mit heiserer Stimme, wobei sie verführerisch mit den Augenlidern klapperte.

Abigail zuckte die Achseln, als sei die Frage zu unwichtig, um darauf zu antworten. »Können Sie mir sagen, wo ich Samuel Turner finde?« fragte sie, während sie überrascht feststellte, daß an den Stellen, wo der Schweiß Spuren in Puder und Rouge hinterlassen hatte, die Haut der Frau mit Punkten übersät war, die man für Bartstoppeln hätte halten können.

»Soll das ein Witz sein?« Gladys stellte das gefüllte Glas ab und starrte von einem zum andern.

»Es ist kein Witz, Ma'am«, sagte Jack in so ehrlichem Ton, daß selbst Abigail von seiner Aufrichtigkeit überzeugt gewesen wäre. »Mr. Turners Onkel ist gestorben und hat ihm eine hübsche Summe hinterlassen.«

»Das ist wirklich der Gipfel!« rief Gladys. »Wieviel reiche Onkel hat ein Mensch normalerweise?«

»Was soll das heißen?« fragte Abigail.

Anstatt ihre Frage direkt zu beantworten, beugte Gladys sich zu Abigail hinüber und starrte sie prüfend an. »Ich will verdammt sein!« rief sie. »Ich dachte, seit ich in diesem Rattenloch arbeite, wäre mir nichts mehr fremd, aber dies ist das erste Mal, daß ich eine Frau mit Bart sehe!« Sie schlug sich vor Begeisterung auf die Knie.

Abigail war furchtbar enttäuscht, daß man ihre Verkleidung so schnell durchschaut hatte. »Woran erkennen Sie das?« fragte sie, schon gar nicht mehr bemüht, ihre Stimme tiefer klingen zu lassen. »Was stimmt nicht damit?«

»Wenn man selbst verkleidet ist, erkennt man eben die Verkleidung der anderen«, sagte Jack.

Abigail sah Jack an. »Erklären Sie mir das«, sagte sie scharf.

»Nun, unsere Gladys ist ein Mann«, erwiderte Jack achselzuckend.

»Was?« rief Abigail.

»Ein Frauenimitator, bitte!« sagte Gladys hochmütig.

Verblüfft wandte Abigail sich an die auffallend bunt gekleidete Frau. »Aber warum in aller Welt wollen Sie eine Frau sein?« fragte sie, und es gelang ihr nicht, einen Ausdruck des Erstaunens aus ihrer Stimme zu verbannen.

Gladys richtete sich auf. »Ich bin Entertainer!« sagte sie sichtlich stolz. Indem sie sich zu Abigail hinüberlehnte, fragte sie zurück: »Warum wollen Sie ein Mann sein, Schätzchen?«

»Ich möchte kein Mann sein«, sagte Abigail und wich, gekränkt über die angemaßte Vertraulichkeit, zurück. »Ich mußte mich verkleiden, damit ich diese Spelunke betreten und mit Ihnen reden kann«, sagte sie unwirsch. »Was haben Sie also damit gemeint, daß Mr. Turner mehrere reiche Onkel hätte?« fragte sie schnell, entschlossen, sich nicht von ihrem Ziel abbringen zu lassen.

Gladys richtete ihre Boa, damit sie anmutiger von ihren Schultern herabfiel. »Ich weiß nicht genau, ob es ein reicher Onkel war, aber Sam hat ein regelmäßiges Einkommen bezogen. Er gab es für Kleider aus.« Sie seufzte und blickte in die Ferne. »Wir hatten großartige Gelage«, sagte sie genießerisch, bevor sie mit nachdenklichem Gesicht verstummte.

»Wenn Mr. Turner Geld hatte, warum hat er dann in einem solchen Lokal gearbeitet?« fragte Abigail mit einer Handbewegung.

»Wenn man nicht das tut, wozu man geboren ist, was hat das Leben dann für einen Sinn, Herzchen?« fragte Gladys mit einem Achselzucken.

»Mr. Turner hat sich auch als Frau verkleidet?« fragte Abigail.

»Sie begreifen sehr schnell, Süße«, erwiderte Gladys schalkhaft.

Abigail förderte eine weitere Goldmünze zutage und legte sie auf den Tisch.

Jack zuckte zusammen.

Behalten Sie Ihr Geld, Schätzchen«, sagte Gladys bitter und hob ihr Champagnerglas. »Sam ist schon vor Jahren verschwunden, ohne sich zu verabschieden.«

Während sie Gladys das Geldstück zuwarf, sagte Abigail: »Ich wäre Ihnen sehr dankbar, wenn Sie mir alle Einzelheiten erzählen würden.«

Gladys zuckte die Achseln und stellte das Glas auf den Tisch zurück, ohne daraus getrunken zu haben. »Eines Abends kam so ein feiner Pinkel herein und bezahlte ihm eine Menge Geld. Genug, um sich zur Ruhe zu setzen. Wir wollten zusammen weggehen.« Wieder schwieg Gladys.

»Was geschah dann?« fragte Abigail und versuchte, sich ihre Ungeduld nicht anmerken zu lassen.

Gladys zuckte wieder die Achseln und trank einen großen Schluck Champagner. Während sie das leere Glas auf den Tisch stellte, sagte sie: »Er ging hinaus, um die Fahrkarten zu kaufen, und kam nie zurück.« Den kleinen Finger zierlich abgespreizt, führte sie die Fingerspitzen an die Lippen und rülpste.

Aus einem Impuls heraus zog Abigail einen Wildlederbeutel aus ihrer Hosentasche und holte das Medaillon mit dem Katzenauge hervor. Während sie es vor Gladys hin und her baumeln ließ, fragte sie: »Haben Sie das schon einmal gesehen?«

»Es gehörte Sam!« rief sie mit weit aufgerissenen Augen. »Woher haben Sie das?«

Abigail warf Jack einen Blick zu.

Jack schüttelte den Kopf.

»Das darf ich nicht sagen.« Abigail zuckte lässig die Achseln, während sie das Katzenauge wieder wegpackte und den Lederbeutel in ihrer Hosentasche verstaute.

»Davon würde Sam sich nie trennen, nie im Leben«, sagte Gladys, und ihr Blick wurde hart. »Wer ihm das weggenommen hat, muß ihn umgebracht haben.« Sie sprang so schnell auf, daß ihr Stuhl umfiel.

Abigail schnappte nach Luft. »Was ist los …?« rief sie.

Jack packte Abigail am Ärmel ihres Anzugs, als Gladys Finger und Daumen an die Lippen hielt.

»Warten Sie!« rief Abigail. »Ich kann alles erklären …«

Jack, der nur zu gut wußte, was passieren würde, sprang auf und zog Abigail unsanft von ihrem Stuhl hoch. »Laufen

Sie!« rief er im selben Moment, als Gladys einen markerschütternden Pfiff losließ.

Aufgeschreckt durch den gellenden Laut, unterbrachen die anderen Gäste ihre Gespräche und hielten nach der Herkunft des Streits Ausschau, einige erhoben sich, um sich daran zu beteiligen.

Abigail ergriff ihren Spazierstock, bevor er von ihrem Schoß glitt, und hielt ihren Zylinder fest; sie brauchte keine weitere Aufforderung. Mühelos hielt sie mit Jack Schritt, während sie auf die Tür zu rannten.

Die Freunde, die Gladys alarmiert hatte, blickten sich suchend nach ihr um.

Gladys schwang die Arme über dem Kopf, um anzuzeigen, wo sie sich befand. »Sie laufen zur Tür!« rief sie, eilte um den Tisch und lief hinter Abigail und Jack her.

Sowie sie die Tür erreichten, stieß Jack sie auf und verschwand mit Abigail auf der Straße. Er ergriff ihre freie Hand und rannte mit ihr den Häuserblock entlang bis zu der wartenden Kutsche.

Da sie nicht mit Kinkades Zorn konfrontiert werden wollte, falls sie ohne Zylinder zurückkäme, nahm ihn Abigail ab, in der Hoffnung, nicht ihre Perücke zu verlieren, und hielt ihn fest an der Krempe gepackt. Sie rannten so schnell die Straße entlang, daß ihre Füße kaum das unebene Pflaster des Bürgersteigs berührten. Als ihre Kutsche in Sicht kam, sah sie über die Schulter, um zu sehen, ob man ihnen folgte. Gladys stand in der Tür und drohte ihnen mit der Faust, wurde jedoch von einem riesigen Mann beiseitegedrängt, der sofort die Verfolgung aufnahm.

Obwohl Jack noch immer ihre Hand hielt, erhöhte sie das Tempo und lief neben ihm her. »Schneller!« gelang es ihr keuchend hervorzustoßen. »Er kommt hinter uns her.«

Als sie die Kutsche endlich erreichten, riß Jack die Tür auf und stieß Abigail, ohne auf ihr weibliches Zartgefühl Rücksicht zu nehmen, hinein. Abigail beschwerte sich nicht, denn gerade als Jack die Tür zugeworfen hatte und der Kutscher losgefahren war, hatte der riesige Mann sie eingeholt und brüllte, sie sollten stehenbleiben.

Jack ergriff Abigails Stock und klopfte damit an das Dach der Kutsche. »Schneller!« schrie er.

Gleich darauf galoppierten sie dahin; Jack spähte aus dem Fenster und sah ihren Verfolger immer kleiner werden.

Abigail lehnte sich auf ihrem Sitz in der schwankenden Kutsche zurück. Sie atmete schwer und hätte sich am liebsten den Bart von den glühenden Wangen gerissen; sie fragte sich, wie Männer es fertigbrachten, ohne Fächer zu überleben.

Zufrieden, daß ihr Verfolger aufgegeben hatte, wandte Jack seine Aufmerksamkeit Abigail zu. »Was schließen Sie aus dem Ganzen?« fragte er, noch außer Atem von der Anstrengung.

Da die Bedeutung von Gladys' Worten ihr das Herz schwer machte, widerstrebte es Abigail, über Charles zu sprechen, bevor sie Zeit zum Nachdenken gehabt hatte. »Diese Frauen sind schamlos!« sagte sie statt dessen, jetzt dankbar für den Bart, der ihr Erröten verbarg, und mit sehnsüchtigem Verlangen nach ihrem Fächer.

»Nein, nein, Miss Danforth, Sie mißverstehen meine Frage«, sagte Jack ungeduldig. »Obwohl ich sagen muß, Sie haben sich, sagen wir – mannhaft – aus der Affäre gezogen«, sagte er mit einem schalkhaften Lächeln, ehe er sachlich fortfuhr: »Ich wollte wissen, ob Sie glauben, daß Charles selbst ein Mörder war?«

»Ich weiß es nicht, Mr. London«, erwiderte Abigail mit traurigem Kopfschütteln. »Glauben Sie, er würde für seinen Vater einen Mord begehen?«

Eine Weile fuhren sie schweigend dahin. »Ich weiß, daß Charles seine Ansichten leidenschaftlich vertrat, das schon«, sagte Jack nachdenklich. »Aber war er auch ein Fanatiker?« Er zuckte die Achseln. »Aber wer weiß, was jemand im Eifer des Gefechts tut, vor allem, wenn es um ein Familienmitglied geht?« Da Abigail keine Antwort gab, fügte er hinzu. »Gibt der Angelegenheit eine häßliche Wendung, was?«

»So ist es, Mr. London.« Abigail seufzte bedrückt. »So ist es.«

»Ich beneide Sie nicht um den Beruf, den Sie sich ausgesucht haben, Miss Danforth«, erwiderte er ernst, als die Kutsche in der Nähe der Bradshaws hielt.

»Und ich beneide Sie allmählich um den Ihren, Mr. London«, sagte Abigail und schüttelte ihm zum Abschied die Hand. »Ich wünsche Ihnen alles Gute.« Seine Hilfe ablehnend, kletterte sie schon sehr viel geschickter aus dem Wagen als bei ihrem ersten Versuch. Als sie auf dem Pflaster stand, drehte sie sich um und fügte hinzu: »Und ich bin Ihnen sehr dankbar für Ihre Hilfe.«

»Das Vergnügen ist ganz auf meiner Scite«, erwiderte Jack. Er tippte an seine Kappe, warf die Wagentür zu und winkte ihr noch lange nach, als Abigail schon längst im Haus verschwunden war.

18. Kapitel

Unmöglich!« rief Maude. »Sind Sie verrückt geworden?« Sie fuhr herum und starrte auf Abigail herab, die in scheinbar entspannter Haltung auf ihrer Chaiselongue lag. »Wo um alles in der Welt haben Sie dieses Geschwätz gehört?« Maudes graue Augen glühten vor Leidenschaft, wie Abigail es selten gesehen hatte. »Sie waren gestern abend wieder aus, nicht wahr?« Maude drohte Abigail vorwurfsvoll mit dem Finger. »Sie können einfach nicht aufhören, wie?«

Abigail zuckte die Achseln, hüllte sich in den Rock ihres Morgenmantels und klopfte auf den Platz neben sich, um Maude einzuladen, sich zu ihr zu setzen.

Mit verschränkten Armen, die Lippen vor Zorn zu einer schmalen Linie zusammengepreßt, schüttelte Maude ablehnend den Kopf.

»Wenn ich die Frage gestellt habe, so wollte ich damit nicht andeuten, daß ich glaube, Charles wäre zu einem Mord fähig, Miss Cunningham«, sagte Abigail ruhig, betrübt darüber, mit ihrem Mangel an Takt wieder einmal Maudes Zartgefühl verletzt zu haben. »Ich wollte nur die Hypothese aufstellen, daß der Wunsch, seinen Vater vor Erpressung zu schützen, ihn vielleicht zu einer solch unbesonnenen Tat hätte verleiten können.«

»Unmöglich!« rief Maude nochmals mit all der Selbstgerechtigkeit eines Menschen, der sich seiner Sache nicht ganz sicher ist. Aber daß ihr geliebter Charles selbst ein Mörder gewesen sein könnte, war ein Gedanke, der zu schmerzlich war, um ihn auch nur einen Moment zuzulassen. »Die Art, in der Sie die Situation auf den Kopf gestellt und meinen geliebten Charles zum Mörder erklärt haben, anstatt ihn als unschuldiges Opfer zu sehen, ist eine Schande!« rief sie. »Ich bestehe darauf, daß Sie Ihre Bemühungen, seinen Mörder zu finden, einstellen. Sie stiften nur Verwirrung.«

Abigail erkannte klar, daß Maude in dieser Sache nicht vernünftig denken konnte, und sie fragte sich, ob Amors Pfeil einen immer so gänzlich blind machte für die Schwächen des Geliebten.

Zutiefst gekränkt, beherrschte Maude ihr Verlangen zu fliehen und dachte statt dessen über eine Möglichkeit nach, ihre Freundin abzulenken. Jason hatte Abigail ein Dutzend Rosen geschickt, deren betörender Duft das Zimmer erfüllte. Er hatte eine Karte beigelegt, auf der er noch für diesen Nachmittag um ein Gespräch bat. Was konnte es Besseres geben als Heirat, um Abigail zum Verzicht auf ein Unternehmen zu bewegen, das sich nur als qualvoll erweisen konnte? »Lassen Sie uns dieses schreckliche Gespräch vergessen, Miss Danforth«, sagte sie. Mühsam ihre Wut zurückhaltend, fügte sie hinzu: »Was wollen Sie tragen, wenn Mr. Aldrich kommt?«

Hocherfreut, daß der Frieden zwischen ihnen wiederhergestellt war, und dankbar für Maudes Interesse und Ratschläge, ging Abigail nur zu gern dazu über, Modefragen mit ihr zu erörtern.

Mallorys Ultimatum klang Jason in den Ohren und zerrte an seinen Nerven. Da er sich ihm nicht offen zu widersetzen wagte, hatte er sich gerächt, indem er Abigail ein Dutzend roter Rosen statt einer einzigen geschickt hatte. Damit die Sache auch der Mühe wert war, hatte er beschlossen, als Lohn dafür, daß er dem Zoomädchen Informationen entlockte, sie vor Ende des Gesprächs zu küssen, und so bewaffnete er sich mit einem weiteren Dutzend Rosen, um sie ihr persönlich zu überreichen.

Obwohl er wußte, daß Bradshaw für ihr Ungestörtsein sorgen würde, war er doch beeindruckt, daß man ihm den wunderschönen Wintergarten zugestanden hatte. Nachdem er Hut, Stock und Handschuhe bei Halston abgeliefert hatte, packte er die Blumenschachtel wie eine Tanzpartnerin, summte den »Kußwalzer« vor sich hin und tanzte vorsichtig um die bequemen Sessel und die mit Blumen überladenen Tische herum, die überall in dem sonnendurchfluteten Raum standen.

Ziemlich überrascht, ihn allein anzutreffen, blieb Abigail in der Tür stehen und beobachtete mit leisem Lächeln seine Darbietung. Sie konnte ihr Glück kaum fassen, einen so hübschen, talentierten Verehrer zu haben. Sie war zufrieden, daß sie sich so große Mühe mit ihrer Toilette gegeben hatte, und wußte, daß sie wunderschön aussah in ihrem rostbraunen Kleid, das ihr glänzendes kastanienbraunes Haar voll zur Geltung brachte.

Als sein Blick endlich auf die Tür fiel, blieb Jason wie angewurzelt stehen und starrte Abigail an, als könne er von dem lieblichen Anblick nicht genug bekommen. Sein Lächeln vertiefte sich, und er ging auf sie zu. Seine Stirnlocke fiel ihm aufgrund seiner tänzerischen Übungen ins Gesicht. »Die armseligen Blumen verblassen vor Ihrer reinen Schönheit, Miss Danforth«, sagte er und streckte ihr die längliche weiße Blumenschachtel entgegen. »Aber bitte nehmen Sie sie zum Zeichen meiner Wertschätzung.«

Ein unbehagliches Gefühl durchrann Abigail beim Blick in seine Augen, während sie das Geschenk entgegennahm. Flüchtig kam ihr der Gedanke, die Heiterkeit in seinen Augen könnte ebensogut bedeuten, daß er sich über sie lustig machte. Doch als sie die Schachtel öffnete und ihr der Duft von Rosen entströmte, verdrängte sie ihr Unbehagen und machte ihre mangelnde Erfahrung in diesen Dingen und ihr angeborenes Mißtrauen für diesen skeptischen Gedanken verantwortlich. »Wie aufmerksam von Ihnen, Mr. Aldrich«, sagte sie schüchtern. »Wie reizend.«

»Sie sind es, die so reizend sind, mich zu empfangen, Miss Danforth«, erwiderte Jason und winkte ihr mit einer Geste, auf der Bank aus Korbgeflecht Platz zu nehmen, die im Schatten zweier mannshoher Palmen stand.

Nachdem sie die Schachtel auf einem Tisch in der Nähe abgelegt hatte, ließ sich Abigail graziös auf den dicken Polstern der Bank nieder; Jason setzte sich neben sie.

Noch während sie ihre Röcke glattzog, damit sie anmutiger fielen, stellte Abigail zu ihrem Entsetzen fest, daß sie plötzlich nicht wußte, was sie sagen sollte. Es gab so vieles, was sie Jason fragen wollte, und alles drehte sich um dasselbe Thema – was würde er denken, wenn er von ihrem Wunsch erfuhr, Detektivin zu werden; und vor allem, was würde er denken, wenn er erfuhr, daß sie zur Zeit ganz konkret dabei war, einen Mörder aufzuspüren? Als geschickte Gesellschafterin verstand sich Abigail darauf, sich ungezwungen mit Männern zu unterhalten; es war ungewöhnlich für sie, keinen Ton herauszubringen, und als das Schweigen zwischen ihnen sich hinzog, fühlte sie sich äußerst unbehaglich.

Jason erging es nicht besser. Er war es gewohnt, das endlose Mädchengeplapper durch Anspielungen und Neckereien so zu steuern, wie er wollte. Direkte Fragen waren ihm fremd, und da Abigail stumm blieb, ihn nicht einmal ansah, sondern auf ihre sittsam im Schoß gefalteten Hände blickte, wußte er nicht, wie er beginnen sollte.

»Mr. Aldrich ...«

»Miss Danforth ...«

Beide setzten gleichzeitig ein. Nach nervösem Gelächter und mehrmaligem »Nein, nein, Sie zuerst« fing Abigail schließlich an, denn sie hatte beschlossen, ihm alles zu erzählen, da er es bestimmt ohnehin irgendwie erfahren würde. Da sie niemanden hatte, mit dem sie über ihre Entdeckungen sprechen konnte, merkte sie bald, daß es ein Segen war, sich Jason anzuvertrauen. Bis auf die wahre Identität von Jack London und Mrs. Davenport und den scheußlichen Ort, an dem Samuel Turner sich aufgehalten hatte, beichtete sie alles über den wahren Grund ihres Aufenthalts in San Francisco.

Jasons Interesse war nicht geheuchelt und, fasziniert von ihrer Waghalsigkeit, hörte er zu, wie sich ihre Geschichte entwickelte. Er hatte den Toten dem Namen nach gekannt, aber Charles war so viele Jahre älter gewesen, daß er nicht zu seinem Bekanntenkreis gehört hatte. Er überlegte, ob Charles' Tod vielleicht der Grund dafür war, daß Bradshaw und Mallory so verzweifelt an Abigails Aktivitäten interessiert waren und sie ihn sogar dafür bezahlten, herauszufinden, was sie unternahm. Mußte einer von ihnen fürchten, daß sie die Antwort auf ihre Fragen fand?

Während sie erzählte, hatte Jason mit gespannter Aufmerksamkeit zugehört, Fragen gestellt und anscheinend nicht nur kein Mißfallen bekundet, sondern ihre Anstrengungen offensichtlich sogar gebilligt. Erleichtert, daß er an ihren Abenteuern keinen Anstoß nahm, versuchte sie, all ihren Mut aufzubieten und von ihren Ambitionen zu sprechen.

Er war von ihrer Geschichte gefesselt, und nur weil er mit Sicherheit annahm, daß Bradshaw in der Nähe war und lauschte, unterließ Jason es, Abigail über Bradshaws und Mallorys Interesse an ihren Unternehmungen in Kenntnis zu setzen.

Da sie sich steif fühlte vom langen Sitzen und hoffte, wenn sie erst einmal stand, den Mut zu haben, von ihrem Wunschtraum zu sprechen, erhob sich Abigail.

Im gleichen Moment war auch Jason auf den Beinen.

Abigail schlenderte gemächlich zu dem Tisch, auf dem die Schachtel mit den Rosen lag.

Jason folgte ihr.

Sie wandte sich ihm zu und sagte: »Nach allem, was ich Ihnen jetzt erzählt habe, können Sie sich vorstellen, mit welcher Beschäftigung ich gern den Rest meines Lebens verbringen würde?«

»Psss!« sagte Jason und führte die Fingerspitzen an seine Lippen, um sie zum Schweigen zu bringen. »Lassen Sie mich raten.«

Da sie den Verdacht hatte, er bereite sich darauf vor, ihr einen Antrag zu machen, schwieg Abigail und errötete.

Jason trat ganz nah an Abigail heran, so nah, als wolle er mit ihr tanzen. Als Abigail nicht davonlief, blickte er ihr seelenvoll in die Augen, und langsam, um sie nicht zu erschrecken, hob er die Hand und streichelte ihr zärtlich die Wange mit einer Geste, die seine ältere Schwester als besonders verführerisch empfohlen hatte. Einen endlosen Augenblick lang sah er ihr sehnsüchtig in die Augen. Da sie nicht zurückwich, näherte er sein Gesicht langsam dem ihren, um seinen Lohn zu fordern.

Während ihr Herz so stark klopfte, daß sie kaum atmen konnte, schloß Abigail die Augen, und ihr Mund näherte sich, magisch angezogen, der Wärme seiner Lippen.

Seine Lippen berührten die ihren.

Abigail stöhnte, während sie unter einem Ansturm von Gefühlen erbebte. Völlig entnervt wich sie zurück, bevor sein Kuß noch kühner werden konnte. »Mr. Aldrich!« rief sie mit heiserer Stimme. »Was müssen Sie von mir denken ...« Sie fächelte hektisch ihre glühenden Wangen, und zum erstenmal in ihrem Leben begriff sie, was eine Anstandsdame wert sein konnte; da sie ihre eigene Bereitwilligkeit fürchtete, auf alles einzugehen, was Jason sich herausnehmen würde, wünschte sie sehnlichst, es wäre noch jemand anwesend. Bradshaw erhörte ihr stilles Gebet. Da er während ihrer Unterhaltung die ganze Zeit in Hörweite gewesen und über Jasons Unverfrorenheit empört war, räusperte er sich vernehmlich und betrat den Wintergarten. »Ach, hier seid ihr, Kinder!« rief er. Er streckte Jason zur Begrüßung die Hand hin, als hätte er sie gerade erst nach langem Suchen entdeckt. Innerlich schäumte er vor Wut über Abigails Doppelzüngigkeit, lächelte sie aber an, auch wenn es ihm schwerfiel. Ein Augenzwinkern täuschte über sein begieriges Interesse an ihrem Gespräch hinweg und vermittelte den Eindruck, daß er sich im klaren war, zwei Liebende überrascht zu haben. »Ist es nicht Zeit, zu den anderen in den Salon zu gehen?« fragte er und warf Jason einen verstohlenen Blick zu, im Grunde doch sehr zufrieden mit dem Verhalten des jungen Mannes.

Hätte man Bradshaw oder Mallory gefragt, hätten beide geantwortet, das Schweigen des Alten sei schwieriger zu verkraften als seine Schimpfkanonaden. Wenn seine Wut verraucht war und er seine Fassung wiedererlangt hatte, konnte man die Strafe, die er dem Vergehen für angemessen hielt, an den Flüchen ablesen, die er während seines Tobsuchtsanfalls hatte. Aber sein Schweigen verhieß nichts Gutes. Je länger es anhielt, desto schlimmer schienen die Folgen zu werden. Mehr als ein Gegner war ruiniert worden, nachdem der Alte vor sich hingebrütet und einen teuflischen Plan ausgeheckt hatte. Der Rauch seiner Zigarre umgab seinen Kopf wie ein bösartiger Heiligenschein. Man unterbrach ihn nicht ungestraft.

Wie besorgte Schuljungen, die bange dem Urteil entgegensahen, ob man sie von der Schule jagen würde oder nicht, bemühten sich Bradshaw und Mallory unbefangen zu erscheinen, doch sie saßen steif in Ledersesseln dem alten Mann an seinem Schreibtisch gegenüber und warteten darauf, daß er sein langes Schweigen brach.

»Meine Herren«, sagte er schließlich mit schnarrender Stimme und stieß eine Rauchwolke aus. »Ich denke, Sie sind mit mir einer Meinung, daß es höchste Zeit ist, Miss Danforth Einhalt zu gebieten.«

»Ich habe mein Möglichstes versucht, Sir«, sagte Bradshaw und schüttelte zerknirscht den Kopf, erleichtert, daß der Zorn des Alten sich gegen Abigail und nicht gegen ihn richtete. »Sie ist so glatt wie ein Aal.«

»Das ist nicht ganz das, was ich meinte, Bradshaw«, erwiderte der Alte mit einem vielsagenden Blick auf Mallory.

»Was genau meinen Sie, Sir?« Während er die Frage stellte, blickte Bradshaw Mallory an, denn dieser kümmerte sich gewöhnlich um die eher zwielichtigen Details der Pläne des Alten.

»Die junge Dame ist von einer krankhaften Neugierde besessen«, erwiderte Mallory das Terrain erkundend, denn er war sich nicht sicher, wie weit der Alte gehen wollte. »Sicher würde es niemandem ungelegen kommen, wenn ihr – sagen wir – zufällig etwas zustieße.«

»Was wollen Sie damit andeuten?« fragte Bradshaw scharf. Ein junges Mädchen zu beaufsichtigen und an die Kandare zu nehmen, war eine Sache, ihr etwas anzutun, eine andere.

Mallory zuckte die Achseln und strich über seinen herabhängenden Schnauzbart. »Aber Sie stimmen zu, daß etwas unternommen werden muß?«

»Was meinen Sie damit?« Erschreckt von den Andeutungen Mallorys und der Kaltblütigkeit des Alten, lehnte sich Bradshaw in seinem Sessel zurück. Während er beide abwechselnd ansah, fuhr er fort: »Würde Miss Cunningham nicht Zeter und Mordio schreien?«

»Wir haben uns schon einmal um sie gekümmert.« Wieder zuckte Mallory die Achseln. »Das können wir noch einmal tun.,«

»Und die Dienstboten …?« protestierte Bradshaw.

»Pah!« rief der Alte aus. »Es sind Dienstboten. Was können die schon ausrichten?«

»Aber sie hat Familie!« Während Bradshaw sprach, wußte er, daß Abigails Schicksal bereits besiegelt war. Würde er zu heftig protestieren, würde man seine Loyalität in Zweifel ziehen. Sein Ton, aus dem eben noch Besorgnis um Abigail geklungen hatte, bekam etwas Komplizenhaftes: »Wäre es nicht möglich, daß jemand herkommt und nach ihrem Verbleib forscht?«

»Das bezweifle ich«, antwortete der Alte freundlich; er hatte Bradshaws veränderte Haltung sehr wohl bemerkt und war erfreut darüber. »Jeder Vater, der seiner Tochter erlaubt, in Begleitung einer alten Jungfer um den Globus zu reisen, muß verrückt sein. Er kommt bestimmt nicht, um nach ihr zu suchen.«

»Aber soviel ich weiß, hat sie Zwillingsbrüder«, sagte Bradshaw, dem es mehr darum ging, über deren Existenz zu informieren; daß sie wirklich auftauchen würden, glaubte er nicht im Traum.

»Kommen Sie, Bradshaw«, sagte Mallory mit seinem hohen Näseln. »Machen Sie jetzt nicht unnötig die Pferde scheu?«

»Und Jason?«

»Wenn der erst sein Geld hat, hören wir von dem Schuft nie mehr etwas.«

Da er plötzlich besorgt war, man würde ihn bitten, sich persönlich zu beteiligen, fragte Bradshaw in drohendem Ton: »Ihr Plan sieht doch nicht etwa vor, daß sie in meinem Haus, solange sie unter meinem Schutz steht, einen Unfall hat?«

»Angesichts ihrer unbändigen Neugier sollte es nicht allzu schwer sein, sie aus dem Haus zu locken«, sagte der Alte in ironischem Ton.

»Vielleicht sollte sie eine Antwort auf ihre Zeitungsannonce erhalten«, schlug Mallory vor.

»Guter Gedanke!« rief der alte Mann.

»Aber die Anzeige erscheint doch gar nicht mehr«, wandte Bradshaw ein.

»Das macht nichts«, sagte Mallory mit einer lässigen Handbewegung. »Nehmen wir mal an, sie bekommt die Mitteilung, die Person, die auf die Annonce antwortet, sei nicht in der Stadt gewesen …«

»Und wo soll sie diese … diese … Person treffen?« unterbrach ihn Bradshaw, ziemlich verärgert darüber, daß Mallory alle guten Einfälle hatte, während er wie eine übervorsichtige alte Jungfer klang, die bei allem und jedem Einwände erhob.

»An einer Straßenecke?«

»Wo sie sich wirklich treffen, und wo sie sich nach Miss Danforth' Meinung treffen, sind zwei Paar Schuhe, Bradshaw«, sagte der Alte ungehalten. »Laßt uns zuerst die Nachricht aufsetzen, ja?« Sich an Mallory wendend, fuhr er fort: »Egal, wohin sie fährt, sie braucht auf jeden Fall eine Kutsche, habe ich recht?«

»Sie haben recht, Sir«, sagte Mallory, zutiefst zufrieden, daß er der Auserwählte war. »Die Nachricht braucht nur zu beinhalten, daß eine Kutsche bereitsteht, um sie an ihr Ziel zu bringen.«

»Und wieder zurück zu den Bradshaws!« sagte der Alte und schlug schadenfroh auf seinen Schreibtisch. »Das sollte sie in Sicherheit wiegen.«

Bradshaw schüttelte ungläubig den Kopf. »Es fällt mir schwer zu glauben, daß ein junges Mädchen allein ausgeht, um einen Fremden zu treffen«, sagte er.

»Sie sollten doch am besten wissen, wie tollkühn sie ist«, erwiderte Mallory mit einem Achselzucken.

Bradshaw wandte sich an den alten Mann. »Wann dachten Sie, sie – äh – aus dem Haus zu locken?«

»Wie wäre es mit Sonntag, hmmmm?« fragte der Alte zurück. Er zog an seiner Zigarre und stieß eine Rauchwolke aus. »Sonntage sind solch friedliche Tage, angefüllt mit Kirchenbesuchen und Familientreffen.« Er zeigte mit seiner Zigarre auf Bradshaw und fuhr fort: »Machen Sie es ihr leicht. Sorgen Sie dafür, daß Sie außer Haus sind. Wenn ihre eigene Kutsche wartet und Ihre Familie aus dem Haus ist, braucht sie nicht den Speisenaufzug zu benutzen.«

»Was wollen Sie mit ihr machen?« fragte Bradshaw, von einem zum anderen sehend.

Mallory warf dem Alten einen Blick zu, die Augen unter den schweren Lidern zu Schlitzen verengt.

»Das lassen Sie unsere Sorge sein, mein Sohn«, sagte der Alte. »Je weniger Sie wissen, um so besser. Wenn Sie Halston die Nachricht überbringen lassen, während Sie nicht zu Hause sind, wird sie keinen Verdacht schöpfen.« Er öffnete eine Seitenschublade seines Schreibtisches und entnahm ihr ein paar Blätter schweres Schreibpapier. Er stand auf und reichte sie Bradshaw, der sich erhob, um sie entgegenzunehmen. Er zeigte auf die Feder neben dem Tintenfaß und bedeutete Bradshaw, seinen Sessel näher an den Schreibtisch zu rücken, um bequemer schreiben zu können.

Nachdem er sich auf die Sesselkante gesetzt hatte, machte Bradshaw Platz auf dem Schreibtisch, um das Papier ausbreiten zu können. »Übrigens«, sagte er, während er nach der Feder griff, »Miss Danforth trägt ein neues Medaillon mit einem Katzenauge, das ganz dem meines Vaters gleicht, nur daß mein Vater allein den losen Stein besaß. Ihr Gesicht nahm diesen amüsierten Ausdruck an, als sie behauptete, es sei ein Erbstück, deshalb beauftragte ich Tina, ihre Zofe danach zu fragen.« Bradshaw hielt inne und konzentrierte sich darauf, die Feder in die Tinte zu tauchen, ehe er fortfuhr: »Tina hat Halston berichtet, es sei neu.«

Da er in Rauchwolken gehüllt dasaß, sah keiner der beiden Männer den betroffenen Ausdruck auf dem Gesicht des alten Mannes. »Was wollen Sie damit andeuten, Nathaniel?« fragte er schroff.

»Ich habe nur überlegt«, sagte Bradshaw achselzuckend. »Wenn Miss Danforth verschwände, während sie das Medaillon trägt, wäre es doch ein Jammer, wenn es ebenfalls verloren wäre.« Er machte eine Pause. »Vielleicht könnte man es retten ...?«

»Sorgen Sie unter allen Umständen dafür, daß sie das Katzenauge trägt«, sagte der Alte mit heiserer Stimme und wies auf das Blatt Papier. »Das sollte den Köder unwiderstehlich machen.« Er kicherte. »Ich werde dafür sorgen, daß Sie das Medaillon bekommen, mein Junge«, fügte er hinzu. »Das ist das mindeste, womit ich mich für all Ihre Hilfe bedanken kann.«

Verwirrt durch den Aufruhr ihrer Gefühle, waren auch Abigails Gedanken völlig durcheinander. Vergebens versuchte sie, die Erinnerungen an den Augenblick zu verbannen, als sie Jasons Atem auf ihrer Wange gespürt hatte, und die Empfindungen zu verdrängen, die sein Kuß bei ihr ausgelöst hatte. Sie konnte sich noch so sehr bemühen, sich auf die Bedeutung zu konzentrieren, die die Aufforderung eines Mr. Griffon darstellte, ihn zu treffen – er hatte sogar Pferd und Wagen bestellt – doch Jasons Gegenwart und das kaum verhohlene Versprechen in seinen Augen überfielen sie stets aufs neue, und sie verlor sich in Mutmaßungen, welche Freuden sie noch erwarteten. Wären sie nicht unterbrochen worden, hätte er bestimmt um die Erlaubnis ersucht, ihren Vater um ihre Hand zu bitten. Was würde Jason sagen, wenn er von der Nachricht wüßte? Würde er ihr verbieten zu gehen? Sollte sie ihm davon erzählen, nun da sie beinahe verlobt waren? Sollte sie überhaupt auf die Nachricht antworten? Oder sollte sie ihrerseits eine Mitteilung auf den Sitz der wartenden Kutsche legen, in der sie das Gespräch ablehnte?

Sie hätte Maude gern um Rat gefragt, da sie jetzt zumindest eine Vorstellung von Maudes Leidenschaft für Charles hatte. Aber ihr letztes Gespräch hatte mit einem Mißton geendet, und sie wollte nicht alles noch schlimmer machen, vor allem, da Maude so strikt gegen eine weitere Verfolgung von Charles' Mörder gewesen war.

Da sie mehr als alles andere wünschte, daß er stolz auf sie war, gab Jason schließlich den Ausschlag. Sie würde niemandem im voraus von dem Treffen erzählen, und wenn Mr. Griffon die Antwort nicht bereithielt, brauchte keiner etwas davon zu erfahren. Wenn er jedoch zufällig den entscheidenden Hinweis lieferte, der die einzelnen Teile, über die sie verfügte, zu einem Ganzen zusammenfügen würde, dann hätte Jason vielleicht nichts dagegen, wenn sie auch nach ihrer Heirat ihrem Lieblingsberuf nachgehen würde. Und wenn sie den Mörder erst dingfest gemacht hätte, würde Maude ihr vielleicht sogar ihre Methoden verzeihen, die sich als so ungeschickt und verletzend erwiesen hatten.

19. Kapitel

Bis zu dem Augenblick, als sie wie versteinert auf dem Fleck stand, wo der Kutscher sie abgesetzt hatte, war Abigail nicht der Gedanke gekommen, sie könnte in Gefahr geraten, wenn sie die Anweisungen der Nachricht befolgte. Sie war in gebildeter Handschrift auf kostbarem Briefpapier geschrieben worden. Natürlich, ein Lagerhaus war ein ungewöhnlicher Treffpunkt, aber nicht schlimmer als der Purpurrote Papagei. Daß sie Maude oder ihren Dienstboten nichts von ihrem Vorhaben gesagt hatte, war ihr nur zu recht, denn dann brauchte sie nichts über das Ergebnis zu berichten, wenn es sich wie all ihre anderen Treffen, als vergebliche Mühe erweisen sollte. Aber als der Kutscher wieder den Sitz seines Einspänners bestiegen und das Pferd mit einem Peitschenschlag auf das Hinterteil auf Trab gebracht hatte, als das Knirschen der

Räder auf dem Pflaster und das Getrappel der Pferdehufe nur noch als entferntes Echo zu hören waren, fiel ihr auf, daß das ausgedehnte Handelszentrum, in dem sie sich befand, in dem normalerweise geschäftiges Treiben herrschte, an einem Sonntagmorgen so gut wie menschenleer war. Sie war mutterseelenallein, und erst die Rückkehr des Kutschers würde es ihr ermöglichen, zu den Bradshaws zurückzukehren.

Während sie an dem hölzernen Gebäude emporblickte, tat sie ihre Furcht als weibliche Nervosität ab und beschloß, die seltene Gelegenheit, allein zu sein, zu genießen. Da ihr nichts anderes übrig blieb, als sich ihrem Treffen mit dem Unbekannten zu stellen, holte sie tief Luft, um sich zu beruhigen, und kletterte die wenigen breiten, knarrenden Stufen bis zum Treppenabsatz hinauf. Sie nutzte die Gelegenheit, indem sie sich in der mit Glasscheiben versehenen Hälfte der Tür spiegelte, zu überprüfen, ob ihr breitkrempiger Hut noch in der gleichen flotten Schräglage saß wie zuvor, und suchte dann nach einer Klingel, um ihre Ankunft anzukündigen. Es gab keine. Während sie sich fragte, wie sie an einem so unbelebten Ort ihre Anwesenheit kundtun sollte, drückte sie auf die Türklinke. Zu ihrem großen Erstaunen sprang die Tür auf. Da sie noch nie zuvor ein fremdes Haus ohne Aufforderung betreten hatte, war sich Abigail über ihren nächsten Schritt im unklaren. Die Hand auf der Klinke, überlegte sie einen Augenblick; dann sagte sie sich, daß ihr Gastgeber sie schließlich erwartete, denn warum hatte er sie sonst hierhergebeten? Von dieser unwiderlegbaren Logik beruhigt, öffnete sie die Tür, trat ein und schloß sie sorgfältig hinter sich. »Hallooo!« rief sie, in der Hoffnung, ihr Gastgeber werde sie erwarten.

Ihre Stimme hallte in dem riesigen Gebäude wider, während ihr der durchdringende Geruch von Kaffeebohnen in die Nase stieg. Als sie weiter in das Lagerhaus vordrang, knarrten die Dielen unter ihren Füßen. In der Stille schien das ganze Gebäude zu stöhnen und zu quietschen. »Hallooo!« rief sie erneut.

Schwach beleuchtet von nackten Glühbirnen mit niedriger Wattleistung, die an einem Draht von der unsichtbaren Decke herabbaumelten, standen im Dunkel des Lagerhauses Stapel von Kisten, Kästen und Säcken mit Waren. An der Wand zu ihrer Rechten führte eine wackelige Holztreppe mit einem Geländer, das zu zerbrechlich schien, um als Stütze zu dienen, zu einem Podest in Höhe der herabhängenden Glühbirnen. In der Hoffnung, nicht diese brüchige Konstruktion benutzen zu müssen, um in ein Büro zu gelangen, rief sie ein weiteres Mal »Hallo«.

Schweigen, nur das Knarren der alten Holzdielen war zu vernehmen.

Da sie nicht sicher war, wann der Kutscher zurückkehren würde, war sie schon fast im Begriff, zu verschwinden und den unvorstellbaren Schritt zu wagen, selbst zu versuchen, eine Kutsche herbeizuwinken, als auf dem Treppenabsatz ein Mann erschien.

Abigail schnappte nach Luft. Vielleicht lag es an der Beleuchtung, daß er so bedrohlich aussah, versuchte sie sich zu beruhigen, aber er war riesig, unrasiert und trug einen derben schwarzen Pullover und eine tief ins Gesicht gezogene Wollmütze. »Ich bin hier mit Mr. Griffon verabredet«, sagte sie, und es gelang ihr nicht ganz, das ängstliche Beben ihrer Stimme zu verbergen.

»Miss Danforth«, rief er und eilte die Stufen hinab. »Wir haben Sie schon erwartet.«

Die Treppe quietschte und knarrte so heftig unter seinem

Gewicht, daß Abigail sich wunderte, daß sie nicht zusammenbrach. Aus der Nähe wirkte er noch bedrohlicher. Sie trat unwillkürlich einen Schritt zurück, und es gelang ihr nicht, die vornehme Form der Nachricht mit seinem Äußeren zu vereinbaren, das ihn eindeutig als Angehörigen der Arbeiterklasse auswies. Deshalb fragte sie: »Sind Sie Mr. Griffon?«

Ehe er antworten konnte, kündigten die quietschenden Dielen an, daß ein weiterer Mann aus dem Dunkel des Lagerhauses zu ihnen trat. Er war nicht ganz so breitschultrig wie der erste, jedoch genauso groß und blond. Keiner der beiden Männer sprach, doch als der Blonde näherkam, protestierten die Dielen bei jedem Schritt.

Nun begann Abigails Herz wild zu klopfen, und ihre Hände in den Handschuhen wurden feucht. Während sie sprach, glitt sie langsam auf die Tür zu, sie wollte den Eindruck vermeiden, auf der Flucht zu sein, was die beiden auf den Gedanken hätte bringen können, hinter ihr herzusetzen wie Hunde hinter einem Fuchs. »Ich bin hier, um Mr. Griffon zu treffen«, wiederholte sie und sah beide abwechselnd an. Wohl wissend, daß keiner dieser Männer Griffon war und man sie hereingelegt hatte, sah sie keinen anderen Ausweg, als so zu tun, als glaube sie noch an diese Verabredung. Sie hatte die Hoffnung, sie so lange hinzuhalten, bis sie die Tür erreicht hatte und entkommen konnte. »Ist jemand von Ihnen zufällig Mr. Griffon?«

»Ich bin Mr. Griffon«, sagte der Hüne mit anzüglichem Grinsen, trat einen Schritt näher und streckte ihr eine riesige Hand hin, ohne es für nötig zu halten, seine Mütze abzunehmen.

Ihr Retikül an einem Handgelenk, den Muff am anderen, preßte Abigail entschlossen die Hände an die Seiten, während sie zurückwich und auf die Tür zusteuerte, in der sinnlosen Hoffnung, dies alles sei nur ein Streich, ein übler Scherz, den jemand ausgeheckt hatte, um ihr einen ordentlichen Schrecken einzujagen. Wenn diese furchterregenden Männer Teil dieses Scherzes waren, wollte sie ihnen keine Gelegenheit geben, dem Urheber von ihrer Feigheit zu erzählen.

»Wohin so eilig, Kleine?« Der große Mann hatte sie in zwei Sätzen eingeholt. Er hatte ein grauenhaftes Lächeln, das seine faulen Zähne enthüllte. »Du willst doch nicht schon gehen, nachdem du den ganzen Weg bis hierher gemacht hast, um mich zu besuchen, was?«

»Kommen Sie nicht näher!« rief Abigail gebieterisch, während ihr das Herz bis zum Halse klopfte.

»Ganz ruhig, kleine Lady, nur keine Aufregung«, sagte er und hob beschwichtigend die Hände, als wolle er ein Kind beruhigen. Mit einer Kopfbewegung wies er den anderen Mann an, sich so zu plazieren, daß ihr der Fluchtweg abgeschnitten war, falls sie auf die Idee käme wegzulaufen, und sein Lächeln war viel schrecklicher, als wenn er sie unmittelbar bedroht hätte. »Wir tun dir nichts«, sagte er mit einer Stimme, die heiser war vor Erwartung.

Während sie seine faulen Zähne anstarrte, wurde sie von Entsetzen gepackt. Wenn dies ein Scherz war, sollte der Witzbold seinen Spaß haben. Mit einem erstickten Schrei rannte Abigail auf die Tür zu.

Die Dielen dröhnten, als er hinter ihr herlief.

Sie hatte die Hand bereits auf der Türklinke, als seine mächtigen Arme die ihren packten, und sie seinen fauligen Atem im Nacken spürte.

Wütend, daß man sie ohne ihr Einverständnis auf so vertrauliche Weise anfaßte, schrie Abigail. Sie sprang, so hoch sie konnte, und trat ihm mit aller Wucht mit ihren Stiefelabsätzen auf den Rist.

Er stieß einen Schmerzensschrei aus, ließ sie los und fiel zu Boden.

Abigail zerrte an der Türklinke, doch sein riesiger, zusammengesackter Körper blockierte die Tür. Es gab keine Chance, an ihm vorbeizugelangen, ohne die Gefahr, erneut von ihm gepackt zu werden. Betäubt vor Angst, wandte sie sich um und lief durch das riesige Gebäude auf die Treppe zu.

»Komm her, Herzchen«, sagte der Blonde mit lüsternem Blick, breitete die Arme aus und winkte ihr, zu ihm zu kommen. Abigail erstarrte.

»Laß sie los!« rief der Hüne heiser und rappelte sich trotz seiner schmerzenden Füße auf. »Sie ist leicht reizbar.« Er lachte rauh, damit sein Freund nicht dachte, es wäre einem Mädchen gelungen, ihm große Schmerzen zuzufügen. »Wir wollen ein bißchen Spaß mit ihr haben!«

Dankbar für die Atempause, rannte Abigail mit wild klopfendem Herzen auf die Treppe los.

»Niemand hat uns verboten, mit ihr zu machen, was wir wollen!« rief der riesige Mann, während er auf die Treppe zu humpelte.

Aus lauter Angst vor ihren Verfolgern, vergaß Abigail ihre Sorge, daß die Treppe nicht mehr viel aushalten würde. Sie raffte ihre Röcke, damit sie sie nicht behinderten, und rannte, ohne sich auf das Geländer zu stützen, die Stufen noch schneller hinauf als sonst in ihrer wenig damenhaften Weise.

»Steh nicht so blöd herum!« rief der Riese so laut, daß Abigail ihn trotz der knarrenden, quietschenden Stufen hören konnte. »Geh du von hinten hinauf. Dann können wir sie in die Zange nehmen«, fuhr er fort, während er sich mit langen, wenn auch humpelnden Schritten der Treppe näherte. »Wenn man sie oben findet, können wir sagen, sie hätte Streit angefangen!«

Abigail, der das Herz bis zum Hals pochte, hatte die halbe Treppe hinter sich, als sie seinen schweren Schritt auf der untersten Stufe hörte. In der Hoffnung, die Treppe möge sie beide aushalten, verstärkte sie ihre Anstrengungen und wollte gerade den Fuß auf die oberste Stufe setzen, als ein kräftiger Ruck an ihren Röcken sie auf die Knie niederwarf.

Da er dachte, er könne sie schon ein wenig befingern, bevor sein Gefährte zu ihnen stieß, hatte der Riese die letzten Stufen mit einem Satz genommen, ihren Rock gepackt und sie zu Boden gerissen.

»Jetzt hab ich dich, Fräulein!« rief er schadenfroh.

Ihre Handschuhe bewahrten ihre Handflächen vor Splittern und ihre Handgelenke vor Schrammen von den Schleifen ihres Muffs und des Retiküls, als sie auf Hände und Knie fiel. Ihr Zorn verdrängte rasch die Angst, und sie rief: »Oh nein, das haben Sie nicht!« Sie trat blindlings um sich wie ein Esel.

»Schnell, Eddie!« rief er. »Sie tritt zu wie ein Maultier.« Er lachte.

Der Absatz ihres Stiefels landete unsanft auf seinem Wangenknochen und sein Lachen erstarb. Der Tritt brachte ihn aus dem Gleichgewicht. Er ließ ihren Rock los und griff nach dem Geländer, um seinen Sturz zu verhindern. Er verfehlte es und fiel rückwärts die Treppe herunter.

Nach Luft ringend, packte Abigail ängstlich ihre Röcke, um nicht daraufzutreten, und rappelte sich auf. Sie sah die Treppe hinab, in der Hoffnung, sie sicher hinabsteigen zu können, doch sein Körper versperrte den Weg. Im selben Moment hörte sie den Blonden rasch näherkommen.

»Wo ist denn meine Süße?« rief Eddie, begleitet von knarrenden Dielen, die sein Näherkommen verkündeten.

Sein Ton ließ Abigail vor Schreck erschauern. Während sie ihre wachsende Panik zu bekämpfen versuchte, drehte sie sich um und blieb vor der offenen Tür des Büros am oberen Ende der Treppe stehen. Ihr Blick blieb an einem Telefon hängen, das auf einem vollgestopften Schreibtisch in der Mitte des Raumes stand. Da es Hilfe versprach, zog es sie an wie ein Köder, und obwohl sie wußte, daß die Gefahr bestand, in dem winzigen Büro festgenagelt zu werden, lief sie darauf zu. Das Gesicht zur Tür gewandt, griff sie danach und kroch hinter den Schreibtisch. Sie hoffte, sich lange genug vor ihrem Verfolger verstecken zu können, um die Polizei anzurufen. Doch noch ehe sie den Hörer abnehmen konnte, tauchte er in der Tür auf.

»Was für ein schöner Hut!« rief Eddie.

Abigail blieb das Herz stehen. Das Telefon hätte ebensogut auf dem Mond stehen können, soviel war es jetzt noch wert. Da sie nicht in ihrer hockenden Stellung in die Ecke gedrängt werden wollte, zwang sie sich, tief durchzuatmen. Mit zitternden Knien erhob sie sich langsam, das Telefon in der Hand.

Der große Blonde erschien in der Tür und stemmte einen Arm lässig gegen den Rahmen. »Stell das Telefon ab, Herzchen«, sagte er mit höhnischem Grinsen. »Du brauchst nur mich.«

»Keinen Schritt näher«, schrie Abigail. Sie warf einen Blick auf den Schreibtisch und hielt unter den dort liegenden Papieren nach einem Tintenfaß Ausschau, um es zu packen und nach ihm zu schleudern. Als sie einen mächtigen Briefbeschwerer aus Glas entdeckte, der sich genausogut dafür eignete, sah sie ihren Angreifer an, richtete sich auf und sagte mit aller Schärfe, die sie aufbieten konnte: »Ich warne Sie!«

Er warf den Kopf zurück und stieß ein durchdringendes, hämisches Lachen aus.

Abigail mühte sich mit dem Satinband ab, das den Muff an ihrem Handgelenk hielt und normalerweise dazu diente, daß man die Hände frei bewegen konnte, ohne ihn zu verlieren. In ihrer jetzigen Situation schränkte der Muff ihre Wurfmöglichkeiten ein; es war unmöglich, den Briefbeschwerer zu erreichen, wenn er an ihrem Arm hing und über den Schreibtisch schleifte. Wie meistens, wickelte sich in der Eile das Satinband nur noch fester um ihre Lederhandschuhe.

Gerade als sie den Muff vom Arm streifte, erklang das Lachen des Blonden, und er schlenderte langsam auf sie zu.

»Halt!« schrie sie und versteckte den Arm hinter dem Rücken.

»Was willst du damit anfangen?« fragte er, und ein drohendes Grinsen verzerrte seine Züge, während er näherkam.

Abigail schleuderte ihm den Muff ins Gesicht.

Da er nicht wußte, welcherart das Wurfgeschoß war, sprang er zur Seite, jedoch nicht schnell genug. Der weiche Pelz berührte seine Stirn. Als er merkte, was sie als Waffe benutzt hatte, lachte er wieder, bückte sich und hob den Muff vom Boden auf. Er hielt ihn in der ausgestreckten Hand, näherte sich dem Schreibtisch und sagte: »Du hast etwas verloren, Herzchen ...«

Abigail schleuderte mit aller Wucht den Briefbeschwerer

nach ihm. Auch er traf ihn an der Stirn, richtete jedoch weitaus größeren Schaden an.

Benommen taumelte er gegen die Wand und fiel zu Boden.

Sie raste zur Tür und nahm ihren Hut ab, damit er sie nicht verriet, falls sie sich noch einmal verstecken mußte. Sie blieb in der Tür stehen, tastete nach dem Ende einer der neuen Hutnadeln, die den Hut auch bei starkem Wind fest auf ihrem Kopf hielten und zog sie heraus. Sie fühlte nach der zweiten, während ihr Blick den hinteren Teil des Lagerhauses absuchte. Da sie von dem Licht, in dem sie stand, stark geblendet war, hielt sie es für ausgemacht, daß es zu nichts führen würde, ins Dunkel zu flüchten. Die zweite Nadel bewegte sich nicht. Vollauf damit beschäftigt, einen sicheren Fluchtweg zu finden, vergaß sie, ihren Hut abzunehmen. Sie wandte sich um und sah die Treppe hinab. Der riesige Mann hatte sich bewegt. Sie wollte sprechen, doch ihr Hals war wie zugeschnürt. Vergebens versuchte sie zu schlucken.

Zu spät hörte sie die Dielen hinter sich knarren.

Ehe sie sich umdrehen und ihren Angreifer sehen konnte, sprang er auf sie zu und packte sie von hinten. Mit eisernem Griff preßte er ihr die Hand auf den Mund, während er ihren Arm auf schmerzhafte Weise verdrehte.

Abigail versuchte, sich zu bewegen, doch der Schmerz in ihrer Schulter war zu groß. Seine Finger gruben sich in ihr Gesicht, so daß ihr fast der Atem stockte. Da sie hoffte, sie vielleicht als Waffe verwenden zu können, versuchte Abigail verzweifelt, die zweite Hutnadel zu packen, hatte jedoch keine Ahnung, an welcher Stelle sie steckte.

Mit einem Kopfschütteln wachte der Hüne am Fuß der Treppe endgültig auf.

»Los, Jack!« rief der Blonde. »Ich habe sie jetzt sicher!«

Jack setzte sich seitlich auf die Treppe, wischte sich mit dem Handrücken die Wange und starrte haßerfüllt auf die Blutspuren. Mit einem Schmerzensschrei sprang der riesige Mann auf und stampfte die Treppe hinauf, die unter seinen Schritten erzitterte.

»Mach ihr Kleid auf, Jack«, rief Eddie gierig, als der Riese sich auf sie stürzte. »Ich will ihre Titten fühlen.«

Abigail schauderte vor Entsetzen. Sie spürte, wie er vor Erregung zitterte. Verzweifelt bemühte sie sich, nicht ohnmächtig zu werden.

Während er seine Mütze wieder ins Gesicht zog, beugte Jack sich mit wutverzerrtem Gesicht über sie. »Tritt mir doch ins Gesicht, Fräulein, ja?« fauchte er und hob drohend die Faust, als wollte er sie schlagen.

Die Augen vor Entsetzen weit aufgerissen, versuchte Abigail, ihm auszuweichen, doch der Blonde hielt sie fest.

»Schlag sie nicht, Jack«, sagte er in schmeichelndem Ton. »Knöpf ihr Kleid auf.«

Mit erhobener Faust starrte der Riese sie beide an.

»Ihr Kleid, Jack«, sagte Eddie und schob Abigail zu ihm hin.

Abigail bemühte sich, alarmbereit zu bleiben, als Jack seine Faust senkte und langsam und stumm damit begann, ihren Mantel aufzuknöpfen. Sein fauliger Atem blies ihr ins Gesicht.

Der Blonde verstärkte seinen Griff, und sein Atem ging schneller.

Abigail bekam vor Entsetzen weiche Knie. Die Hand, mit der sie die Hutnadel umklammerte, war mittlerweile taub.

»Mach schnell, Jack!« Sie spürte den heißen Atem des Blonden im Nacken, als er sprach.

Abigail, die auf diese Weise daran erinnert wurde, selbst das Atmen nicht zu vergessen, fühlte verzweifelt, in welche Richtung die Hutnadel zeigte, falls sie sie wirklich herausziehen wollte.

Als Jack ihren Mantel aufschlug, quollen ihm fast die Augen aus dem Kopf; er erblickte das Medaillon, das sie auf der Brust trug.

In der Hoffnung, genau zu zielen, stieß Abigail ihre taube Hand zurück. Sie traf irgendeinen Gegenstand, und sie spürte schmerzhaft, wie in die eingeschlafenen Nerven ihrer Hand wieder Leben kam.

»Oh, sieh einer an«, keuchte Jack und packte die Kette.

Abigail vernahm das leise Stöhnen des Blonden und spürte, wie sein Griff nachließ. Sie stieß erneut mit aller Kraft nach ihm, als Jack ihr die Kette vom Hals riß.

Das Medaillon in der Hand, sah Jack verständnislos drein, unfähig zu begreifen, weshalb sein blonder Gefährte hinter Abigail in die Knie sank.

»Was hast du mit mir gemacht?« schrie Eddie und hielt sich den Magen.

»Was ist los ...?«

Mit einer Aufwärtsbewegung des Armes stieß Abigail nach Jack, bevor er seine Frage beenden konnte.

Mit vor Erstaunen weit aufgerissenen Augen spürte er die Erschütterung, die seinen Körper durchlief, als die Hutnadel sich in seine Lunge bohrte; er warf die Arme in die Luft und stolperte rückwärts. Das Medaillon wurde hoch in die Luft geschleudert, bevor es unten auf den Boden fiel und am Eisenbeschlag eines Fasses zerschellte.

Bestürzt über ihr gewaltsames Vorgehen, beobachtete Abigail, unfähig, sich zu rühren, wie Jack stolperte, sich an die Stelle seiner Brust griff, wo die Nadel eingedrungen war, und auf die Knie fiel.

Kopfschüttelnd stand Abigail wie angewurzelt da und entsetzte sich über ihr Tun. Ohne es zu merken, strich sie über ihre verletzte Wange, die der Blonde zerkratzt hatte.

Auf den Knien, die Mütze schief auf dem Kopf, brüllte Jack vor Schmerz und Zorn und sprang mit einem Satz auf sie zu.

Abigail schrie auf. Ihr Herz klopfte zum Zerspringen, als sie, durch seinen erneuten Angriff aus ihrer Erstarrung geweckt, einen Sprung zur Seite machte, um ihm auszuweichen.

Die eine Hand nach ihr ausgestreckt, griff Jack sich plötzlich an die Brust, fiel zu Boden und rührte sich nicht mehr.

Abigail vergewisserte sich, daß beide Männer noch atmeten, dann raffte sie ihre Röcke, stieg anmutig über den Hünen hinweg und lief eilig zum Telefon.

Nachdem sie Verbindung mit der Polizeistation hatte, meldete sie mit fester Stimme, die keine Unterbrechung duldete, einen Einbruch in das Lagerhaus und daß sie, falls weitere Informationen erforderlich seien, bei den Bradshaws zu erreichen sei.

Sie wischte ihre Hutnadel an einem Taschentusch aus ihrem Retikül ab und befestigte sie wieder in ihrem Hut; die Erinnerung daran, wo die Nadel sich kurz zuvor noch befunden hatte, rief ein leichtes Schaudern bei ihr hervor. Sie hob ihren Muff vom Boden auf und flüchtete die Treppe hinab. Abigail fürchtete, daß das Katzenauge unwiederbringlich zerstört war, nahm sich jedoch vor, für Maude einen anderen Stein zu kaufen und ihn in das Medaillon einzusetzen; deshalb wollte sie riskieren, es zu suchen, in der

Hoffnung, daß ihre Angreifer lange genug außer Gefecht waren.

Sie blickte nach oben zu dem Podest und bemerkte, daß der Blonde sich zu erheben versuchte. Sie erstarrte und hoffte, er würde sie weder sehen noch hören. Er erhob sich auf die Knie, dann verlor er erneut das Bewußtsein.

Plötzlich entdeckte sie das Funkeln von Gold neben dem Sirupfaß, auf dem das Medaillon aufgeprallt war. Als sie sich bückte, um es aufzuheben, sank ihr Mut. Es war so, wie sie vermutet hatte; der Stein war bei dem Aufprall zersplittert. Da sie neugierig war, ob der Lichtstrahl auch noch durch den gebrochenen Stein funkeln würde, hielt sie ihn prüfend unter die herabbaumelnde Glühbirne, und ihr Herz begann heftig zu schlagen, diesmal vor Erregung. Was sie des Gewichtes wegen für eine massive goldene Unterlage gehalten hatte, war ein Hohlraum. Als sie einen Teil des gesplitterten Steins entfernte, erkannte sie, daß ein zusammengefaltetes Stück Papier darin steckte.

Sie war so in ihre Entdeckung vertieft, daß es eines Stöhnens von Jack bedurfte, um sie daran zu erinnern, daß soeben zwei Männer versucht hatten, sie umzubringen. Sie beschloß, den Inhalt des Medaillons in der Kutsche zu untersuchen, steckte es in ihr Retikül und flüchtete aus dem Gebäude. Nach den qualvollen Ereignissen, die sie gerade überlebt hatte, war es nur eine Kleinigkeit für sie, eine Droschke zu rufen.

20. Kapitel

Miss Danforth!« rief Halston, als er die Haustür öffnete und sie anstarrte wie einen Geist, zu verblüfft, um beiseite zu treten und sie vorbeizulassen.

»Darf ich eintreten?« fragte Abigail selbstbewußt unter Aufbietung ihres langjährigen europäischen Benimmtrainings. Sie hatte in der Kutsche den Zettel gelesen und wußte jetzt, wer Charles umgebracht hatte. Die Entdeckung, die sie unmittelbar gemacht hatte, nachdem sie ihrem Martyrium entkommen war, hatte sie zutiefst erschüttert. Außerdem war sie sich nicht sicher, wie ihr Hut auf dem Kopf saß, da sie ihn in aller Eile und ohne Jacquelines Hilfe oder einen Spiegel festgesteckt hatte. Während sie sich fragte, ob ihr unordentliches Aussehen der Grund für die bestürzte Reaktion des Butlers war und nicht, wie sie es sich in ihrer erregten Phantasie vorstellte, die Überraschung, sie lebend wiederzusehen, gab sie vor, sein Unbehagen nicht zu bemerken, und huschte an ihm vorbei in die Diele.

Halston bemühte sich, seine Fassung wiederzugewinnen, schloß die Tür hinter ihr und eilte selbst in die Diele.

Mit königlicher Haltung wandte sich Abigail zu dem nervösen Mann um. »Ich möchte Sie bitten, etwas für mich zu erledigen, während ich mich in meine Suite begebe und mich umziehe«, sagte sie im gleichen Befehlston, den auch ihr Vater benutzte.

»Jawohl, Miss«, sagte Halston, indem er sich augenblicklich auf ihr gebieterisches Verhalten einstellte.

»Bitte rufen Sie Mr. und Mrs. Davenport an und bitten sie, mich umgehend hier bei den Bradshaws aufzusuchen.«

»Oh, das kann ich nicht, Miss«, stammelte Halston. »Nicht ohne Mr. Bradshaws Erlaubnis.«

»Mr. Bradshaw wird sicher seine Erlaubnis erteilen, wenn Sie ihm sagen, daß ich beweisen kann, wer den Sohn der Davenports getötet hat.«

Halston starrte sie sprachlos an.

»Bitten Sie auch die Herren Mallory und Aldrich, sich uns anzuschließen«, fuhr sie fort, als hätte er schon ihrer ersten Bitte zugestimmt.

»Mr. Creighton Mallory?« fragte Halston ungläubig.

»Genau der«, sagte Abigail. »Bis ihre Kutschen angespannt und alle eingetroffen sind, habe ich mich umgezogen. Mrs. Bradshaw kann teilnehmen, wenn sie Lust hat, ihre Anwesenheit ist nicht unbedingt erforderlich, aber Miss Cunningham sollte anwesend sein. Mr. Bradshaw wird uns vielleicht lieber im Salon als in seinem Arbeitszimmer empfangen wollen, weil es so viele Personen sind.«

Mit offenem Mund sah Halston Abigail nach, während sie auf die Treppe zuging. Als sie die erste Stufe erreicht hatte, drehte sie sich um.

»Ach, noch etwas«, sagte sie, »läuten Sie bitte auf der Stelle Kinkade. Wenn Sie wollen, können Sie Mr. Bradshaw melden, daß Kinkade vor meiner Tür Wache hält, bis wir uns in seinem Arbeitszimmer versammeln.« Da sie in letzter Zeit genug Treppen heraufgerast war, raffte sie daraufhin anmutig ihre Röcke und stieg die Stufen ausnahmsweise auf damenhafte Art hinauf.

Der geräumige, geschmackvolle Salon der Bradshaws eignete sich vorzüglich, um darin Gäste zu empfangen. Die schweren Brokatvorhänge waren zur Seite gezogen, und obwohl die Nachmittagssonne jeden Winkel erhellte, schien sie nicht direkt in den Raum und blendete die Besucher. Als sie erfahren hatte, welche Personen zu welchem Zweck erwartet wurden, hatte die stets gewandte Dame des Hauses einen Diener beauftragt, zwei Lehnsessel zwischen die beiden zweisitzigen Sofas zu stellen, die einander in gebührendem Abstand gegenüberstanden. Zwei entsprechende Lehnstühle standen bereits zwischen den beiden Sofas auf der anderen Seite und bildeten so einen großen, lockeren Kreis, in dem acht Personen bequem Platz fanden. Tische mit Unmengen von frischen Frühlingsblumen in kostbaren Vasen und den üblichen teuren Nippsachen standen vor den Sofas und zwischen den Sesseln.

Abigail suchte ihre Kleidung sorgfältig aus. Angesichts der ungewöhnlichen Aufgabe, einen Mörder in Gegenwart seiner Freunde zu entlarven, hatte sie beschlossen, so würdig wie möglich auszusehen. Obwohl Kinkade ihre Kleidung vielleicht für etwas zu sportlich hielt, um sie am Nachmittag, auch noch einem Sonntag, zu tragen, wählte sie eine schmalgestreifte Hemdbluse, die mit ihrem gestärkten weißen Kragen stark einem Herrenhemd ähnelte, und ein schmales Seidentuch, das gerade bis zum Bund ihres schlicht geschnittenen Rockes reichte. Das wichtigste war, daß der Rock über eine Tasche verfügte, in dem sich das belastende Stück Papier befand. Nachdem Halston Kinkade informiert hatte, daß alle eingetroffen waren, blieb Abigail noch eine Weile in ihrem Zimmer, um zu warten, bis Maude von einem Ausflug mit den beiden kleineren Bradshaw-Kindern zurückkehrte, so daß auch sie anwesend sein konnte. Sie verbot sich jeden Gedanken an Jason.

Als Halston ihr die Tür zum Salon öffnete, sah sie, daß die Bradshaws und die Davenports einander gegenüber auf den Sofas saßen. Einen Tisch mit einem Blumengesteck zwischen sich, das den einen dem unmittelbaren Blick des anderen entzog, saßen Jason und Mallory nebeneinander in Sesseln, während Maude, noch in ihrer schwarzen Haube, ihnen gegenüber saß. Der leere Sessel neben Maude war vermutlich für sie gedacht.

Als Abigail den Raum betrat, sprangen alle Männer auf. Mrs. Bradshaw blieb sitzen und stellte Abigail Mr. Davenport vor.

Sein Vollbart und sein Schnurrbart waren säuberlich gestutzt, weiß und dünn; sie trugen nicht dazu bei, seine harten Züge weicher zu machen. Ein belustigtes Lächeln flackerte in seinem durchdringenden Blick auf, aber die Belustigung entsprang keiner echten Heiterkeit. Sie kündete eher von grausamem Spott. Allein sein Händedruck war einschüchternd.

Abigail, die lieber stehengeblieben und auf und abgegangen wäre, vermied mit aller Macht, Jason anzusehen, um nicht nervös zu werden; sie begrüßte Maude mit einem Kopfnicken und nahm, sorgsam darauf bedacht, daß ihr Rock auf anmutige Weise fiel, in ihrem Sessel Platz. Wenn sie stehenbliebe, wären alle Männer gezwungen, dasselbe zu tun, was sich auf die Dauer als lästig erweisen würde. Ihre Erregung unterdrückend, wartete sie, bis die Herren sich gesetzt hatten, und sagte, nachdem sie alle außer Jason mit ruhigem Blick gemustert hatte: »Ich nehme an, Mr. Bradshaw hat Ihnen gesagt, warum ich um diese Unterredung gebeten habe?«

»Wenn ich recht verstanden habe, sind Glückwünsche angebracht, Miss Danforth«, sagte Mr. Davenport überfreundlich in boshaftem Ton und ließ einen amüsierten Blick in die Runde schweifen. »Ihnen ist gelungen, was keiner geschafft hat; Sie haben den Mörder meines Sohnes entlarvt.«

»Ja, Sir, das habe ich«, erwiderte Abigail.

Mit Ausnahme von Maude, die gerade erst zurückgekommen war, wußten alle in der Runde über Abigails Vorhaben Bescheid und hatten das Thema ausführlich erörtert, bevor sie den Raum betreten hatte. Sie verstummten in banger Erwartung.

Ein besorgter Ausdruck überzog Maudes Gesicht, sie beugte sich steif vor, um Abigail an den Blumen vorbei besser sehen zu können.

»Nun, wir sind alle ganz Ohr, Miss Danforth«, sagte Davenport und warf seiner Frau einen Blick zu. »Sprechen Sie!«

Abigail holte tief Luft. »Ich fürchte, Sie waren es, Sir«, erwiderte sie mit fester Stimme.

Die Augen vor Überraschung weit aufgerissen, schnappte Maude nach Luft.

»Nein!« Jason stand auf. Mit offenem Mund starrte er auf Davenport herab. »Sie müssen sich irren, Miss Danforth!« Er wandte sich um und sah Abigail an.

Obwohl sie den Blick auf Mr. Davenport geheftet hatte, spürte Abigail Jasons leidenschaftlichen Blick. Ihr Herz tat einen Sprung.

Bradshaw drückte fest die Hand seiner Frau und verbot ihr mit einem grimmigen Blick zu sprechen. Sie gehorchte.

»Das kann nicht wahr sein!« rief Mrs. Davenport. Ihre Jettohrringe wippten unter ihrem modischen schwarzen Hut auf und ab, während sie ihren Mann mit einem düsteren Blick anstarrte. »Sag ihr, daß das nicht stimmt, Mr. Davenport!«

Unter seinen schweren Lidern hervor beobachtete Mallory Davenports Reaktion.

»Sie haben mich zur Strecke gebracht, Miss Danforth«, sagte der alte Mann mit ironischem Lächeln. Während er seiner Frau die Hand tätschelte, um sie zu beruhigen, starrte er Bradshaw haßerfüllt an.

Bradshaw krümmte sich innerlich, weil er wußte, daß er in den Augen des Alten versagt hatte.

Erstaunt über seine Offenheit, sagte Abigail: »Sie haben selbst dafür gesorgt, zur Strecke gebracht zu werden, Sir«, sagte sie frei heraus. »Hätten Sie nicht versucht, meine Nachforschungen zu verhindern, hätte ich die Wahrheit vielleicht nie entdeckt.«

Mrs. Davenport entzog ihrem Mann ihre Hand. »Dann ist es also wahr?« rief sie.

Als er die Bedeutung des Gehörten allmählich begriff, setzte sich Jason auf die Kante seines Sessels, den Blick starr auf Abigail gerichtet.

Da Abigail sehr wohl spürte, daß Jasons Blick auf ihr ruhte, rettete sie sich damit, ihre Aufmerksamkeit auf Davenport zu konzentrieren.

»Es war ein Unfall!« sagte Davenport ungehalten. Mit einer Handbewegung bedeutete er Bradshaw, ihm beizustehen. »Sagen Sie ihnen, daß es ein Unfall war!«

»Es war ein Unfall, Miss Danforth.« Bradshaw beugte sich vor und sagte ernst: »Ein unglücklicher – nein, ein tragischer Unfall.«

Während Bradshaw sprach, streckte Davenport ein Bein aus, um ein Taschentuch aus der Hose zu ziehen. Seine Stimme bebte vor Erregung, und er tupfte sich die Augen. »Die Trauer, die ich wegen dieses Irrtums verspüre, ist unbeschreiblich.«

»Es ist Ihnen sicher bekannt, daß Mr. Davenport einer der angesehensten Bürger San Franciscos ist«, sagte Bradshaw. »Niemandem wäre damit gedient, wenn er seine Zeit im Gefängnis verbrächte.«

»Die meisten karitativen Einrichtungen würden ihren großzügigsten Wohltäter einbüßen«, pflichtete Mallory ihm bei.

»Aber Charles war unser Sohn!« rief Mrs. Davenport.

»Willst du mich wegen eines tragischen Irrtums ins Gefängnis werfen lassen, Mrs. Davenport?« fragte ihr Mann heiser unter Tränen. »In Anbetracht meines Alters würdest du mich nie mehr wiedersehen.«

Das Gesicht von Kummer gezeichnet, zog Mrs. Davenport ein schwarzgerändertes Taschentuch aus ihrem Retikül und wandte sich von ihm ab.

Abigail war von der Wendung, die die Ereignisse nahmen, völlig überrascht. »Dann geben Sie also zu, Gangster angeheuert zu haben, um Ihren Sohn beseitigen zu lassen?« fragte sie ungläubig.

»Nein, natürlich nicht!« rief Davenport und schüttelte heftig den Kopf. »Was ich zugebe, ist der entsetzliche Fehler, einen Tong gegen den anderen ausgespielt zu haben, um eine andere Angelegenheit – äh – zu regeln.« Mit einem vielsagenden Blick auf Mallory fuhr er fort: »Statt dessen eskalierte der Streit durch einen unglücklichen Zufall, und mein Sohn geriet ins Kreuzfeuer.«

Ein lautes Klopfen an der Tür verhinderte Abigails Antwort. Alle verstummten und wandten ihre Aufmerksamkeit Halston zu, der eintrat, den Raum durchquerte und vergebens versuchte, Abigail heimlich zuzuflüstern, daß die Polizei eingetroffen sei.

»Die Polizei!« Davenport sprang auf. »Sie haben doch nicht vor, mich ins Gefängnis zu bringen!« rief er.

Ohne auf Davenports Ausbruch zu achten, stand Abigail auf.

Alle Männer folgten sofort ihrem Beispiel.

»Bitte entschuldigen Sie mich«, sagte sie bestimmt. »Ich bin in einem Augenblick zurück.« Sie schlängelte sich zwischen ihrem leeren Sessel und dem Sofa der Bradshaws hindurch und folgte Halston aus dem Raum.

Davenport gab Bradshaw einen Wink. »Sehen Sie nach, was sie vorhat!« befahl er.

Da er den gleichen Fluchtweg benutzte wie Abigail, holte Bradshaw sie ein, ehe sie die Tür erreicht hatte.

Während Jason wieder Platz nahm, sah er Mallory flehend an, als bäte er ihn um eine Erklärung.

Vom Auftauchen der Polizei beunruhigt, schüttelte Mallory ungehalten den Kopf.

Die Tür hatte sich kaum geschlossen, als Mrs. Davenport bitter sagte: »Du hast Charles immer gehaßt.«

»Bist du verrückt, Frau?« antwortete ihr Mann heftig. »Kein Vater haßt sein eigenes Fleisch und Blut!«

Maude starrte den alten Mann haßerfüllt an, ihre Gefühle waren in Aufruhr.

Und so verharrten sie schweigend, bis Abigail und Bradshaw zurückkehrten.

Als Mallory bei Abigails Eintreten sich wieder erhob, suchte sein Blick in Bradshaws Gesicht nach einem Hinweis darauf, was die Polizei gewollt hatte.

Bradshaw gönnte weder Mallory noch Davenport einen Blick und nahm wieder neben seiner Frau auf dem Sofa Platz.

Jason fuhr sich mit der Hand durchs Haar, starrte Abigail fassungslos an und setzte sich wieder.

Jason bewußt übersehend, nahm Abigail wieder in ihrem Sessel Platz, zog ihren Rock glatt und blickte Davenport an. »Wie ich schon sagte, Sir, hätten Sie nicht darauf bestanden, mich abzuschrecken, hätte ich mit meiner Suche aufgehört. Ich hätte mich mit der Tatsache zufriedengegeben, daß Sie mir mit dem Hahnenkopf Angst einjagen wollten, damit ich Ihre heimliche Schuld nicht aufdecken würde.«

»Hat er noch nicht genug gelitten, Miss Danforth?« fragte Bradshaw.

Abigail sah Bradshaw mit kühlem Blick an. »Warum beharren Sie darauf, ihn zu schützen?« fragte sie.

»Er hat mich wie einen Sohn behandelt«, sagte Bradshaw leidenschaftlich. »Ohne seine Großzügigkeit hätte ich keine Ausbildung machen können! Ohne seine Freundschaft besäße ich kein solches Ansehen in San Francisco!«

»Was wäre, wenn ich Ihnen sagte, daß Mr. Davenports Großzügigkeit nur eine symbolische Geste darstellte, nur einem Bruchteil Ihres Anteils entsprach?« fragte sie leise.

»Was wollen Sie damit sagen, Miss Danforth?« fragte Bradshaw mit unheilverkündendem Gesichtsausdruck.

»Hören Sie nicht auf sie, Nathaniel!« rief Davenport.

»Seien Sie still, Charles!« Bradshaw hob die Hand, um ihn zum Schweigen zu bringen. »Miss Danforth hat das Recht zu sprechen. Dafür hat die Polizei gesorgt«, fügte er hinzu und hob vielsagend die Augenbrauen.

»Mr. Davenport hat Ihnen nur einen geringen Teil dessen gegeben, was Ihnen rechtmäßig zustand«, sagte Abigail. »Die Einnahmen aus der Mine, auf denen sein Reichtum basiert, gehörten Ihrem Vater, nicht ihm. Nur weil ein gewisser Mr. Samuel Turner ihn all die Jahre über dazu gezwungen hat, war er Ihnen gegenüber so großzügig.«

»Hören Sie nicht auf sie!« rief Davenport wieder.

»Charles hat die Wahrheit entdeckt, als er dem Erpresser das Katzenauge abgekauft hat. Sein Vater brachte ihn um, damit er Ihnen nichts erzählte«, fuhr Abigail mit fester Stimme fort.

Mit einem kehligen Laut fuhr Davenport in die Höhe. Sein Gesicht unter dem spärlichen Bart war scharlachrot. »Das können Sie nicht beweisen!« schrie er. Er wandte sich an Bradshaw und rief: »Sie hat keinen Beweis!«

»Beweis?« fragte Bradshaw, gleichermaßen bestürzt über Davenports Ausbruch wie über Abigails Worte: »Was für ein Beweis?«

Davenport atmete schwer. »Es ist eine Lüge!« schrie er. »Eine verdammte, dreckige Lüge!«

»Ich habe den Beweis, Sir«, sagte Abigail gleichmütig und zog ein Stück dünnes Pergamentpapier aus der Tasche ihres Rockes. »Wie gesagt, hätten Sie nicht versucht, mich umbringen zu lassen, wäre das Katzenauge, obwohl es in meinem Besitz war, nicht zerbrochen und hätte Ihr Geheimnis nicht enthüllt.« Abigail hielt das Papier in die Höhe, während sie in theatralischem Ton fortfuhr: »Sie haben Mr. Bradshaws Vater getötet, Sir.«

»Sie haben meinen Vater ermordet?« rief Bradshaw. Als ihm die Worte richtig bewußt wurden, sprang er auf. »Sie Bastard!« brüllte er und drohte Davenport mit der Faust.

»Mr. Bradshaw! Keine Beleidigungen bitte!« rief Mrs. Bradshaw.

»Du hast unseren Sohn umgebracht!« schrie Mrs. Davenport und krallte ihre Hände in seinen Arm, während sie versuchte, sich vom Sofa zu erheben.

Davenport stieß seine Frau beiseite und versuchte, sich an dem Tisch vor dem Sofa vorbeizudrängen, der ihm die Flucht versperrte.

Mit einer tödlichen Wut schnellte Bradshaw von seinem Sitz hoch und sprang auf ihn zu.

»Halt!« rief Abigail, entsetzt bei der Vorstellung, daß Bradshaw ins Gefängnis käme, wenn er den alten Mann umbrächte.

Mallory erhob sich und packte Bradshaws Arm, bevor dieser den alten Mann erreicht hatte.

Mit weit aufgerissenen Augen, die Hand auf den Mund gepreßt, um Davenport nicht zu verfluchen, stand Maude auf, entschlossen, ihn zu stellen, falls Bradshaw ihn nicht aufhalten würde.

»Aaaah!« schrie Davenport und blieb wie angewurzelt stehen. Seine Lippen färbten sich blau, sein Gesicht wurde so weiß wie sein Bart. Er taumelte rückwärts und fiel schwer auf das Sofa.

Jason rührte sich nicht aus seinem Sessel, sein Mund stand offen vor Entsetzen.

»Schauen Sie, was Sie angerichtet haben!« sagte Mallory

und sah Abigail böse an. Er ließ Bradshaw los und sank neben dem Sofa in die Knie. »Rufen Sie einen Krankenwagen!« schrie er und löste verzweifelt die Krawatte des alten Mannes, um ihm das Atmen zu erleichtern.

»Oh, Miss Danforth«, rief Mrs. Davenport. »Sie wollen meinen Mann doch nicht verhaften lassen. Sehen Sie nicht, daß er schwer krank ist?«

»Die Polizei ist nicht wegen Ihres Gatten hier«, sagte Abigail. »Sie ist gekommen, um mich zu informieren, daß die beiden Männer, die versucht haben, mich umzubringen, im Krankenhaus sind und sich vermutlich von ihren Verletzungen erholen werden.«

Zwischen den unterschiedlichsten Emotionen hin- und hergerissen, ging Bradshaw zur Rückseite des Sofas. Die Fäuste geballt, um seinem Verlangen, Davenport zu erwürgen, nicht nachzugeben, sah er Abigail an und rief: »Können Sie mir je verzeihen?«

»Charles, wach auf!« rief Mrs. Davenport und zerrte ihren Mann am Ärmel. Da sie fürchtete, ihr Mann liege im Sterben, wurde sie ohnmächtig.

Maude eilte an ihre Seite, ebenso Mrs. Bradshaw.

»Verdammt, Mann«, rief Mallory mit einem finsteren Blick auf Bradshaw, »rufen Sie einen Krankenwagen!«

Jason beugte sich in seinem Sessel vor. »Sagen Sie, Mallory, alter Junge«, fragte er leise. »Sind Sie immer noch bereit, meine Schulden zu bezahlen?«

Mallory schüttelte den Kopf, ohne ihn einer Antwort zu würdigen.

»Was meinen Sie damit?« fragte Abigail.

»Wir haben uns bereit erklärt, seine Spielschulden zu begleichen, falls er sich Ihre Zuneigung erschleichen könne«, erklärte Mallory hinterhältig.

»Wie abscheulich!« rief Maude und drehte sich mit grimmigem Blick zu Jason um, während sie Mrs. Davenports Handgelenke tätschelte.

Jason erhob sich und wand sich zwischen den Tischen hindurch, um an Abigails Seite zu eilen. »So hat es vielleicht angefangen«, sagte er ernst. »Aber schon bald habe ich Sie wirklich lieben gelernt«, fuhr er fort und starrte ihr seelenvoll in die Augen. »Können Sie mir je verzeihen?«

»Natürlich verzeihe ich Ihnen, Mr. Aldrich«, sagte Abigail, die das Ausmaß seiner Falschheit nicht ganz erfaßte. »Machen Sie sich bitte keine Gedanken wegen Geld, Sir, ich habe für uns beide mehr als genug.«

»Ach, Miss Danforth, Sie mißverstehen mich ...«

Ihre moderne Kleidung, ihre freimütige Art zu reden, ihre Leistung, Davenport zu entlarven, überwältigten ihn. Mit einem Blick hinter sich vergewisserte er sich, daß er über nichts stolpern würde, und wich einen Schritt zurück. »Bitte verklagen Sie mich nicht wegen des Bruchs eines Ehevertrags. Mein Vater ... ich ...« Außerstande fortzufahren, drehte er sich um und rannte aus dem Raum.

Abigail stand da und blickte verständnislos auf die Tür, durch die er verschwunden war, mit vor Verlegenheit hochrotem Gesicht.

In diesem entsetzlich peinlichen Augenblick waren aller Augen auf sie gerichtet; die Davenports waren vergessen.

Bestürzt über Jasons Zurückweisung, war Abigail nicht sicher, ob sie sie überleben würde, doch eine gnädige Kühle senkte sich in ihr Herz und betäubte den unerträglichen Schmerz. Tränen verstärkten den Ausdruck in der Tiefe ihrer dunklen Augen, als sie sich zu den Zeugen ihrer Schmach umwandte.

Unfähig, ihren Blick zu erwidern, verließ Bradshaw

schließlich seinen Platz hinter dem Sofa, um einen Krankenwagen zu rufen.

Mallory beugte sich über den alten Mann und setzte seine Bemühungen fort, ihn wiederzubeleben.

Nachdem sie das Riechsalz in Mrs. Davenports Retikül gefunden hatte, konzentrierte sich Mrs. Bradshaw darauf, den festsitzenden Stopfen herauszuziehen.

Nur Maude machte Anstalten, sich von Mrs. Davenports Seite zu erheben und zu Abigail zu gehen. Doch ehe Maude auf den Beinen war, hatte sie fluchtartig den Raum verlassen.

Der Krankenwagen war gekommen und wieder abgefahren, und Mallory hatte sich verabschiedet, um Mrs. Davenport nach Hause zu begleiten. Maude klopfte an Abigails Tür und trat ein, ohne eine Antwort abzuwarten. Beeindruckt vom Erfolg ihrer Freundin und bereit, ihr Leben der Aufgabe zu widmen, Abigails Abenteuer aufzuzeichnen, brannte sie darauf, sich für ihre zornigen Worte zu entschuldigen. Sie hatte erwartet, sie in Tränen aufgelöst auf dem Bett oder ihrer Chaiselongue liegend vorzufinden, und war überrascht, Abigail mit trockenen Augen am Fenster stehen zu sehen. Da sie sie nicht in ihrer Träumerei stören wollte, trat sie auf Zehenspitzen neben sie. Sie räusperte sich, um auf ihre Anwesenheit aufmerksam zu machen, falls Abigail das leise Rascheln ihrer Röcke beim Durchqueren des Zimmers nicht gehört hatte, und sagte freundlich: »Ich möchte Ihnen meinen ewigen Dank dafür aussprechen, daß Sie das Rätsel um Charlies Tod gelöst haben.«

»Ich muß eine Nachricht an Mr. London aufsetzen«, erwiderte Abigail, ohne den Blick zu wenden. »Ohne seine Hilfe wäre ich nicht in den Besitz des Katzenauges gelangt.«

Verblüfft über Abigails unnatürliche Beherrschung und besorgt, die Schleusentüren würden sich öffnen und Abigail den bisher nicht vergossenen Tränen freien Lauf lassen, sagte Maude mit sanfter Stimme: »Ich hoffe, Mr. Aldsen, sagte Maude mit sanfter Stimme: »Ich hoffe, Mr. Aldrichs bodenloses Verhalten hat Sie nicht zu sehr deprimiert.«

»Ach, nein, Miss Cunningham«, seufzte Abigail, immer noch starr aus dem Fenster blickend. »Ich selbst habe mich fehlerhaft verhalten.«

»Wie können Sie so etwas sagen?« fragte Maude, gleichermaßen erstaunt über Abigails Antwort und ihre Selbstbeherrschung.

Wieder seufzte Abigail. »Ich habe in Mr. Aldrich das gesehen, was ich in ihm sehen wollte, nicht das, was er tatsächlich ist.«

»Der Schuft hat Sie ganz bewußt getäuscht!« rief Maude.

»Nein, Miss Cunningham.« Abigail sah Maude mit einem bitteren Lächeln an, das sich nicht bis zu ihren Augen fortsetzte. »Ich war versessen darauf, getäuscht zu werden. Hätte ich meine fünf Sinne beisammen behalten, wäre ich nicht so naiv gewesen.«

Da sie argwöhnte, Abigail wolle verbergen, daß Jason ihr das Herz gebrochen hatte, fragte Maude zögernd: »Wollen Sie immer noch mit diesem Klipper nach Hawaii fahren?«

Ein Gefühl der Melancholie legte sich auf Abigails Gemüt, und sie wandte ihren Blick wieder dem Fenster zu. »Die Reise ist mir völlig gleichgültig, Miss Cunningham«, erwiderte sie teilnahmslos.

»Geht es Ihnen gut?« fragte Maude, betroffen von Abigails ungewöhnlichem Mangel an Begeisterung angesichts der Aussicht auf ein neues Abenteuer.

»Mir geht es bestens!« explodierte Abigail. Sie drehte sich um und starrte Maude mit wütendem Blick an.

Maude zuckte bei dem jähen Ausbruch zusammen.

»Ich wäre Ihnen sehr dankbar, wenn Sie mich nicht auf diese Weise anstarren würden!« rief Abigail. Mit raschelnden Röcken stürmte sie vom Fenster zu der Chaiselongue, wirbelte herum und sah Maude an. »Conan Doyle hat wirklich recht«, sagte sie mit grimmigem Gesicht.

Maude, die ihre schlimmsten Vermutungen bestätigt sah, war zutiefst bekümmert, daß ihre Freundin so teuer dafür bezahlen mußte, den Mörder ihres geliebten Charlie aufgespürt zu haben, und sie empfand Mitleid mit Abigail.

»Denken Sie an meine Worte!« Abigail drohte Maude nachdrücklich mit dem Finger. »Nie wieder sollen Gefühle in meinem Leben eine Rolle spielen!« fuhr sie mit einer Leidenschaft fort, die ihre Worte Lügen strafte, zumindest, was das Gefühl der Wut betraf. »Sie beeinträchtigen das logische Denken, das unbedingt erforderlich ist, wenn man als Detektivin Erfolg haben will!«

»Oh, Miss Danforth«, rief Maude untröstlich. »Das meinen Sie doch nicht im Ernst.«

»Das meine ich nur allzu ernst, Miss Cunningham«, sagte Abigail und biß die Zähne fest zusammen.

Maude ertrug es nicht länger, in die gequälten Augen ihrer Freundin zu blicken. Da sie fürchtete, Abigails Worte könnten sich als wahr erweisen, wandte sie sich ab, schüttelte traurig den Kopf und sagte: »Der Himmel steh uns bei.«

»Es ist mir ein Rätsel, weshalb Sie es für notwendig halten, den Himmel anzurufen, Miss Cunningham«, sagte Abigail kühl. Sie richtete sich starr auf und erklärte mit vor Gram dunklem Blick und einer Schärfe, die Maude nie zuvor bei ihr gehört hatte: »Ohne diese Gefühlsduseleien habe ich wenigstens den Kopf frei, um eine große Detektivin zu werden.«